日本人の漢詩

石川忠久

Ishikawa Tadahisa

風雅の過去へ

大修館書店

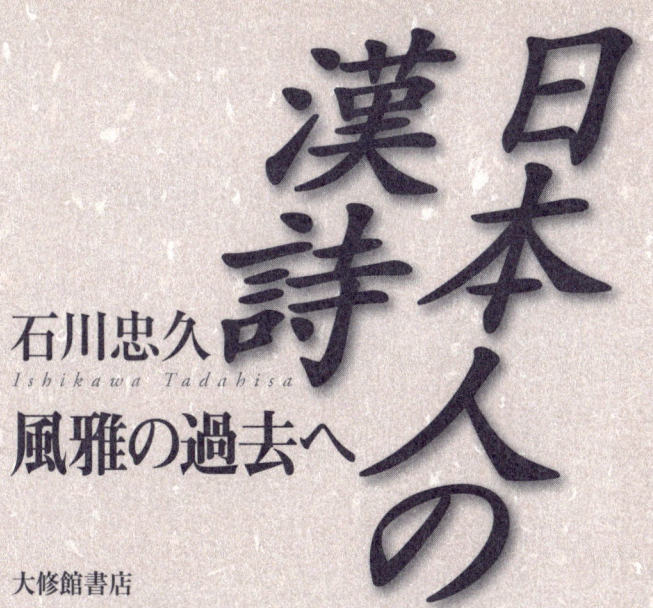

序

日本人の漢詩とは、何だろう。むろん、日本人が作った漢詩（中国の古典詩）という意味だが、それはいったいどういうものか。

実は、これは世界にも例のないたいへんなものなのである。しかし、そのことを理解している人は多くないようだ。

平成十二年、丸善の「學鐙」誌より、漢詩に関する随筆の連載を依頼された時、〝そのこと〟を説くよい機会と思い、応諾した。連載はその四月より平成十四年三月まで、二年間続いた。話題は思い着くままに日本の詩人を取り上げて、一回に原稿用紙十五枚、それが二十四回でちょうど一冊の本の分量となった。まとめて見ると、話題があちこちに飛びながらも、所期の目的をまずは果たしたように思う。そこで、丸善の了解を得て、この度こうして大修館書店より出版する運びとなったのである。

さて、日本人の漢詩がどうしてたいへんなものなのか。具体的には本書を読んで理解していただくとして、ここに判り易いたとえをしてみよう。

――今日、英語の達者な人は多いが、英語で詩を作る人はいるかどうか。作る人がいたとして、その詩に日本人独自の風趣が漂うようなものができるか。——

答えはノーであろう。ところが、漢詩においては日本人はそれをやってのけたのである。ことに、江戸の後期から明治へかけての作品は素晴らしい。

そもそもの初め、日本人は荒海を越えて中国へ渡り、その先進文明を懸命に吸収し、己の血肉と化した。当然中国語を学び、中国人の先生から直《じか》に教えを受けたはずだ。しかし、漢字を我が物とするや、漢字を元にして仮名を発明し、漢字にやまと言葉の読み（訓）をつけ、漢文の原文に記号を施すことによって語順を変えて読む方法——訓読法を発明したのである。

これによって、遣唐船が廃止になるころ（九世紀末）には、もはや中国人に学ばずとも漢文（中国の古典）が読めるようになり、自由に漢文を書き、漢詩を作ることもできるようになった。学力が十分でなく、技倆が整わないうちは、いわゆる「和臭（習）」がまつわったが、五山を経て江戸に到ると、徳川文治主義の体制の下、漢文の素養は庶民にまで浸透し、その結果として上層は最高の昴《たかま》りに達した。裾野が広がれば山は高くなる理である。

もともと日本と中国は、風土も異り、民族性も同じくないのだから、生み出される詩歌も当然味わいが違うはずだ。技倆が十分に発揮された時、それは自然に表れ出て、〝日本人独自の漢詩〟がここに誕生した。

一例を挙げれば、「海」の詩がそうだ。海はその字が示すように、晦《くら》い水、というイメージで意識されてきた。中国では、海は地の果《はて》であり、暗く広がる水の中には恐ろしい怪物が潜んでいる、いやな所である。それ故、海をわざわざ詩に詠うことなどない、と言って過言ではない。日本は違う。四面これ海、海は広く大きく、いろいろの恵みを与えてくれるよい所である。技倆の伴わないうちは、中国にお手本がないこともあって、海を詠うことは少なかったが、江戸へ入ると、堰《せき》を切ったように、生彩ある海の詩が生み出されたのである（第一章参照）。

江戸の漢詩文はこのように特異な成就を遂げたのだが、明治へ入ってナショナリズムの風潮の中に、日本の正統文学としての扱いを受けなくなったのは遺憾である。江戸文学と言えば、近松や西鶴が正統であるとして、江戸の知識人たちのエネルギーの大半が注がれた漢詩文は、文学史の片隅に追いやられた。

その上、戦後は漢文が〝時代遅れ〟として蔑《ないがし》ろにされ、漢文訓読の素養が失われたため、国文学者は日本漢文を扱えなくなった。一方、中国文学者は中国の古典ではない日本漢文を扱うのは筋違い、ということで、結局、今日、日本人の漢詩文は〝継子《ままこ》〟扱いになっているのである。

亜流であり、猿真似に過ぎないなら、捨ててもよかろう。だが、くどいようだが、日本の漢文、とりわけ漢詩は世界に例のない特質を持つ、優れたものなのであるから、これは是非とも正当に評価して、その伝統を継承しなければならない。「漢文訓読法」についても同様、日本の誇るべき貴い文化遺産である。決して等閑《なおざり》にすべきではない。

折から、江戸開府四百年に当る今、江戸の文化を再検討、再認識すべき時が来た。この書はいかにも小さく拙いものではあるが、願わくは〝抛甎引玉〟（甎《かわら》を抛《な》げて玉を引く）の働きを為すことを。

終りに、この書を成すに当っては、丸善『學鐙』石川昌史編集長、大修館書店の森田六朗部長、北村尚子さんほかの皆さんのお力添えを得た。記して感謝の意を表する次第である。

石川忠久

平成十五年一月

日本人の漢詩　目次

『學鐙』（丸善発行）二〇〇〇年四月号〜二〇〇二年三月号に連載

第一章　海を詠う

文政元年（一八一八）、三十九歳の頼山陽《らいさんよう》（一七八〇―一八三二）は京都の山紫水明処（山陽の庵の名）を出て西下し、九州旅行を試みた。およそ詩人というものは、唐土の李白にしても杜甫にしても、放浪の旅の間に見聞を広め刺戟を受けて詩心《しごころ》が揺すぶられ、己《おの》が詩を磨いていったものだ。近くは江戸の先輩芭蕉翁に至っては、元禄の太平の世に在って、深川の庵に安住するを潔しとせず、我と我が身を〝奥の細道〟へと駆り立てた。

山陽のこの度の九州旅行が、ちょうど脂の乗りきった年代だったこともあり、山陽の詩芸術に大きな作用を及ぼすであろうことは、本人の自覚の有無に拘らず、予期されることであった。果せるかな、生涯最高の傑作が生み出された。

八月二十三日、長崎より熊本へ向かう船中、暴風に遭い、近くの小島に難を避けた。翌二十四日夕刻より、風も収まり浪も静まって、船窓より見やる彼方《かなた》に、ピカリと太白（金星）が目を射て光った。

泊天草洋　　天草洋《あまくさなだ》に泊《はく》す

雲耶山耶呉耶越　雲か山か呉《ご》か越《えつ》か
水天髣髴青一髪　水天髣髴《ほうふつ》青一髪《せいいっぱつ》
万里泊舟天草洋　万里舟を泊す　天草の洋
煙横篷窓日漸没　煙は篷窓《ほうそう》に横たわって日漸《ようや》く没す
瞥見大魚躍波間　瞥見《べっけん》す　大魚の波間に躍るを
太白当船明似月　太白船に当って　明《めい》月に似たり

雲だろうか山だろうか、はたまた呉の国だろうか越の国だろうか。
水平線が青い一すじの髪の毛のようにまっ直ぐに望まれる。
万里も遠い天草洋へ来て、舟泊りしていると、
夕もやが船窓にたなびき、日がしだいに沈みゆく。
と、大きな魚の黒い影がパシャッと波間に躍って消えた。
見開く目に、太白金星の輝きが、まるで月のように明るく射しこんでくるのであった。

まず詠《うた》い出しの大きな表現が、人を驚かす。海の向こう、見えるはずもない中国の呉越の地を、敢て詠みこんだところに気宇の壮大さが感じられる。この句は、蘇東坡《そとうば》（一〇三六－一一〇一）の詩（七言古詩）の次の句、

山耶雲耶遠莫知　　山か雲か 遠くして知る莫《な》し
煙空雲散山依然　　煙空しく雲散じて山依然たり

よりヒントを得たものかと思われる。また、第二句の「水天髣髴青一髪」も、蘇東坡の海南島での名作「澄邁駅の通潮閣」の、

杳杳天低鶻没処　　杳杳《ようよう》天低《た》れ鶻《こつ》（はやぶさ）没する処
青山一髪是中原　　青山一髪是《こ》れ中原

の句に基づくものである。話は前後するが、このあと山陽はさらに南下して薩摩《さつま》（鹿児島県）へ入り、九月九日、阿久根の牛の浜へ出て海を望み雄壮な作をものしている。

阿嵎嶺《あぐね》
危礁乱立大濤間　　危礁《きしょう》乱立す 大濤の間

決眥西南不見山　眥《まなじり》を決すれば西南　山を見ず
鶻影低迷帆影没　鶻影は低迷し帆影は没す
天連水処是台湾　天　水に連なる処　是《こ》れ台湾

結句、台湾をも視野のうちに収めてしまう雄大さといい、前半二句の豪快さといい、蘇東坡の句に触発されてのものではあるが、これまでにない詩境を開いている。

話を戻して、「雲か山か…」の二句について、もう一つ触れなければならない詩がある。それは、長崎の詩人吉村迂斎《よしむらうさい》の次の作である。

葭原《あしわら》雑詠十二首　其二　　吉村迂斎

三十六湾湾又湾　三十六湾　湾又湾
扶桑西尽白雲間　扶桑《ふそう》西に尽《つ》く白雲の間
青天万里非無国　青天万里　国無きに非ず
一髪晴分呉越山　一髪晴れて分かつ呉越の山

多くの湾が続く、ここ葭原の海、
扶桑の国日本の西の涯《はて》、白雲の湧くところ。

青空が万里に広がるその向こうに、国が無いわけではない。晴れた空の下、髪の毛一すじにくっきり見分けられるのは呉越の山だ。

前半の景色の描写が今一つ効果的でないという点、転句がやや理に落ちた点、熟成度は必ずしも高くはないが、海の向こうの呉越の山を眼中に収めようという雄大さは、山陽の前にあって新天地を拓《ひら》いた功を誇り得る（第十八章参照）。

吉村迂斎（一七四九―一八〇五）、名は久右衛門、文化二年（一八〇五）に五十七歳で亡くなっているから、山陽よりは三十年の先輩、当時すでに没後十三年を経過していた。迂斎のこの詩は、本人の得意としていたものとみえ、幾つもの自筆の書軸が伝わっているので、山陽は当然熟知していただろう。あたかも、迂斎の故里を経てその描くところの景に触れ、その詩句が念頭に浮かんだことは想像に難くない。

山陽の二句は、先人の作をうまく取りこんで渾然《こんぜん》とした句作りとなっている。「一髪是れ中原」、「晴れて分かつ呉越の山」という断定の表現より、「雲耶《か》山耶《か》…」、「水天髣髴…」という不確定の表現の方が、より縹渺《ひょうびょう》とした味わいと奥行きを詩に与えている、と言えよう。次の二句、

万里泊舟天草洋　　万里舟を泊す　天草の洋

煙横篷窓日漸没　　煙は篷窓に横たわって日漸く没す

これは絶句の起承転結法（詠い起こし、それを承《う》け、場面を転換し、全体を結ぶ）に当てはめれば、承句と転句の双方のはたらきを兼ねる。前の二句で描いた広々とした海の光景を承け、ここ天草洋にはるばるやって来たこと、やがて日が暮れてあたりは夕もやに包まれはじめたこと、が詠われる。これが、最後の金星の登場の舞台装置をなすものとなっている。

「万里」は、山陽の住んでいた京都から万里の彼方、の意だが、この場面の広さにも適合《マッチ》している。また、固有名詞の「天草洋」も、「天」や「洋」などこの場の情景に映《うつ》りがよい。固有名詞の字面をうまく用いるのも、詩の技巧《テクニック》の重要な要素である。

最後の二句が、また素晴しい。

瞥見大魚躍波間　　瞥見す　大魚の波間に躍るを

太白当船明似月　　太白船に当って　明　月に似たり

この二句は、転句と結句のはたらき、すなわち、夕暮の静寂《しじま》を破って大魚が跳《は》ね、ハッと見開く目に太白（金星）が映じ、哀愁と郷愁の余韻を嫋《じょう》々と漂わせつつ全編を収束する。

山陽の老練なところは、「大魚」を詠みこんだ点である。前句の描写によって、しだいにあたりが暗くなるとともに、作者の心理もしだいに沈んでいく。そこへ、大魚が跳ねた。それはほんの一瞬のことであるから「瞥見」（チラリと見る）と言った。これが、静寂を破るアクセントをなし、金星を正面に見据《す》える契機《きっかけ》のはたらきをなしているのである。

もう一つ、この「大魚」の姿の中に、中国の伝統的な「海」の観念が凝縮していることも見逃せない。

ここで、『唐詩選』にも採られている、唐の王維《おうい》（七〇一―七六一）の阿倍仲麻呂を送る詩を見よう。そこには、昔の中国の知識人の持つ典型的な「海」観が詠われている。

送秘書晁監還日本国（秘書晁監《ちょうかん》の日本国に還るを送る）　王維

（四句略）

向国惟看日　国に向かって惟《た》だ日を看《み》
帰帆但信風　帰帆但《た》だ風に信《まか》すのみ
鰲身映天黒　鰲身《ごうしん》天に映じて黒く
魚眼射波紅　魚眼波を射て紅《くれない》なり

（四句略）

秘書晁監とは、阿倍仲麻呂のことである。仲麻呂は十七歳の時、中国へ渡り、唐王朝に仕えて秘書監（大臣クラス）にまで出世をした。名前を中国風に朝《ちょう》（晁）衡《こう》と名乗った。仲麻呂は、七五三年、遣唐大使藤原清河《きよかわ》の帰り船に乗っていよいよ日本へ帰ることになった。朝廷では盛大な送別会が開かれ、その席上王維の作った送別詩が、今に伝わっているのである。

全部で十二句から成る詩の、真中の四句がおもしろい。

あなたは国へ向かうとき、もっぱら太陽を見ることでしょう。
帰り船は、ただ風にまかせるばかりでしょう。
途中、大すっぽん（鼈）がヌッと現れて、その黒い背中を空に向けるでしょうし、
おそろしい魚の眼が、ピカリと波を赤く照らすでしょう。

ここに図らずも、当時の知識人の日本観、海観が表れているように思う。日本は遠い遠い東の海の彼方にあり、途中の海にはおどろおどろしい怪物が姿を見せることだろうと。

このような観念は、当時の知識階級が好んで読んだ地理書（と言っても荒唐無稽なものだが）の『山海経《せんがいきょう》』に拠るところが大きい。だいたい「海（原義は暗い水）」の字が示すように、海は地の果ての暗くて恐ろしい場所なのである。『釈名《しゃくみょう》』（後漢の劉熙の辞書）には、次のように言う。

海、晦也、主承穢濁、其色黒而晦也

〔海《かい》は、晦《かい》なり。穢濁《わいだく》を承《う》くるを主《つかさ》どる。其の色黒くして晦《くら》きなり。〕

海は汚いものを受け、黒く暗い所だという。『山海経』に、次のような記述がある。

大蟹在海中、陵魚人面手足魚身在海中、大鯾居海中、…東海中有流波山、入海七千里、其上有獣、状如牛、蒼身而無角一足、出入水則必風雨、其光如日月、其声如雷…

〔大蟹《たいかい》は海中に在り、陵魚《りょうぎょ》は人面、手足、魚身にして海中に在り、大鯾《たいべん》は海中に居る、…東海中に流波山《りゅうはざん》有り、海に入ること七千里、其の上に獣有り、状は牛の如く、蒼身（青黒い体）にして角《つの》無く一足（一本足）なり、水に出入すれば則《すなわ》ち必ず風雨あり、其の光日月の如く、其の声雷の如し…〕

『山海経』にのる陵魚

暗い海の中には、大きな蟹《かに》やら、顔が人で体が魚のものや、牛のような一本足の怪獣やらが潜んでいるというのだ。

おそらく実際に海を見たことがないであろう王維は、こういった記述によって海を想像し、あのような詩を作ったに違いない。王維に限らず、およその詩人たちはかくのごとき海の詩を作っている。

山陽は、中国の詩文に見られる伝統的な海の観念をたくみに踏まえつつ、そこに別の海の詩《うた》を創出したのである。ここにはおどろおどろしい海ではない、広い大きな海がある。黒い魚は、単に静寂を破る小道具として活用されているのだ。日本人はもともと海にプラス・イメージを抱いている。「海は広いな、大きいな」というイメージだ。山陽の詩は、マイナス・イメージの海を、日本のプラス・イメージに転換させた画期的な作品と思う。

おもしろいことに、和歌の世界では古く万葉のころより、広い大きな海を詠い上げている日本人が、漢詩では江戸になるまで詠えなかったのである。つまり、中国にない（お手本がない）から詠いようがなかった。江戸へ入ると、詩人たちの力量が格段に高まり、中国の殻をつき破って自由に、日本人の感性のままに詠いこなせるようになったのだ。

いつごろからこの変化が顕著になったか。私の見るところでは、江戸の中期、十八世紀あたりから、と思う。試みに江戸初期（十七世紀）の藤原惺窩《ふじわらせいか》（一五六一―一六一九）と中期の伊形霊雨《いがたれいう》（一七四五―一七八七）の詩を比べてみよう。

遊和歌浦（和歌の浦に遊ぶ）　藤原惺窩

遨遊諸客海城傍　　諸客と遨遊《ごうゆう》す　海城の傍《かたわら》

瀲灎水光連彼蒼　　瀲灎《れんえん》たる水光　彼蒼《ひそう》（そら）に連なる
出網跳魚新潑剌　　網を出でて跳《は》ねる魚は新たに潑剌《はつらつ》
一声欸乃逐斜陽　　一声の欸乃《あいだい》（舟歌）は斜陽を逐う

第二句は、蘇東坡の「水光瀲灎として晴れて偏《ひとえ》に好し」（西湖を詠った詩）、第三句は、杜甫の「船尾の跳ねる魚は潑剌として鳴る」（長江上流での詩）、第四句は、柳宗元の「欸乃一声山水緑なり」（洞庭湖に注ぐ湘江での詩）、とそれぞれ中国の湖や川での詩の句を取りこんで、明るい海の詩に仕立てようとした。その点はたしかに新味を感じさせるが、取りこみ方がいかにも生《なま》である。熟成度は低いと言わざるを得ない。

過赤馬関（赤馬関《あかまがせき》を過ぐ）　伊形霊雨

長風破浪一帆還　　長風浪を破って一帆還る
碧海遥環赤馬関　　碧海遥かに環《めぐ》る赤馬が関（下関）
三十六灘行欲尽　　三十六灘行くゆく尽きんと欲す
天辺始見鎮西山　　天辺始めてみる鎮西《ちんぜい》（九州）の山

第一句、「長風浪を破る会《かなら》ず時有り、直ちに雲帆を挂《か》けて滄海《そうかい》を済《わた》らん」〈行路難〉、第二句、

「征帆一片蓬壺《ほうこ》を遶《めぐ》る、明月帰らず碧海に沈む」〈阿倍仲麻呂を悼む詩〉、第三句、「三十六曲 水廻《かい》縈《えい》（ぐるりと回る）す」〈旧遊を憶う詩〉と、すべてに李白の詩を踏まえる表現があるが、よくこなれていて、全体に李白の力感を借りつつ新たな海の詩を詠うのに成功している。

　頼山陽は、これらの先達の拓いた世界を見事に完成させたと言えよう。「天草洋に泊す」は、新しい海洋文学をうち樹《た》てた日本漢詩の金字塔なのである。

第二章　富士山の詩

天地《あめつち》の　分れし時ゆ
神《かむ》さびて　高く貴き
駿河《するが》なる　富士の高嶺《たかね》を
天《あま》の原　ふりさけ見れば
度《わた》る日の　かげもかくらひ
照る月の　光も見えず
白雲《しらくも》も　いゆきはばかり
時じくそ　雪は降りける
語りつぎ　言ひ継《つ》ぎゆかむ

富士の高嶺は
田児の浦ゆ　打ち出《いで》て見れば
ま白にそ　富士の高嶺に
雪は降りける

〈万葉集巻三・山部赤人〉

「海」の詩の次は、「山」の詩の話をしよう。「山」といえば、日本では「富士山」を指す。右の歌のように、富士山は『万葉』の昔から、その奇《くす》しき姿を真正面に捉えて詠っている。そこには、富士の気高さに対する素直な感動と崇敬の念が溢れている。

ところが、漢詩の分野では「富士」は余り詠われず、江戸時代にならないと見るべき詩は出ない。つまり、中国には富士山のようなスッキリと気高い山がないので、従って詩もない。日本人にとってお手本のないものは詠いにくかったのだろう。

江戸へ入って、まず口火を切ったのが、石川丈山《いしかわじょうざん》（一五八三―一六七二）の詩である。

富士山　　石川丈山

仙客来遊雲外巓　仙客来り遊ぶ　雲外の巓《いただき》
神龍棲老洞中淵　神龍棲《す》み老ゆ　洞中の淵《ふち》

雪如紈素煙如柄　　雪は紈素《がんそ》の如く　煙は柄《え》の如し
白扇倒懸東海天　　白扇　倒《さかしま》に懸《かか》る東海の天

雲の上に聳える頂《いただき》に仙人がやって来たり、洞穴の中の淵に神龍が年ふりていたりする。また、雪は白絹《しろぎぬ》のよう、煙は柄のように、白扇が東海の空に逆さまに吊るされたようだ。

前半は、対句仕立てになっている。仙人が舞い降りたり、神龍が棲みついたりと、富士山の神秘性を〝戯画〟的タッチで表現している。後半はさらに奇抜な表現で、富士山の姿を、青空に白扇を逆さに吊るした、と洒落のめした。

丈山は三河《みかわ》（愛知県）の武士で、若い時、徳川家康に仕えてあちこち奔走していたから、往来にしばしば富士山を仰ぎ見たに違いない。

中国に例のないこのお山の気高さを、どう詠えばよいか、山部赤人の和歌の二番煎じも嫌だし、と考えあぐねた末に、人の意表をつくこの〝戯画〟の手法を思いついたのではなかろうか。富士山があまりにも整った〝清容〟を誇るだけに、詩としては詠いにくい面がある。丈山のような手法に出るのは、ありそうなことだ。

なお、この詩では第三句に、「煙は柄の如し」と、富士山が噴煙をあげている様子を詠っている。事実、当時は常に薄煙をあげていた。宝永四年（一七〇七）に噴火して以後はなくなったのである。ただし、この白扇の柄は見立てが奇を衒《てら》い過ぎている、との議論を捲き起こしたが。

石川丈山が戯画的手法で〝富士の神秘〟を詠破したあと、この路線を継承し、さらに展開したのが、室鳩巣《むろきゅうそう》（一六五八—一七三四）である。

富嶽　　室　鳩巣

上帝高居白玉台　　上帝の高居　白玉台
千秋積雪擁蓬萊　　千秋の積雪　蓬萊《ほうらい》を擁《よう》す
金鶏咿喔人寰外　　金鶏咿喔《いあく》　人寰《じんかん》の外
海底紅輪飛影来　　海底の紅輪《こうりん》影を飛ばし来《きた》る

天帝は高い白玉の台《うてな》に住まわれ、千年の積雪がこの蓬萊の仙山を擁している。
天上の金鶏が人間界の外に鳴くとき、海底から真赤《まっか》な日輪が光を飛ばして出た。

「上帝の白玉台」、「蓬萊」と、前半の二句で幻想的な舞台装置を設け、後半に「金鶏」がコケコッコー（咿喔）と晨《とき》を告げて「紅輪」が躍《おど》り出る、と戯画的筆致をとる。ただ、丈山の詩と較べると、戯画の中にも力強さが感じられ、それが風格の高さをかもし出しているようだ。

鳩巣は江戸の駿河台に屋敷を構えていたから、朝に夕に富士の清容をふり仰いでいたことだろう。

七言絶句の形で機知を競う路線とは別に、富士の清容を過不足なく表出するには五言律詩が適する、という〝正統派〟の主張が現れた。柴野栗山《しばのりつざん》（一七三六―一八〇七）の詩である。

　富士山　　　　柴野栗山

誰将東海水　　誰か東海の水を将《も》って
濯出玉芙蓉　　濯《あら》い出《いだ》す　玉芙蓉
蟠地三州尽　　地に蟠《わだかま》りて三州尽き
挿天八葉重　　天に挿《さしはさ》んで八葉重なる
雲霞蒸大麓　　雲霞大麓《たいろく》に蒸し
日月避中峰　　日月中峰を避く
独立原無競　　独立して原《もと》競《きそ》う無く
自為衆岳宗　　自《おのず》から衆岳の宗《そう》と為《な》る

いったい誰が、東海の水で、玉の芙蓉《はす》のような富士山を濯い上げたのか。
大地にどっしり根を張って三州に跨がり、八枚の花びらを高く天に挿《さ》している。

柴野栗山像（栗山顕彰会提供）

雲や霞が大きな麓《ふもと》に湧き上り、日も月もすっくと立つ峰を避けて通る。

もともと他に競うものなく聳え立ち、おのずから多くの山の本家《ほんけ》となっている。

冒頭の二句（首聯）が工夫のあるところ。東海の水で玉芙蓉を濯う、という発想もさることながら、いったい誰がそのようなことをしたか、という疑問型を設けて詠歎の口調を表したのが、素晴しい。詩の大きな骨格を築くのに成功している。富士山に対する敬虔な尊崇の情が流露される。

次に二句ずつ、格調の高い対句がくる。前の二句（頷《がん》聯）は、山の広さ大きさを、後の二句（頸《けい》聯）は山の勢・力を表現する。三州は、駿河《するが》（静岡県）、相模《さがみ》（神奈川県）、甲斐《かい》（山梨県）の三つをいう。

富士の雪を戴く姿を、八枚の芙蓉《はす》の花びらに譬えるのは、いつごろから始まったのだろうか。漢詩では江戸初期の新井《あらい》白石《はくせき》（一六五七—一七二五）、荻生《おぎゅう》徂徠《そらい》（一六六六—一七二八）に見られる。白石の詩は、五言絶句である。

望雪台　　新井白石

日暮層台上　　日暮 層台の上
清風起古松　　清風 古松より起こる
翠嵐吹不断　　翠嵐《すいらん》吹いて断えず
隠見芙蓉峰　　隠見す 芙蓉峰

これは、ある大名の江戸屋敷の庭から、富士山を望み見て作ったもの。十六首の連作の一。全体に王維の「輞川《もうせん》集」の風に倣《なら》っている。第三句は、李白の「秋風吹いて尽きず」〈子夜呉歌〉を踏まえたものだが、「翠嵐」は「青いもや」の意であるから、「吹いて断えず」というわけにはいかない。「嵐」を「山風《やまかぜ》」と解した、白石には珍しい誤用というべきだろう（文屋康秀の「むべ山風《やまかぜ》をあらしといふらむ」が作用したものか）。

徂徠の詩は、李白ばりの七言絶句だ。

甲斐道中　　荻生徂徠

甲陽美酒緑葡萄　　甲陽の美酒 緑葡萄《りよくぶどう》
霜露三更湿客袍　　霜露三更 客袍《かくほう》を湿《うるお》す
須識良宵天下少　　須《すべか》らく識《し》るべし良宵天下に少《まれ》なるを

芙蓉峰上一輪高　　芙蓉峰上 一輪高し

柳沢吉保《やなぎさわよしやす》に仕え、吉保の封地の甲斐へ出張した折の道中の作。第一句は、李白の「蘭陵《らんりょう》の美酒鬱金《うこん》の香《かおり》」〈客中行〉を模している。甲州名産の葡萄酒を酌みながら、富士山上にかかる満月を望んだ構図は新奇である。白石と徂徠の詩の先後は定め難い。

さて、柴野栗山の詩にもどって、この詩の骨格の雄大さは何から得たものか、という問題。実は、杜甫の「泰山」を詠じた詩がそれであると思われる。

望岳　　杜甫

岱宗夫如何　　岱宗《たいそう》夫《そ》れ如何《いかん》
斉魯青未了　　斉《せい》魯《ろ》 青未だ了《おわ》らず
造化鍾神秀　　造化神秀を鍾《あつ》め
陰陽割昏暁　　陰陽昏暁を割《わか》つ
盪胸生曾雲　　胸を盪《とどろ》かして曾雲《そううん》生じ
決眦入帰鳥　　眦《まなじり》を決して帰鳥入る
会当凌絶頂　　会《かなら》ず当《まさ》に絶頂を凌《しの》いで
一覧衆山小　　衆山の小なるを一覧すべし

山の本家・泰山はどのような山か。
それは、斉と魯にまたがって、青い色が果てしなく広がっている。
造化の神はこの山に秀《すぐ》れた気を集め、
山の北と南では夜と朝とを異《こと》にするほど。
山から層雲が湧き立つのを見れば、胸もとどろき、
ねぐらに帰る鳥を、まなじりも裂けんばかりに見開いて見送る。
いつか必ずこの山の頂上に登って、
多くの山々を小さく見下《おろ》してやろう。

この詩は杜甫の二十代のころ、山東を旅した折の作。

泰山はいくつかの峰を持つ山塊で、主峰は約一五〇〇メートル。富士山に較べればだいぶ低い。だが、大地にがっしり根を張って聳える山容は、雄偉そのものである。杜甫はその山容に素直に感動し、いろいろの角度から姿を描く。姿というより、迫力を描く、といった方がよいかもしれない。

栗山はそこに着目した。山の様子は違っても、山の持つ迫力と、それに感動し、崇敬の念まで抱く詠いぶりは、富士山を詠ずるのにふさわしい、と。

両者を較べてみると、詩型が同じなのは当然として、用語、対句の構成から全体の骨組みに至るまで、極めてよく似ている。言い換えれば、栗山は杜甫をよく学んだのである。

よく学んではいるが、単なる模倣ではない。その端的な差異は首聯に表れる。杜甫が泰山の現実の雄偉さを詠おうとするのに対し、栗山は富士山の神秘的な気高さを詠う。「誰が東海の水で、美しい芙蓉《はす》の花を濯い出したのだろうか」と。

栗山の首聯に見るこの詠い方の発想は、少し先輩の秋山玉山《あきやまぎょくざん》（一七〇二―一七六三）から得たもののようだ。

望芙蓉峰　　　秋山玉山

帝掬崑崙雪　　帝　崑崙《こんろん》の雪を掬《すく》い

置之扶桑東　　之《これ》を扶桑《ふそう》の東に置く

突兀五千仞　　突兀《とっこつ》として五千仞《じん》

芙蓉挿碧空　　芙蓉　碧空に挿《さしはさ》む

天帝が崑崙山の雪を掬い、これを扶桑の木の東に置かれた。すっくと立つこと五千仞、芙蓉の花が青空にささっている。

「天帝が崑崙山の雪で富士山を作った」とは、まことに奇想天外の発想である。栗山はこの非凡な発想に触発されて、「東海の水で芙蓉の花を濯い出す」想を得た。しかも、「天帝が…」と言わずして、「誰が…」とすることにより、一層の神秘性を加え、さらに「崑崙」と「東海」の対比により、「日本の独自性」をも主張した。

このように見ると、栗山の「富士山」は、先人の養分を吸収して新たな詩境を拓《ひら》き、完成度も高い。富士山詠の極めつきであるばかりでなく、日本漢詩の最高峰と称して過言ではない。柴野栗山の詩が出てから、格調正しい富士山詠は作り難くなったようで、いろいろ奇を衒ったふうの詩が作られた。中で、比較的平明（見方によっては平凡）のものを掲げてみよう。

日出　　　　　　　伊藤春畝

日出扶桑東海隈　　日は出《い》づ　扶桑東海の隈《くま》

長風忽払岳雲来　　長風　忽《たちま》ち岳雲を払って来《きた》る

凌霄一万三千尺　　凌　霄《りょうしょう》　一万三千尺

八朶芙蓉当面開　　八朶《だ》の芙蓉　面に当って開く

朝日が東海の一隅から出て日本を照らし出すと、

遠くから吹き寄せる風が、たちまち山雲を払う。

空に聳えること一万三千尺、
八枚の芙蓉の花びらが、美しく眼前に現れた。

春畝《しゅんぽ》は、明治の元勲伊藤博文《いとうひろぶみ》（一八四一―一九〇九）の雅号である。博文は漢詩人森槐南《もりかいなん》（一八六三―一九一一）を側近に置き、その指南を受けていた。この詩は奇想はないものの、大らかで力強く格調は高いものがある。

最後に、江戸の漢詩の爛熟期に、東の寛斎《かんさい》（市河寛斎・一七四九―一八二〇）、西の茶山《ちゃざん》（菅茶山・一七四八―一八二七）と併称された、西の菅茶山の詩を掲げて、締めくくりとしよう。

絵島《えのしま》　　　　菅　茶山

山陽諸島列成隣　　山陽の諸島　列して隣《りん》を成す
佳境各堪誇北人　　佳境各《おの》おの北人に誇るに堪《た》えたり
一事唯難及斯地　　一事唯《た》だ斯《こ》の地に及び難きは
芙蓉隔海露全身　　芙蓉海を隔てて全身を露《あらわ》す

瀬戸内海の島々は列を成して並び、
その佳《よ》き眺めは関東の人びとに誇れるものだ。

だが、たった一つ、ここ江の島に及ばないのは、富士山が海の向こうに、裾野《すその》までくっきりと姿を見せている景色だ。

文化十一年（一八一四）二月、六十七歳の詩人は、鎌倉を訪ね、七里ヶ浜から江の島（絵島）に遊んだ。この時、江の島の正面、相模湾を隔てて、全身を白く装《よそお》った富士を望み、その気高い姿に感動して作ったものである。常づね瀬戸内の好風景を自慢していた詩人も、さすがにこの富士の麗姿には兜《かぶと》をぬいだ、というところである。

第三章　吉野の桜

芳野　　　　　河野鉄兜《こうのてっとう》

山禽叫断夜寥寥　　山禽《さんきん》叫断　夜寥《りょう》寥《りょう》
無限春風恨未銷　　無限の春風恨未だ銷《き》えず
露臥延元陵下月　　露臥《ろが》す　延元陵下の月
満身花影夢南朝　　満身の花影　南朝を夢む

山鳥がギャーと鳴いて、夜はさびしく更《ふ》けゆく。
吹き来る春風にも、ここに籠る恨は消えない。
後醍醐《ごだいご》天皇の御陵に射す月光の下、ごろりと野宿をすれば、身体いっぱいに花影が映って、いつしか南朝の夢を見るのであった。

月明りの中、桜の花影を浴びながら、御陵の前でごろ寝をするとは、何とも風流な詩である。まるで歌舞伎の一幕でも観る心地だ。延元陵は後醍醐天皇の御陵、塔尾陵《とうのおりょう》の雅称（延元は当時の年号）。吉野を「芳野」とするのは、桜の名所ゆえの雅称である。

この詩について、天皇の御陵でごろ寝をするとは何たる不敬、という批判もあり、そもそも夜に御陵を参拝するのは不自然、との評もあるが、何といっても、月光と花影と露臥がこの詩のミソであり、これあってこそ「南朝を夢みる」情趣が湧いてくるというものだ。第一句の、夜のしじまを破る山鳥の叫び声も、第二句の、なま暖く吹き寄せる春風も、舞台装置として頗る効果を上げている。なお、第二句は、李白の「清平調詞」其の三に、「解釈春風無限恨」（春風無限の恨を解釈す（解《と》き放つ））とあるのを踏まえたのだろう。

河野鉄兜は幕末の人。当時、〃尊皇〃の気運の昂《たか》まりの中で、この詩のように、一目千本の桜を背景《バック》に、吉野に伝わる南朝の事蹟を詠う詩が盛んに作られるようになった。そのうちの優れたものを三つ数え、「芳野三絶」と称する。人によって異説もあるが、一応次の三首を「三絶」に数えるのが普通である。年代順に挙げると、

梁川星巌《やながわせいがん》（一七八九―一八五八）「芳野懐古」

藤井竹外（一八〇七―一八六六）「芳野懐古」

河野鉄兜（一八二五―一八六七）「芳野」

となる。

河野鉄兜は、播州（兵庫県）の人。初め讃岐《さぬき》の吉田鶴仙に学び、のち梁川星巌に師事した。

では、師の星巌の詩を見よう。

芳野懐古　　梁川星巌

今来古往事茫茫　　今来古往《こんらいこおう》 事《こと》茫茫
石馬無声抔土荒　　石馬声無く抔土《ほうど》荒る
春入桜花満山白　　春は桜花に入って満山白し
南朝天子御魂香　　南朝の天子御魂 香《かんば》し

南北朝の昔は、今や茫々と夢のよう。

御陵の前の石馬はひっそりと、あたりは荒れはてている。

ここ吉野の山は春の盛り、桜の花で真白《まっしろ》だ。

後醍醐天皇の御魂《みたま》も、さぞ花の香に包まれてかぐわしいことだろう。

天皇がこの地で崩御してから五百余年、幕末のこの当時、御陵はすっかり荒れていたと見える。「抔土」は、もと「一つまみの土」の意だが、陵墓の意に転じた。「石馬」は、実際には陵前にない。中国の陵墓にはよく置かれるので、ここは中国式にいったもの。杜甫の「玉華宮」に、「当時侍金輿、故物独石馬」（当時金輿《きんよ》（天子の車）に侍《じ》するもの、故物独り石馬のみ）とあるのを意識していよう。石の馬が嘶《いなな》くわけもないが、あえて「石馬声無く…」といったところに、杜甫の句を連想させつつ、忘れられたような寂しい御陵のさまを表現しようとした意図が見える。

第三句の、「春は桜花に入って」の表現は、宋の黄山谷《こうさんこく》（黄庭堅）の「春入鶯花空自笑」（春は鶯花に入って空しく自《みずか》ら笑う）〈黔《けん》南《なん》の賈《か》使君に贈る〉を踏まえているだろう。山谷の詩の〝春愁〟の気分を、星巌は「満山白」によって、愁いを包みこむ温和な舞台装置に仕立て替えた。天皇の孤独な御魂《みたま》を、桜の花が暖かく包んでお慰め申し上げる、という趣向である。典故を巧みに踏まえた、上品な作品であり、以て、三絶の第一、に推す人も多い。

ただ、この「御魂」の語は、音で「ギョコン」と読ませるのであろうが、漢語としては見慣れぬもので、和語（日本的漢語）の誹《そし》りを免かれまい。いったい、「御」の字は天子に関する〝物〟には着くが（たとえば、御物＝天子の持ち物、御衣＝天子の着物、御爐《ろ》＝天子の香爐、御溝＝天子の住居の囲りの濠など）、天子そのものには着かないのである。「御顔《ギョガン》」、「御足《ギョソク》」なども漢語にはない。

和語を用いたり、日本ふうの表現を押し通すものを、「和臭（和習とも）」と称する。漢詩文を作る時に、厳に戒むべきは和臭の表現である。星巌先生ともあろう者が、それを弁《わきま》えぬはずはない。とすると、星巌は百も承知であえて「和風」を主張しようとしたのではあるまいか。

そもそも、「さくら」は中国にはなかった。「桜」という字はむろんある。が、これは「ゆすらうめ」を指すのだ。

早く六朝の沈約《しんやく》（四四一―五一三）の詩に、「山桜発欲然」〈山桜発《ひら》いて然《も》えんと欲す〉〈早《つと》に定山を発す〉という句があり、唐の王維（六九九頃―七六一）にも、「毎候山桜発、時同海燕帰」〈毎《つね》に山桜の発《ひら》くを候《ま》ち、時に海燕と同《とも》に帰る〉〈銭少府の藍田に還るを送る〉とあるのは、いずれも「やまざくら」に非ずして、「山のゆすらうめ」を指していう。

「海」や「富士山」と同様、「さくら」を詠いたくとも詠えない、という状況が長く続き、「桜」の字で「さくら」を指し、それが一般的な詩材となるのは、やはり江戸を待たねばならないようだ。

初期の石川丈山の集に、牡丹や杜鵑花（つつじ）などの花を詠じた詩が多く見える中で、いくつか「桜」を詠う詩のあるのが目につく。

遊豊国見桜花（豊国に遊んで桜花を見る）　石川丈山

荒祠寂寞聳東山　　荒祠寂寞として東山に聳ゆ
遊客春来日往還　　遊客春来って日に往還す
花似列星照望眼　　花は列星に似て望眼を照らす
怪看影木在人間　　怪しみ看る　影木《えいぼく》の人間《じんかん》に在るかと

荒れたお祠《みや》がひっそりと東山《ひがしやま》に聳えている。
春になると遊客が毎日往来して花見に来る。
桜の花は列《なら》ぶ星のように、目を照らす。
かの仙山の影木がこの世に現れたか、と疑うばかり。

京都東山にある豊国神社の桜を見に行って作ったもの。第一句、徳川幕府の初めの頃だから、秀吉を祀《まつ》った豊国神社は、寂《さび》れているように詠わなければいけない。第二句、だが、春ともなれば花見の遊客の往来が激しい、と賑わう実状が詠われる。

第四句の「影木」は、『拾遺記《しゅういき》』（中国古代の伝説を六朝末に編纂した書）に出てくる仙界の木の名。

瀛州有樹、名影木、日中視之如列星、万歳一実（瀛《えい》州（仙山）に樹有り、影木と名づく。日中に之《これ》を視れば列星の如し。万歳に一たび実《みの》る。」

詩の第三句の「列星」の語も、ここから出ている。「富士山」の詩と同様、丈山の「桜」の詩も、仙界ふうの詠い方になっている。

少し飛んで、菅茶山《かんちゃざん》の詩を見よう。

遊芳野　　芳野に遊ぶ　　菅　茶山

一目千本花尽開　　一目千本　花　尽《ことごと》く開く

満前唯見白皚皚　　満前唯《た》だ見る　白皚皚《がいがい》

近聞人語不知処　　近く人語を聞けども処を知らず

声自香雲団裏来　　声は香雲団裏より来《きた》る

「一目千本《ひとめせんぼん》」の桜が満開になり、

目の前いっぱい、ただ雪のように真白だ。

ふと、近くに人の話し声が聞こえるが、どこにいるのやら。

その声は香《かぐ》わしい雲の中から出てくるのだ。

「空山不見人、但聞人語響」〔空山《くうざん》人を見ず、但《た》だ人語の響きを聞く〕（王維〈鹿柴《ろくさい》〉）、「只在此山中、雲深不知処」（只《た》だ此の山中に在り、雲深くして処を知らず」（賈島〈隠者を尋ねて遇わず〉）などが下敷きになっているだろう。

菅茶山は、江戸の中期から後期への橋渡しをした詩人。頼山陽の先生である。この詩は吉野の桜を詠むが、南朝の事蹟には触れていない。「一目千本」は、固有名詞のように詠ずるものの、和語には違いない。桜の花を雪に見立て、また雲に見立てて、その中に包みこまれる酔客を描くところ、〝日本ふう〟の詩境を感じさせる。

弟子の頼山陽には、桜の詩がたくさんある。次に掲げる「芳山」は、文政二年（一八一九）晩春、母と共に吉野へ来て、一目千本の桜を見物した折の作で、三首連作の一。他の二首は、桜がすでに散りかけた山の情景を詠うのみだが、この詩は、花の下のさんざめきと裏腹に、ひっそりと訪れる人もない御陵のさまに目を留めたもの。

芳山三首　其三　　　　頼　山陽

花蹊無処著啼鴟　　花蹊処として啼鴟《ていご》を著《つ》くる無し
寺寺楼台鬧戯娯　　寺寺の楼台　戯娯《さわが》鬧し
杉檜参天春日黒　　杉檜《さんかい》天に参じて春日黒し
荒陵誰弔後醍醐　　荒陵誰か弔《とむら》わん　後醍醐

花の小径《こみち》には、どこにもむささびの声はない。寺々の楼台に、人の戯れる声が賑かだ。
杉や檜《ひのき》が天に聳えて、春の日も暗く、荒れた御陵はひっそりと、弔う人もない。

どうやら、この詩あたりが、「芳野三絶」の源流となったのではないだろうか。山陽の『日本外史』や『日本政記』が読まれて、〝尊皇〟の気風を醸成していったのと同様、その詩が〝三絶〟の詩風を引き起こす「引き鉄《がね》」になった、と。

さて、「三絶」の残りの一首を見よう。これこそ、日本漢詩の個性を強烈に主張した詩にほかならない。

芳野懐古　　藤井竹外

古陵松柏吼天飆　　古陵の松柏　天飆《てんぴょう》に吼《ほ》ゆ
山寺尋春春寂寥　　山寺春を尋ぬれば春寂寥
眉雪老僧時輟帚　　眉雪の老僧　時に帚《ほうき》を輟《とど》めて
落花深処説南朝　　落花深き処　南朝を説く

古い御陵に聳える松柏にゴォーとつむじ風が吹きつける。
ほとりの山寺に春景色を尋ねて来れば、春はひっそりともの寂しい。

雪のように白い眉の老僧が、花びらを掃《は》き寄せる手を休め、落花のうず高く積もるところで、過ぎにし南朝の物語をしてくれた。

山寺とは、如意輪《にょいりん》寺のことである。

さて、この詩を鑑賞するには、これが基づいた唐の詩を知らねばならない。

行宮　　元稹《げんじん》

寥落古行宮　寥落《りょうらく》たり　古《いにしえ》の行宮《あんぐう》
宮花寂寞紅　宮花寂寞《せきばく》として紅《くれない》なり
白頭宮女在　白頭の宮女在り
閑坐説玄宗　閑坐して玄宗を説く

もの寂しい昔の行宮、庭の花がひっそりと紅《あか》く咲いている。白髪の宮女がひとり、静かに坐って玄宗の思い出を語る。

詩の後半の、眉雪の老僧が南朝を語る、という設定は、元稹（七七九―八三一）の詩の、白頭の宮女が玄宗を語る、というところから脱化したことは明らかである。では〝猿真似《まね》〟に過ぎないか、といえば、さに非ず。

まず、出だしが違う。「行宮」は、ただひっそりとしたあたりの様子を詠う、〝静的〟な趣であるのに対し、竹外は亭々と聳える松柏につむじ風が鳴るという骨太《ほねぶと》な、〝動的〟な趣である。そこから、眉の白いわけありげな老僧が引き出される。

一方の元稹の詩の人物は、老いた宮女であり、話す物語は玄宗のこと。玄宗といえば側《かたわ》らには楊貴妃がいて、華やかな宮廷生活の思い出が語られる。ちょうどこの詩が作られたのが、玄宗・楊貴妃の悲劇（安禄山《あんろくざん》の乱に貴妃が殺される）から五十年、この宮女の若い時、本人も鶯鳴かせた艶やかな頃の出来事である。その象徴としての、ポッチャリと咲く紅い花（たぶん牡丹の花だろう）。今、さびれた行宮の片隅で、日だまりにちんまりと背を丸めて坐る、昔は美しかったであろう老いた宮女の物語なのである。

竹外の詩は、〝おばあさん〟を、〝おじいさん〟に代えただけではない。眉が白いといえば、髭も白いだろう。武骨《ぶこつ》な手に持つ帚を休めて、話す物語は楠木正成だ、新田義貞だ、やれ討ち死にだ、落城だという〝悲憤〟の物語。出だしの、松柏に吼える天飇《つむじかぜ》は、全篇の骨格を成す。そして、あたりに雪のように舞う桜の花。日本人の大好きな情景が見事に描き出された。

元稹の詩を土台にしているだけに、両者の違いが際立ち、日本独特の美意識がくっきりと顕《あらわ》れた。いい換れば、江戸後期に至って、日本人は独自の美意識による「日本の漢詩」を作り上げるのに成功した例を示したのである。

第四章　墨江の風情

墨上春遊　　　　　　永井荷風

黄昏転覚薄寒加　　黄昏転《うた》た覚《おぼ》ゆ　薄寒の加わるを
載酒又過江上家　　酒を載せて又《また》過ぐ江上の家
十里珠簾二分月　　十里の珠簾　二分《にぶん》の月
一湾春水満堤花　　一湾の春水　満堤の花

たそがれどき、なんとなく薄ら寒さが増したように感じつつ、
酒を携えて舟を漕ぎ出し、また隅田川に沿った料亭へと上がる。
川のほとり十里に立ち並ぶ青楼、空にはみごとな満月。

春の水は湾に満ち、桜の花は堤に満ちている。

荷風《かふう》好みの〝墨江情緒〟が粋《いき》に詠われている。この詩を見るかぎり、荷風の漢詩の伎倆は相当のものである。残念なことに、今日『荷風全集』に録されるのは三十余首に過ぎない。しかも鑑賞に堪《た》えるちゃんとした詩は、この一首のみ、と言ってよい。

荷風（一八七九―一九五九）は、母が尾張の詩人鷲津毅堂《わしづきどう》の娘、すなわち、毅堂の外孫として生まれた。父、永井久一郎（号は禾原《かげん》）は毅堂門下の逸材で、明治政府に出仕した後、日本郵船に入り、上海支店長となった。その折、大いに彼の地の文人と唱和して詩名を謳われた。荷風もそういう家に生まれて、自然に漢学の素養を身につけたと思われる。本気になって作れば、あるいは明治漢詩史に足跡を残し得たかもしれないが、如何《いかん》せん、手すさび程度で終った。しかし、この詩はなかなか練れている。まぐれで出来るようなものではない。詩を細かく見てみよう。

転句（第三句）を先に見る。「十里珠簾二分月」には、二つの唐詩の句が踏まえられている。まず「二分月」は、徐凝《じょぎょう》の「憶揚州（揚州を憶う）」という絶句の後半に、

天下三分明月夜　　天下三分《さんぶん》明月の夜
二分無頼是揚州　　二分無頼《ぶらい》是《こ》れ揚州

という句がある。「この世の中じゅうの明月の夜を三分するとしたら、そのうちの二つをけしからんことに（無頼）揚州が占めている」と。それほどに、揚州の月夜は素晴しい、ということ。

この詩の前半には、馴染《なじ》みの芸妓の思い出を詠っていることから、ここでは、荷風先生、お気に入りの芸者を侍《はべ》らせての月見、という風情《ふぜい》。

「十里の珠簾」は、杜牧《とぼく》（八〇三―八五二）の「贈別」其の二の後半に、

春風十里揚州路　　春風十里揚州の路
捲上珠簾総不如　　珠簾を捲き上ぐるも総《すべ》て如《し》かず

とあるのに基づく。この詩も前半には、馴染みの若い芸妓の愛らしさを詠ったあと、「春風吹く十里（約五キロ）の揚州の花柳街《いろまち》の簾を捲き上げて見ても、お前に及ぶ妓《こ》はいないよ」という。

「十里の珠簾　二分の月」と、何気ないように詠うが、先人の句をたくみに踏まえ、墨田の畔《ほとり》の料亭の賑わいと明月、そして傍《かたわ》らに美しい芸者、という艶冶《えんや》な情緒を描き出す技巧が凝らされている。

承句（第二句）に戻って、「載酒（酒を載せる）」にも杜牧の詩がある。

落魄江湖載酒行　　江湖に落魄《らくたく》して酒を載せて行く
楚腰繊細掌中軽　　楚腰《そよう》繊細　掌中に軽し

「遣懐（懐《おも》いを遣《や》る）」という七言絶句の前半。「いなか（江湖）にさすらって（落魄）酒びたり、楚の地の細腰《ほそごし》の美人を手のひらの上で舞わせたものだ」と、放蕩の青春を回想したもの。「楚腰」の句には、昔、楚の王が細腰美人を好んだので、楚の後宮（宮女のいる宮殿）では競って腰を細くした、という故事と、漢の成《せい》帝の寵愛した美人趙飛燕《ちょうひえん》は身が軽く、成帝の手のひらの上で舞った、という故事を詠みこんである。

荷風の「載酒」の源は、右の杜牧の詩だが、実は、直接踏まえている詩がある。

題春江花月夜巻子（「春江花月の夜」の巻子《けんす》に題す）　　陳文述
晩潮初落水微波　　晩潮初めて落ちて水微《わず》かに波だつ
紅袖青衫載酒過　　紅袖青衫　酒を載せて過ぐ
一曲春江花月意　　一曲春江花月の意
夜闌吹入笛声多　　夜　闌《たけなわ》にして吹いて笛声に入ること多し

夕方の潮が引きはじめたのか、水面が少し波だっている。

この川で美人と書生が、酒を載せて舟遊びをしている。
あの張若虚《ちようじやくきよ》の「春江花月の夜」の心持ちが、
夜更《ふ》けて吹く笛の音に、たっぷり溶《と》けこんでいるようだ。

陳文述《ちんぶんじゆつ》（一七七一―一八四三）は、清《シン》の嘉慶・道光（一七九六―一八五〇）期の第一人者（この期の詩風を「嘉道の風」と称する）。その住居を碧城仙館といったことから、陳碧城と呼ばれる。詩集『陳碧城絶句』は、日本でも江戸末期から明治へかけて大いに読まれた。

この詩は、『唐詩選』にも採られている、初唐の張若虚の「春江花月の夜」という三十六句の七言古詩を書いた巻子（巻き物）に、書きつけたもの。張若虚の詩は、春・花・月の三つが鏤《ちりば》められ、絢爛《けんらん》として織り成される絵巻を見る心地の詩で、甘美な感傷のムードがあふれている。陳文述の詩も、短いながら、「紅袖青衫」といい、「笛声」といい、原作の持つ味わいを生かし、小粋《こいき》な情趣をかもし出している。これすなわち〝嘉道の風〟なのである。

荷風の詩は、直接には陳文述を模しつつ、さらに〝小粋〟な味を出している。ことに、後半の二句は、それぞれが「十里の珠簾　二分の月」、「一湾の春水　満堤の花」と、句の上四字と下三字が同じ語法の表現で（数字の十と二、一と満の対比など、こういう句作りを「句中対《くちゆうつい》」という）、滑らかな調子を添えている。嘉道の風をよく襲っているというべきだが、それ以上に、わが墨田の河畔の情緒を見事に詠いこんだというべきだろう。
言い換えれば、荷風の〝墨東風趣〟が、身に着いた〝嘉道の風〟によって花開いたのだ。
ここで、これまでの〝墨江を詠ずる詩〟のいくつかを見てみよう。俗に「墨江三絶」と称される作品がある。

夜下墨水　夜　墨水を下る　服部南郭

金龍山畔江月浮　金龍山畔　江月浮かぶ
江揺月湧金龍流　江揺らぎ月湧いて金龍流る
扁舟不住天如水　扁舟住《とど》まらず　天　水の如し
両岸秋風下二州　両岸の秋風二州を下る

金龍山のほとりの隅田川には、月影が鮮かに浮かび、川の流れが揺らぐにつれ、月が湧き出て光が水に映り、金の龍の流れるよう。わが乗る小舟は、水のように澄みわたる空の下、どこまでも進む。下総《しもうさ》（千葉）と武蔵《むさし》（東京）の二州の国界《くにざかい》を、秋風に吹かれて下って行く。

この詩は典型的な〝擬古《ぎこ》〟（昔ふうに作る）詩である。下敷きになっているのは李白だ。前半は、「鳳凰台上鳳凰遊、鳳去台空江自流」（鳳凰《ほうおう》台上鳳凰遊ぶ、鳳去り台空しうして江自《おのず》から流る」〈金陵の鳳凰台に登る〉、「峨眉山月半輪秋、影入平羌江水流」（峨眉《がび》山月半輪の秋、影は平《へい》羌《きょう》江水に入って流る」〈峨眉山月歌〉、後半は、「布帆無恙挂秋風」（布帆《ふはん》恙《つつが》無く秋風に挂《か》く」〈秋荊門を下る〉、「思君不見下渝州」（君を思えども見えず　渝《ゆ》州に下る」〈峨眉山月歌〉、などが綯《な》い交《ま》ぜになっている。この他にも、「春江潮水連海平、海上明月共潮生」（春江の潮水　海に連なって平らかなり、海上の明月潮と共に生ず」〈張若虚〈春江花月夜〉〉、「月湧大江流」（月湧いて大江流る」〈杜甫〈旅夜書懐〉〉などが意識に上るだろう。

　唐の、それも初唐・盛唐の風格の高い詩を模擬するふうは、服部南郭《はっとりなんかく》（一六八三―一七五九）の師匠荻生《おぎゅう》徂徠《そらい》（一六六六―一七二八）が唱導したもので、徂徠の塾が江戸の茅場《かやば》町にあったことから、〝蘐園《けんえん》派〟（蘐は、萱＝かやの俗字）と呼ばれた。彼らの旨《むね》とするところは、これより百五十年ほど前、明《ミン》の後期に活躍した李《り》攀龍《はんりょう》らの〝格調〟を尚《たっと》ぶ説である。「文は秦・漢、詩は盛唐」がそのモットーであった。李攀龍が編纂したといわれる『唐詩選』は、蘐園派の〝金科玉条〟として重んぜられた。前述の南郭の詩が基づいたと思われる句は、すべて『唐詩選』中のものである。

　とにかく、この「夜墨水を下る」詩を見ると、実によく盛唐の風を模していることがわかる。ただ、実際の金龍山（浅草の待乳《まつち》山）あたりの隅田川の景は、この詩に描かれるような雄大なものではないのだが。中国人がこの詩を読んだら、揚子江《ようすこう》（長江）かと思ってしまうだろう。
〝三絶〟の、あとの二つも徂徠門下の作品だ。

早発深川（早《つと》に深川を発す）　平野金華

月落人煙曙色分　月落ち人煙曙色分かる
長橋一半限星文　長橋一半星文を限る
連天忽下深川水　天に連なって忽ち下る深川の水
直向総州為白雲　直ちに総州に向かって白雲と為《な》る

月が沈み、家々の朝餉《あさげ》の煙が上り、あたりの景色もはっきりしてきた。
ふり仰ぐ大橋（永代橋《えいたいばし》）は天を半分に截《た》ち、星座を分けている。
天に連なる深川の水を下っていくと、
まっ直《す》ぐ向こうは白雲の湧く総州である。

平野金華《ひらのきんか》（一六八八―一七三二）は奥州の人だが、江戸へ出て、才を徂徠に認められ、門下となった。この詩は、題がすでに李白だ〈早《つと》に白帝城を発す〉。同じ舟下りでも、こちらの方は風流な味わいを漂わせている。日本的情緒の横溢した詩と言えよう。「深川」の地名もうまい使い方になっている。

月夜三叉口泛舟（月夜三叉口《さんさこう》に舟を泛ぶ）　高野蘭亭

三叉中断大江秋　三叉中断す　大江の秋
明月新懸万里流　明月新たに懸かる万里の流
欲向碧天吹玉笛　碧天に向かって玉笛を吹かんと欲すれば
浮雲一片落扁舟　浮雲一片　扁舟に落つ

隅田川の、今戸川が合流する三叉《みつまた》のあたり、秋のけはいが一入《ひとしお》だ。明月がさし上って、水に映る月影は万里流れていく。興のままに青空に向かって、玉笛を吹こうとすると、浮雲がひらりと一片《ひとひら》、わが乗る小舟に舞い下りてきた。

「大江の秋」だの、「万里の流れ」だのと、唐詩の句調を模しているが、後半には「玉笛を吹く」「浮雲一片〜落つ」と、風雅な趣の方へ傾いていく。「白雲一片去悠悠」〔白雲一片去って悠悠〕とか、「誰家今夜扁舟子、何処相思明月楼」〔誰が家か今夜扁舟の子、何れの処か相い思う明月の楼〕とか、張若虚の「春江花月の夜」のイメージを借りているが、やはり全体に「墨東の風流」の味わいが濃い。

高野蘭亭《たかのらんてい》（一七〇四―一七五七）は、幼時より徂徠の門に入り、抜群の才を謳われたが、十七歳の時、失明した。この詩も、心眼で作ったことになる。二十歳の年長の服部南郭と、徂徠門下の双璧として鳴らした。

〝三絶〟それぞれに、唐詩をよく模してはいるが、その詩趣は唐詩の「雄渾」「豪放」というより、日本独自の「風流」「雅致」の方へ流れていくようだ。おもしろいことに、年の若い詩人ほど、その傾向が強く出ている。

この傾向の極まったところに、「墨水竹枝《ちくし》」が生まれる。

墨水竹枝　其一　　　山内容堂

水楼酒罷燭光微　　水楼酒罷んで燭光微《かすか》なり
一隊紅粧帯酔帰　　一隊の紅粧 酔を帯びて帰る
繊手煩張蛇眼傘　　繊手張るを煩《わずら》わす蛇眼傘
二洲橋畔雨霏霏　　二洲橋畔雨霏霏《ひひ》たり

川べの青楼で宴もやみ、燭火《ともしび》もかすかとなった。

ぞろぞろと綺麗どころが、ほろ酔いで帰っていく。

ほっそりした手に、張って開いた蛇《じや》の目傘《めがさ》、両国橋のたもと、雨が降りしきる。

山内容堂《やまのうちようどう》（一八二七―一八七二）、名は豊信《とよしげ》。土佐藩主である。幕末、朝政を輔《たす》けて国事に奔走したが、最晩年は風流韻事に日を過ごし、詩歌管絃の楽しみに耽った。この詩は、宴果てた後、なまめかしく酔って帰る芸者を詠ったもの。「蛇眼傘」は和語だろうが、華奢《きやしや》な手に張る蛇の目の風情は、何とも色っぽい。粋な殿様《とのさま》だ。

もう一首、見よう。

墨水竹枝　其二　　山内容堂

江楼錯出墨川東　　江楼錯《さくしゆつ》出す　墨川の東

興到肉声糸語中　　興《きよう》は到る肉声糸語の中

伴客雪児喚舟立　　客を伴う雪児《せつじ》舟を喚んで立つ

酔裙映水影揺紅　　酔裙水に映じ　影　紅を揺らす

隅田川の東には、多くの青楼が川べりに並んでいる。芸者の歌う声や三味線の音色《ねいろ》に、興がいよいよ湧く。

客を連れた芸者が、舟を呼んで立っている。

酔った歩みの裙《もすそ》が水に映り、紅《くれない》の影が揺れる。

「雪児」は、もと唐の李密の愛妓の名。転じて芸妓の意に用いる。この詩は、なまめかしさが、ちょっと崩れかかった風情。「竹枝」とは、元来こういう俗っぽさが持ち味のうたではあるが……。

第五章　竹枝余情

そもそも「竹枝」という体《たい》の詩は、唐の劉禹錫《りゅううしゃく》（七七二―八四二）に始まる。長慶二年（八二二）正月、劉禹錫は夔《き》州刺史《しし》（長官）として、長江（揚子江）の上流、今の四川省奉節県へ赴任した。ここは三峡の難所の起点であり、白帝城が絶壁の上に立っていることで知られる。詩人は当時五十一歳。

劉禹錫の序によると、村の若い衆が笛を吹き太鼓を撃って民謡「竹枝」の曲をうたう、『詩経』の恋歌のように素朴な色っぽさがある、そこで、昔、楚の屈原《くつげん》（前三四三？―二七七？）が民謡に基づいて「九歌」を作ったのに倣い、「竹枝詞」九篇を作った、という。

形式は全部七言絶句の形をしている。一、二紹介しておこう。

竹枝詞　其二

山桃紅花満上頭　　山桃の紅花　上頭に満ち
蜀江春水拍山流　　蜀江の春水　山を拍《う》って流る
花紅易衰似郎意　　花の紅《あか》きは衰え易く郎の意に似
水流無限似儂愁　　水流れて限り無きは儂《わ》が愁に似たり

山の桃の紅い花が山上に満ち、蜀江の春水が山肌を打って流れる。花の紅さは衰え易く、あなたの心に似て、水の流れは限り無く、私の愁に似ている。

男の浮気心を詰《なじ》る歌である。次の歌は、ちょっと面白い。

竹枝詞　其四

日出三竿春霧消　　日出でて三竿《さんかん》　春霧消ゆ
江頭蜀客駐蘭橈　　江頭の蜀客　蘭橈《らんじょう》を駐《とど》む
憑寄狂夫書一紙　　憑《よ》りて狂夫《きょうふ》に寄す　書《しょ》一紙
住在成都万里橋　　住んで成都の万里橋に在り

お日さまが竿三本の高さに上り、春の朝霧も消えた。

川べりには蜀からの美しい船が、もやっている。
ちょいと、うちの宿六《やどろく》に手紙を届けてちょうだいな。
蜀の成都の万里橋のそばに住んでいるのよ。

「狂夫」とは奇抜な表現だ。羽目《はめ》を外してよその女にうつつを抜かし、帰って来ない夫、の意である。家の外の川べりに、ふと蜀の船を見かけたので、蜀の都に行ったまま帰って来ない夫に、手紙を届けてもらおう、と思いつく。だが、女の方も、竿三本分の高さに日が上る（今の八時ごろ）までふて寝をしていた、という趣向だ。浮気な夫への怨《うら》みを訴えるのだが、しどけなさと明るさ（庶民のヴァイタリティー）が綯《な》い交《ま》ぜになった面白い味が出ている。

「竹枝」の体は、この後各地の風俗、風習を詠いこんだ歌謡として定着していく。

宋の蘇東坡（一〇三六―一一〇一）にも若いころの作がある。原作に倣って、やはり九首仕立てになっている。そのうちの一首を見てみよう。

竹枝詞　其三　　蘇軾

水浜撃鼓何喧闐　　水浜に鼓を撃ち何ぞ喧闐《けんてん》たる
相将扣水求屈原　　相い将《ひき》い水を扣《たた》き屈原を求む
屈原已死今千載　　屈原已に死して 今 千載

満船哀唱似当年　　満船の哀唱　当年に似たり

水べで太鼓を叩きドンドンと賑やかに、村人総出で水面を打って屈原の魂を招く。屈原が死んで、今や千年、船に満ちる哀唱の声は、昔のまま。

これは、楚の地の屈原を祭る風習を詠ったもの。

屈原は、楚の大詩人。国を憂えて汨羅《べきら》の淵に身を投げた。その屈原の魂を招き寄せるために、命日である五月五日、村人たちが総出で船に乗り、水面を打つ。

九首連作の他の作も、長江沿いの地にまつわる祭祀や年中行事を詠う。これらには、原作の持つ〝民歌風〟の艶冶な趣はない。もっぱら土地の神（女神）や英雄を哀唱する方へと、重点が移っているようだ。

一方、わが江戸後期に至って簇出《そうしゅつ》する「竹枝」は、原作の風を帯びつつ、さまざまに展開していく。

まず、文人風〝正統派〟竹枝の極めつきの作品を掲げる。

岐阜竹枝　　　　森　春濤

環郭皆山紫翠堆　　郭を環《めぐ》りて皆《みな》山　紫翠　堆《うずたか》し

夕陽人倚好楼台　　夕陽　人は倚る　好楼台
香魚欲上桃花落　　香魚上らんと欲して桃花落ち
三十六湾春水来　　三十六湾春水来る

町の周囲はみな山で、こんもりと緑がたたなわる。夕日の中に、気持ちよい高どのに上り、あたりを眺める。川には香魚《あゆ》が上り、桃の花の散って流れる好時節、三十六もの入江に春の水が漲《みなぎ》る。

森春濤《もりしゅんとう》（一八一九―一八八九）は、尾張（愛知県）一宮の人。詩を鷲津益斎《わしづえきさい》（毅堂の父）に学び、明治七年（一八七四）、上京して御徒町《おかちまち》に茉莉《まつり》吟社を起こした。幕末・明治初の第一人者。その息子が森槐南《かいなん》である。

詩の第一句が人を驚かす奇抜な表現。これは、宋の欧陽脩《おうようしゅう》（一〇〇七―一〇七二）の「酔翁亭記」の冒頭の句をそっくり借用したものだ。

欧陽脩は滁州《じょ》（安徽省滁県）に刺史（長官）として来て、その景色を賞で、いろいろに表現してみたが満足できない。最後に、一切の形容を除き去り、「環滁皆山也」（滁を環りて皆山なり）の五字にした、という。春濤は岐阜の町のたたずまいを描写するのにこの〝奇句〟を以てした。機知の閃《ひらめ》きである。

第二句には、杜牧の「落日楼台一笛風」〈宣州開元寺の水閣に題す…〉の影があるだろう。どこからともなく笛の音が聞こえてくる心地。

第三句には、唐の張志和の「漁父詞」に、「桃花流水鱖魚肥」〈桃花水に流れて鱖魚《けいぎょ》肥ゆ〉とあるのが、思い起こされる。「香魚」は「あゆ」を指す。日本で用いる「鮎」の字は、漢語では「なまず」を指す、念のため。

第四句は、陶淵明と李白だ。陶淵明作といわれる「四時歌」に、「春水満四沢」〈春水四沢に満つ〉とある。春になって水が沢に漲ってきたことをいう。「三十六湾」は、李白の「旧遊を憶い譙《しょうぐん》郡の元参軍に寄す」に、「三十六曲水廻縈」〈三十六曲 水廻《めぐ》り縈《めぐ》る〉とあり、それを襲った江戸中期の吉村迂《うさい》斎にも、「三十六湾 湾又湾」の句がある（第一章参照）。いろいろの先人の句を取りこんでいるが、全体に渾然として風雅な味わいをかもし出している。品の良い竹枝詞である。

春濤の「竹枝」をもう一首紹介しよう。

新潟竹枝　　　森　春濤

繁華新潟本無儔　　繁華の新潟　本《もと》儔《たぐい》無し

珠閣吹笙簾上鉤　珠閣笙を吹き　簾鉤《すだれかぎ》を上《あ》ぐ
七十二橋明月夜　七十二橋　明月の夜
不将廿四訝揚州　廿四《にじゅうし》を将《も》って揚州を訝《いぶか》しまず

繁華な新潟は、もともと並ぶものはない。
美しい高殿で笛を吹き、簾をかかげて美人が顔を出す。
七十二の橋の上に出る明月の素晴しい夜の景色。
「二十四橋の明月」を誇る揚州など、どうということもない。

水の都揚州には美しい二十四の橋が掛っている。その橋の上から見る明月は素晴しいというが、新潟の七十二橋の明月に較べたら問題にならない、というのだ。
前半の二句の基づく杜牧の詩は、先回も紹介した「贈別」の、「捲上珠簾総不如」（珠簾を捲き上ぐるも総《すべ》て如《し》かず」）であり、後半の二句は次の詩に基づく。

寄揚州韓綽判官（揚州の韓綽《かんしやく》判官に寄す）　杜牧
青山隠隠水迢迢　青山隠隠　水迢迢《ちょうちょう》
秋尽江南草未凋　秋尽きて江南草未だ凋《しぼ》まず

二十四橋明月夜　　二十四橋　明月の夜
玉人何処教吹簫　　玉人何《いず》れの処にか吹簫《すいしょう》を教う

青い山がこんもりと畳《たた》なわり、川は遥かに流れゆく。
秋が尽きても、江南地方では草がまだ凋まないだろう。
揚州の二十四の橋の上にかかる明月の夜、
美しい人がどこの橋で、君に笛を吹くのを教えているのか。

右の第二句は、「…草木凋」（草木凋む）になっているテキストもあり、解釈も分かれるが、今は右のように訳しておく。
杜牧も曽て青春の日を過ごした揚州に、友人の韓綽はいる。定めし今ごろ韓綽は、明月の光の射す橋の上で、美人の芸妓に笛を教わっていることだろう、と羨望の気持を詠ったもの。
春濤の「竹枝」から影響を受けたと思われるのが、次の詩である。

新潟竹枝　　鱸　松塘
秋生七十二紅橋　　秋は生ず　七十二紅橋
垂柳垂楊緑未凋　　垂柳垂楊　緑末だ凋まず

今夜期郎何処好　　今夜郎に期す 何《いず》れの処か好き
河楼涼月照回潮　　河楼涼月回潮を照らす

七十二の紅《あか》い橋に秋の気配《けはい》が訪れたが、
しだれ柳の緑の葉は、まだ凋まない。
今夜、あなたを待つのはどこがよいかしら。
涼しげな月が波を照らす川べりの楼にしよう。

この詩も、前掲の杜牧の詩を踏まえている。

鱸松塘《すずきしょうとう》（一八二三―一八九八）は、本姓鈴木氏。中国風に鱸とした。安房《あわ》（千葉県）の人。十七歳で梁川星巌の門に入り、詩名を謳《うた》われた。日本各地を旅行し、行く先々で詩を作った。

この詩は、若い男女の逢引きを描いた、一段と艶っぽい作となっている。

艶っぽい竹枝の方の先達は、菊池五山である。菊池五山《きくちござん》（一七六九―一八四九）は、讃岐《さぬき》（香川県）の人。柴野栗山に学んだ。若いころ作った「水東（深川）竹枝」三十首は、一世を風靡したという。

深川竹枝　其十三　　　菊池五山

一帯暮江烟色濃　一帯の暮江烟色濃やかなり
来舟時与去舟逢　来舟時に去舟と逢う
隔簾彷彿難看面　簾を隔てて彷彿《ほうふつ》として面を看《み》難し
才認語声軽喚儂　才《わずか》に語声を認めて軽く儂《われ》を喚ぶ

夕暮れの川一面に烟《もや》が深くたち籠める。
来る舟と行く舟とがちょうど出会った。
簾《すだれ》ごしに顔を見るが、ぼんやりとよく見えない。
やっと声でわかったのか、軽くあたしを喚んだ。

墨田川の上の舟での逢引きの図、である。もやが濃くたち籠めているので、簾ごしに相手の顔がわからない。相手の舟での話し声でやっとわかり、ちょっと名を呼んでみる。「軽」の字が値《あたい》千金。恐れと羞じらいの風情が滲《にじ》み出て、絶妙。

深川竹枝　其八　菊池五山
携妓春山弄煖柔　妓を携え春山に煖柔《だんじゅう》を弄《ろう》す
紅亭酒熟笑声稠　紅亭酒熟して笑声稠《しげ》し

東風偏恨昏鐘老　東風偏《ひとえ》に恨む　昏鐘の老ゆるを
随例不容秉燭遊　例に随って燭を秉《と》って遊ぶを容《ゆる》さず

芸妓を連れて、春の山のうららかさを賞《め》で、
酒楼で宴　酣《たけなわ》に笑いさざめくことしきり。
あれ、春風が夕暮の鐘の音を送ってきたぞよ。
おきてによって、燈を点《とも》して遊ぶのはご法度《はっと》じゃ。

これは、寛政の改革の引きしめを皮肉ったものか。第三句の「老」の字が、味のあるはたらきをしている。直接に意味するところは、時刻が晩《おそ》いことだが、「老」の字が年寄る意を持つことから、若さ（遊びの楽しさ）が失われる、というニュアンスを響かせる。

第四句の「秉燭遊」は、漢代の「古詩十九首」其の十五に基づく。「人生不満百、常懐千歳憂、昼短苦夜長、何不秉燭遊、…」〔人生百に満たざるに、常に千歳の憂を懐《いだ》く、昼は短く夜の長きに苦しむ、何ぞ燭を秉って遊ばざる、…〕人生は短くすぐに年老いるから、夜も燈を点《とも》して遊べ、と。従って、第四句にも、前の句の「老」の字が効いていることが了解されよう。

さて、「竹枝」は日本人の詩情に適合したのか、幕末より明治へかけて、おびただしい作を生む。やがて、大正・昭和ともなると、漢文の素養そのものが衰えて、当然ながら「竹枝」の

歌声も逼塞するに至る。その掉尾を飾るのが、杉田呑山《すぎたどんざん》の「三島竹枝」ではなかろうか。

三島竹枝　　　　杉田呑山

芙蓉白雪渙朝陽　　芙蓉の白雪朝陽に渙《と》け
三島女郎要靚妝　　三島の女郎靚妝《せいしょう》を要す
曩昔駅夫行唱去　　曩昔《むかし》駅夫行くゆく唱《うた》い去《ゆ》く
宿煙残月暁蒼蒼　　宿煙残月 暁に蒼蒼《そうそう》たり

〝富士の白雪は朝日に溶ける／三島女郎衆《じょろうしゅ》はお化粧が長い〟

昔、宿場の駅夫たちが、この歌を唱いつつ行ったものだ。
朝もやと月の残る暁の空は、今も昔も変わらぬ蒼《あお》さだ。

杉田呑山（一八五四―一九四五）は、愛知県豊橋の人。若いころ、詩を小野湖山（梁川星巌門下）に学び、森春濤らとも交わった。八十歳（昭和八年）、妻の死を機に三島に滞留し、翌九年、「三島竹枝」四十三首を詠じて評判になった。

この詩は、「農兵節《のうへいぶし》」（ノーエ節）を踏まえたもの。以下、三島の風土や伝承、男女の恋情を詠い上げている。質・量ともに、竹枝の最後を飾るにふさわしい作品である。

第六章　十三夜の月

頼山陽の『日本外史』武田・上杉紀、天正二年（一五七四）の条に、次のように記す（原文は漢文、書き下し文に改めた）。

七月、謙信《けんしん》、兵三万に将として西に伐つ、…遂に加賀に入り、金沢を屠《ほふ》り、兵を移して七尾を攻め、…努力して復《ま》た能登を取る、…九月、城陥る、…乃ち兵を休むこと二日、十三夕に属す、月色明朗なり、謙信軍中に置酒して、諸将士を会す、酒酣《たけなわ》にして自《みずか》ら詩を作りて曰く、

霜満軍営秋気清　　霜は軍営に満ちて秋気清し
数行過雁月三更　　数行の過雁　月三更

越山併得能州景　　越山併《あわ》せ得たり 能州の景
遮莫家郷憶遠征　　遮莫《さもあらばあれ》 家郷遠征を憶うを

将士の歌詩を善くする者をして、皆之《これ》に和せしむ。

右によれば、天正二年（史実は天正五年の誤りという）の九月十三日の夜、加賀に能登（共に石川県に属す）を併せ得て、得意満面の上杉謙信《うえすぎけんしん》が、折からの皓《こう》々たる月光の下、将兵に酒を振る舞いながら漢詩一首を作った、という。これが「九月十三夜陣中作」と題して人口に膾炙《かいしゃ》している詩である。

詩には、多少の字句の異同があるが、本筋には関《かかわ》らない。訳をつけておこう。

九月十三夜、陣中の作　　上杉謙信

霜は陣営をまっ白に蔽《おお》い、秋の気はすがすがしい。
空には雁の列が鳴き渡り、真夜中の月がさえざえと照らしている。
越後・越中の山々に、今、能登の景色も併せて眺めることができた。
故郷にいる家族たちが、遠征のこの身を案じていようと、それはどうでもよい。

上杉謙信（一五三〇—一五七八）は、名は景虎《かげとら》、長尾為景の三男に生まれ、上杉憲政の養子となり、関東管領となった。後、出家して謙信と名乗り、不識庵《ふしきあん》と号した。武勇にすぐれるばかりでなく、文芸を好み、四書五経や老荘を学び、また国学にも造詣が深かった。右の詩も、その素養が滲み出て、ふと胸中より湧き出たものだろう。豪勇の面影のうちに、しみじみとした文雅な情趣が漂《ただよ》う。

さて、それはそれとして、今回の話題に取り上げるのは、この詩がたまたま九月十三夜の月を詠じていることである。

江戸中期の医者寺島良安の撰した『和漢三才図会《わかんさんさいずえ》』時候類には、次のようにいう（原文は漢文）。

九月十三夜、按ずるに、俗に八月十五夜芋《いも》を煮て食《くら》い、芋名月と称す、今夜荚豆《さやまめ》を煮て食い、豆名月と称す、鳥羽天皇の保安二年（一一二一）、関白忠通公、九月十三夜月を翫《もてあそ》ぶの詩有り、今宵月を翫ぶは此れより始まる。

これによると、八月十五夜の「仲秋明月」と並んで、九月十三夜の月見の宴が開かれたこと、それは藤原忠通《ふじわらただみち》（世に法性寺関白と称される）より始まったこと、がわかる。

忠通の詩は七言律詩が二首伝わる。その一を見よう。

九月十三夜翫月　　　藤原忠通

閑窓寂寂日相臨　　閑窓寂寂日に相い臨む
従属窮秋望叵禁　　窮秋に属してより望み禁《た》うべからず
潘室昔蹤凌雪訪　　潘室の昔蹤《せきしょう》 雪を凌いで訪《と》い
蔣家旧径踏霜尋　　蔣家の旧径 霜を踏んで尋ぬ
十三夜影勝於古　　十三夜影 古より勝り
数百年光不若今　　数百年光 今に若《し》かず
独憑前軒回首見　　独り前軒に憑《よ》って首を回らし見れば
清明此夕価千金　　清明此の夕 価《あたい》千金

わび住まいの窓べに立ち、毎日望みをはせる。
晩秋の季節になると、愁によって望むにたえられない。
潘岳（王子猷の誤り?）の家では、月明りの下、雪をおかして友を尋ね、
蔣詡《しょうく》（隠者）の家では、三本の古い小道を、霜を踏んで隠居を尋ねる。
十三夜の月影は、さえざえと昔の月見の宴に勝り、
数百年前の月光は、今宵の月には及ばない。

独り軒ばに倚ってふり返り見れば、
清らかな明るい月光は、千金の価値がある。

詩は、対句の技巧の未熟といい、平仄《ひょうそく》の誤りといい、あまり出来がよいとは言えないが、ともかくも「晩秋の明月（ついでながら、名月は和語）」を詠い上げた点は、画期的である。

なお、第八句の「価千金」は、明かに蘇東坡（一〇三六―一一〇一）の、「春宵一刻値千金」〈春夜〉に基づく語だが、だとすると、忠通の在世（一〇九七―一一六四）から見て、かなり早い影響の例となろう。

市河寛斎の『日本詩紀』には、「延久の朝官」という注記で引いている惟宗孝言《これむねのたかこと》（平安後期）の、九月十三夜を詠じた「翫月」という詩を載せている。延久（一〇六九―一〇七四）は、後三条天皇の年号であるから、忠通より少し早い作となる。「九月十三夜」の月見は、正確に忠通の時から、というより、およそ平安末期の貴族文壇で自然に始まったもの、とするべきなのだろう。

そもそも、漢詩の世界で、人々が月を美しいものと観じ、詩句の中に詠いこんだのはいつのことか。

古く『詩経』にすでに、

月出皎兮　月出でて皎《きょう》（白く輝く）たり
佼人僚兮　佼人《こうじん》（美人）僚《りょう》（麗わしい）たり
……　〈陳風・月出〉

と詠われているが、主体は美人の方にあり、月は背景をなすもの、と言えるだろう。
「明るい月」を意味する「明月」の語は、詩ではなく『荀子』に、「明月而宵行」（明月にして宵に行く）と見えるのが初出のようだ。詩の語としては、漢代の無名氏（読み人知らず）の作という「古詩十九首」あたりから、となる。

明月皎夜光　明月皎として夜光る
促織鳴東壁　促織《そくしょく》（こおろぎ）東壁に鳴く
玉衡指孟冬　玉衡《ぎょくこう》（北斗七星）孟冬を指し
衆星何歴歴　衆星何ぞ歴々たる（はっきり見える）
……　〈其七〉
孟冬寒気至　孟冬寒気至る
北風何惨慄　北風何ぞ惨慄《さんりつ》たる（激しく吹く）

………

三五明月満　三五（十五日）明月満ち
四五蟾兔欠　四五（二十日）蟾兔《せんと》（月）欠く
………
〈其十七〉

いずれも「孟冬（初冬）」の季の「明月」を詠っている。それが「秋」と結びつくようになるのは、魏の文帝・曹丕《そうひ》（一八七―二二六）あたりからのようだ。

漫漫秋夜長　漫漫として秋夜長く
烈烈北風涼　烈烈として北風涼し
………　………
仰看明月光　仰いで明月の光を看る
………
〈雑詩〉

秋風蕭瑟天気涼　秋風蕭瑟《しょうしつ》（さびしい）として天気涼し
………
明月皎皎照我牀　明月皎皎として我が牀を照らす

………　〈燕歌行〉

「秋夜の明月」から、「秋月」の語が生み出され、詩に現れるのは、二百年後の五世紀初めになる。田園詩人陶淵明（三六五―四二七）の詩に、まず「新秋月」の語が出る。

叩枻新秋月　枻《かい》を叩く　新秋の月に
臨流別友生　流れに臨んで友生《とも》に別る　〈辛丑《しんちゅう》の歳七月…〉

同時代の少し後輩、山水詩人謝霊運《しゃれいうん》（三八五―四三三）の詩に、

野曠沙岸浄　野曠《ひろ》くして沙岸浄《きよ》く
天高秋月明　天高くして秋月明かなり　〈初めて郡を去る〉

という名句が出た。王維や孟浩然を先取りしたような趣がある。自然観照に優れる両詩人に、「秋月」の語が初めて用いられたのも偶然ではなかろう。

なお、四世紀半ば過ぎの顧愷之《こがいし》の作という次の詩に、「秋月」の語が見えるが、この詩は伝承が定かでなく（陶淵明の作とする説もある）、信ずるに足りない。

四時歌　伝・顧愷之作

春水満四沢　　春水　四沢に満ち
夏雲多奇峰　　夏雲　奇峰多し
秋月揚明輝　　秋月　明輝を揚げ
冬嶺秀孤松　　冬嶺　孤松秀《ひい》ず

春夏秋冬、それぞれの季節の特色をずばりと捉えた機知の詩で、恐らく後のものと思われる。

「秋の月」から「仲秋の月」が特定され、それが詩に詠われるのは杜甫より始まるという（宋の朱弁《しゆべん》の『曲洧旧聞《きよくいきゆうぶん》』による）。

杜甫《とほ》（七一二―七七〇）の晩年、白帝城の地に寄寓していた折の作に、「八月十五夜月」と題する詩が二首ある。其の一を見る。

八月十五夜月二首　其一　　杜甫

満目飛明鏡　　満目明鏡飛ぶ
帰心折大刀　　帰心大刀を折る
転蓬行地遠　　転蓬地を行くこと遠し
攀桂仰天高　　攀桂《はんけい》天を仰ぐこと高し

水路疑霜雪　水路霜雪かと疑う
林棲見羽毛　林棲羽毛を見る
此時瞻白兎　此の時白兎を瞻《み》れば
直欲数秋毫　直ちに秋毫《しゅうごう》を数えんと欲す

目いっぱいに明鏡のような月が空に飛んでいる。故郷へ帰りたい心がつのるが、果たせない。蓬《ほう》のころがるように遠くの地へ来ているこの私は、月の桂を攀《よ》じるように、高い空を仰いでいる。水路を見れば、霜か雪かと疑われるほど白く、林の棲《ねぐら》にいる鳥を見れば、羽毛までも見える。この時、月の世界にいる白兎を眺めやれば、細い毛すじまで数えられそうだ。

大暦二年（七六七）、杜甫五十六歳の作。仲秋の明月を仰ぎつつ、望郷の念にかられている、切ない心情がうかがわれる。

首聯の二句は、漢代の古詩を踏まえる。

古絶句　　　無名氏

藁砧今何在　　藁砧《こうちん》今何《いず》くにか在る
山上復有山　　山上復《ま》た山有り
何当大刀頭　　何《いつ》か当《まさ》に大刀の頭なるべき
破鏡飛上天　　破鏡飛んで天に上るとき

この詩は、隠語詩である。「藁砧」は、藁《わら》を叩く石の台、一名「砆《ふ》」という。砆は、「夫」を隠す。つまり、第一句は、「夫は今どこにいる」という意味になる。「山上復た山有り」とは、「出」の字を隠す。第三句、「大刀頭」は、大刀のかしらの部分に「環(わ)」がついているところから、「環《かん》」と「還《かん》」との音通で、「還《かえ》る」の意を隠す。第四句の「破鏡」は、鏡が破れることから、満月が過ぎる意を隠す。結局、詩の意味は次のようになる。

古絶句

うちの夫は今どこにいる。
出かけたよ。
いつ帰る。
月の十六、七日のころ。

浮気な夫を詰《なじ》る妻の歌、というところ。ユーモラスな民謡である。杜甫の詩の場合、詩に古拙な味わいを出す効果を添えている。

杜甫の詩は、十五夜の作に続いて、名残りを惜しむ十六夜、十七夜の作もある。三夜続けて作ったものと推定される。「十七夜」の方を紹介しておこう。

十七夜対月（十七夜月に対す）　杜甫

秋月仍円夜　秋月仍《な》お円き夜
江村独老身　江村独り老ゆる身
捲簾還照客　簾を捲けば還《ま》た客を照らす
倚杖更随人　杖に倚れば更に人に随う
光射潜虬動　光射て潜虬《せんきゅう》動き
明翻宿鳥頻　明翻《ひるがえ》って宿鳥頻りなり
茅斎依橘柚　茅斎橘柚《きつゆう》に依る
清切露華新　清切露華新たなり

秋の月は今夜もまだ円い。川べりの村で独り老ゆるわが身を照らす。部屋で簾を捲けば、やはり照らしだすし、外で杖に倚って歩けば、またくっついてくる。

この光に射られて川底の虬《みずち》も動きだし、明るさに翻弄《ほんろう》されてねぐらの鳥も落ちつかない。わが家の書斎は橘柚（みかん）の木にそっているから、露の玉がことに清らかに見える。

仲秋の明月は、杜甫を皮切りに、以後詩題として固定していく。中でも、白楽天の、長安宮中より左遷された友（元稹）を思う詩は極めつきの名句を生みだした。

三五夜中新月色　三五夜中　新月の色
二千里外故人心　二千里外　故人の心
〈八月十五日夜、禁中に独り直《とのい》し、月に対して元九を憶う〉

中国では、初冬の明月から始まって、仲秋の満月に極まった「月」の詩が、わが国ではさらに、季（晩）秋の、しかもまだ円くない十三夜の月へと発展していった。仲秋より季秋を〝清澄〟とする風土的なものが作用したか、「歓楽極まって哀情多し」（漢の武帝の詩の句）を嫌い、盈満《えいまん》へと向かう心の弾《はず》みを良しとしたのか、いずれにせよ、「九月十三夜月」は、日本独自の感性の産物なのである。

第七章　啄木と漢詩

浪淘沙《ろうとうさ》
ながくも声をふるはせて
うたふがごとき旅なりしかな

右は、明治四十二年五月刊の『スバル』に発表した石川啄木（一八八六―一九一二）の「莫復問」七十首（実は六十九首）の中の一首である。

「浪淘沙」とは、もと唐の白楽天が当時の民謡に基づいて作った歌であるが、啄木の歌にはこのように、漢文漢詩の語を詠いこんだもの、その影響の下に作ったと思われるもの、などがかなりある。この章では、その辺を話題にしてみようと思う。

「浪淘沙」は、「浪が沙《すな》（砂と同じ）を淘《よな》ぐ」の意。寄せては返す浪が浜べの砂をゆすり続けるように、人生の懊悩《なやみ》は尽きない、というほどの意味がこめられている。

白楽天には六首の「浪淘沙」がある。そのうちの一首を紹介しておこう。

浪淘沙六首　其二　　白居易

白浪茫茫与海連　　白浪茫茫《ぼうぼう》として海と連なる
平沙浩浩四無辺　　平沙浩浩《こうこう》として四《よも》に辺無し
暮去朝来淘不住　　暮去り朝来って淘いで住《や》まず
遂令東海変桑田　　遂《つい》に東海をして桑田に変ぜしむ

白い浪は果《はて》しなく海へと続いている。平らな砂はひろびろとどこまでも広がる。暮れては明けて淘ぎ続け、とうとう東海を桑畑にしてしまった。

みな七言絶句の形で、こんな調子の〝俗謡〟だ。啄木は、「浪淘沙」の語を用いることにより、この詩の気分を取りこんで、自分の人生の〝旅〟を詠ったものだろう。

これと同じような例としては、次の歌がある。

君が名を常にたたへき

洛陽《らくよう》の酒徒《しゅと》にまじれる
日にも忘れて　〈新詩社詠草・其四　『申歳』第八号――明治四十一年八月十日刊〉

長安の驕児《きょうじ》も騎《の》らぬ
荒馬に騎る危さを
常として恋ふ　〈虚白集　『申歳』第九号――明治四十一年十月十日刊〉

陰山《いんざん》の玉にみがきし
剣よりもするどき舌は
何に研《みが》ける　〈謎　『申歳』第十号――明治四十一年十一月八日刊〉

これらの傍線を付した語は、特定の典故に拠ったというよりは、語の帯びる気分を借りて詠った、という底のものである。

ところで、右の例とは異り、何らかの形で特定の漢詩（ことに唐詩）の影響を受けて作られた歌、がある。その目で全作品を見わたすと、約二十例ほどが指摘されるが、そのうちの顕著と思われるものを挙げてみよう。

はたらけど

はたらけど猶わが生活《くらし》楽にならざり
ぢつと手を見る

右は、明治四十三年八月四日の作。貧乏暮しの啄木の代表的作品として、人口に膾炙《かいしゃ》している。この歌のミソは、「ぢつと手を見る」という奇抜な表現にあるが、これは杜甫の次の詩の句の表現にヒントを得たものではなかろうか。

九日藍田崔氏荘　　杜甫

老去悲秋強自寛　　老い去って悲秋　強《し》いて自《みずか》ら寛《ゆる》うす
興来今日尽君歓　　興《きょう》来って今日　君が歓《かん》を尽《つ》くす
羞将短髪還吹帽　　羞ずらくは短髪を将《も》って還《ま》た帽を吹かるるを
笑倩傍人為正冠　　笑って傍人《ぼうじん》に倩《たの》んで為《ため》に冠を正《ただ》す
藍水遠従千澗落　　藍水《らんすい》遠く千澗《せんかん》より落ち
玉山高並両峰寒　　玉山高く両峰と並んで寒し
明年此会知誰健　　明年の此の会　知んぬ誰か健なる
酔把茱萸仔細看　　酔うて茱萸《しゅゆ》を把《と》って仔細《しさい》に看る

右は、乾元元年《けんげん》（七五八）、九月九日の重陽《ちょうよう》の節句に、都の東南の郊外の崔氏の別荘に招かれて作ったもの。杜甫四十七歳の作。

重陽の節句には、高い所へ登って、邪気払いの菊酒を飲んだり、赤い実のなる茱萸（かわはじかみ）を頭に挿したりするならわしがある。

問題は最後にある。

明年此会知誰健　　明年の此の会 知んぬ誰か健なる
酔把茱萸仔細看　　酔うて茱萸を把って仔細に看る

四十七歳、当時としては老年にさしかかって、しかも左遷の身の杜甫は、来年の重陽の節句に、果して健康でいられるだろうか、と酔いにまかせて茱萸を手に取り、しみじみと見たのである。この「仔細」の語（子細とも書く）は、杜甫以前には用例のない（杜甫にはこの詩より後にもう一例ある）新奇なもので、この場合の杜甫の心理を実によく表している。

この詩は『唐詩選』にも採られていて、啄木の目に触れていたことは間違いない。啄木の随筆や日記を検してみるに、『唐詩選』は啄木の〝座右の書〟というべきものであった。

明治三十七年（一九〇四）、啄木の新婚の頃の随筆「我が四畳半」㈢（岩手日報所載「閑天地」）に、次のようにいう。

――物茂卿《ぶつもきよう》（荻生徂徠）の跋《ばつ》ある唐詩選と襤褸《ぼろ》になりたる三体詩《さんていし》一巻、これは何れも百年以上の長寿を保ちたる前世紀の遺物なり。……これは我が財産中、おのれの詩稿と共に可成《なるべく》盗れたくなしと思ふ者なり。――

また、明治四十一年（一九〇八）八月四日の日記に、

――半日金田一君と語る。例の稚《おさな》き頃の思出。話してる所へ、与謝野氏より書留、為替《かわせ》五円。……夕刻、為替をうけとり、原稿紙と蚊やり香と煙草と絵ハガキ数枚と、外に、蕪村の句集、唐詩選、義太夫本、端唄本二冊もとめ来る。――

これに拠ると、以前の『唐詩選』はすでにぼろぼろになっていたのか、とにかく、与謝野鉄幹からの為替を受け取るや、その日のうちに新しいのを買い求めている。渇望久しかったものと見える。

座右の書として『唐詩選』に親しむに止まらず、詩人に対する批評まで、日記の端々《はしばし》に書きこむほど、漢詩への関心は深い。

明治四十一年九月二十六日の条、

――白楽天詩集をよむ。白氏は蓋し外邦の文人にして最も早く且《か》つ深く邦人に親炙《しんしや》したるの人。長恨歌《ちようごんか》、琵琶行《びわこう》、を初め、意に会するものを抜いて私帖に写す。詩風の雄高《ゆうこう》李杜に及ばざる遠しと雖ども、亦《また》才人なるかな。――

九月二十九日の条、

――杜甫を少し読む。字々皆躍ってる様で言々皆深い味がある。無論楽天などと同日に論ずべきものではない。これに比べると、白は第三流だ。――

二十二歳の若者とは思えぬ批評眼の高さに、改めて驚く。それはともかく、杜甫に対する傾倒の並々でないことがわかる。

以上のような〝状況証拠〟から見て、「ぢつと手を見る」という奇抜な表現が、杜詩の「仔細看」よりヒントを得た、とするのはむしろ自然なことと受け取れるだろう。

さて、啄木の歌の〝漢詩探索〟を続けよう。

世わたりの拙《つたな》きことを
ひそかにも
誇りとしたる我にやはあらぬ　〈『一握の砂』忘れがたき人人〉

これも、杜甫だ。『唐詩選』には載っていないが、壮年期の力作の冒頭部分。

杜陵有布衣　杜陵《とりよう》布衣《ふい》有り
老大意転拙　老大にして意転《うた》た拙なり

許身一何愚　身を許すこと一に何ぞ愚かなる
竊比稷与契　竊《ひそか》に稷《しょく》と契《せつ》とに比す
………
〈杜甫・京より奉先県に赴く詠懐五百字〉

年をとっていよいよ世わたりべたの身を、心ひそかに古《いにしえ》の賢人に比している、と詠う。この詩は全部で百句より成る大作である。

なお、これにはさらに基づく詩がある。

………
開荒南野際　荒を南野の際に開き
守拙帰園田　拙を守って園田に帰る
………
〈陶淵明・園田の居に帰る・其一〉

南の野原の果《はて》に荒地を開墾し、世わたりべたの性《たち》を守って故郷の田園に帰った、と高らかに「拙を守る」自分を誇って詠っている。陶淵明の看板の詩、である。

松の風夜昼《よひる》ひびきぬ
人訪《と》はぬ山の祠《ほこら》の

〈謎　『申歳』第十号――明治四十一年十一月八日刊〉

石馬《いしうま》の耳に

渓回松風長　　渓回《たにめぐ》りて松風長し
蒼鼠竄古瓦　　蒼鼠《そうそ》古瓦《こが》に竄《かく》る
不知何王殿　　知らず　何王の殿ぞ
遺構絶壁下　　遺構《いこう》絶壁の下《もと》
………　　………
当時侍金輿　　当時金輿《きんよ》に侍《じ》するもの
故物独石馬　　故物《こぶつ》独り石馬のみ
………　　………

〈杜甫・玉華宮〉

この詩は『唐詩選』に載る。「松風」、「人の訪れぬ祠（宮殿）」、「石馬」と、歌の素材はすべて具《そな》わっている。ことに「石馬」は日本の祠やお宮にはないもので、明らかに中国風である。なお、江戸後期の詩人梁川星巌《やながわせいがん》の「芳野懐古」に、「石馬無声抔土荒」（石馬声無く抔土《ほうど》荒る）の句がある（第三章参照）。吉野（芳野）の後醍醐《ごだいご》天皇の御陵の荒れている様を描くのに、中国風に、実際にはない「石馬」を詠ったもの。この詩も人口に膾炙しているので、明治の書生は当然知っていたろう。

裏山の杉生《すぎふ》のなかに
斑《まだら》なる日影這《は》ひ入《い》る
秋のひるすぎ　〈『一握の砂』手套を脱ぐ時〉

これも『唐詩選』中の、王維の詩の影響が考えられる。

空山不見人　空山人を見ず
但聞人語響　但《た》だ人語の響きを聞く
返景入深林　返景《へんえい》深林に入り
復照青苔上　復《ま》た照らす 青苔の上　〈王維・鹿柴〉

「ひるすぎ」の日の光（影）と、「夕日の光（返景）」との違いはあるが、人知らぬ林の中へ入りこむ日光を捉えた点に共通性がある。啄木が「ひるすぎ」と時刻を特定したのは、むしろ王維の詩を意識したことを示すだろう。

水潦《みずたまり》
暮れゆく空とくれなゐの紐《ひも》を浮かべぬ
秋雨の後

〈新詩社詠草・其四　『申歳』第九号――明治四十一年十月十日刊〉

一道残陽鋪水中　　一道の残陽水中に鋪《し》き
半江瑟瑟半江紅　　半江は瑟瑟《しつしつ》　半江は紅《くれない》なり
………　　………

〈白居易・暮江吟〉

白楽天の詩は、七言絶句の前半の二句。夕日の沈む時、夕焼のまっ赤な色が川の半分を染め、半分はまっ青（瑟瑟）という情景、啄木は、水たまりの上に、空の色と夕焼の赤い紐のような光が映っている情景、と変化した。

アカシヤの並木にポプラに
秋の風
吹くがかなしと日記《にき》に残れり

〈『スバル』第二巻第十一号――明治四十三年十一月刊〉

白楊多悲風　　白楊《はくよう》に悲風多く
蕭蕭愁殺人　　蕭蕭《しょうしょう》として人を愁殺《しゅうさつ》す
………

〈無名氏・古詩十九首　其十四〉

「古詩十九首」は、漢代の無名氏の作で、『古詩源《こしげん》』（清・沈徳潜《しんとくせん》の編）や『古詩賞析《しょうせき》』（清・張玉穀《ちょうぎょくこく》の編）のようなポピュラーな集にも入っていて、目に触れ易いものである。

詩の内容は、当時の庶民の哀歓を素朴な表現で詠ったものが多い。この詩は人生無常をテーマにしている。十句の詩である。「白楊」は、ポプラのこと。「悲風」は、秋風。「蕭蕭」は、風のさびしく吹く音。

「古詩十九首」を、もう一首。

その後に我を捨てし友も
あの頃はともに書《ふみ》読み
ともに遊びき

〈『一握の砂』煙〉

………

昔我同門友　　昔我が同門の友
高挙振六翮　　高挙して六翮《ろつかく》を振う
不念携手好　　手を携えし好《よしみ》を念《おも》わず
棄我如遺跡　　我を棄つること遺跡《いせき》の如《ごと》し

………

〈無名氏・古詩十九首　其七〉

昔、いっしょに学んだ友が、今は出世して手のとどかない所へ飛んでいった。昔の誼《よしみ》を忘れて私を足あと（遺跡）のように捨て去ってしまった、と歎く。それは、十六句の詩。

なお、この詩に関連して、杜甫の詩もある。

………

同学少年多不賤　同学の少年多くは賤《いや》しからず
五陵衣馬自軽肥　五陵の衣馬 自《おのず》から軽肥《けいひ》

〈杜甫・秋興八首　其三〉

同門の若者たちは、みな高い身分に登っていて、長安の郊外の五陵のあたりで、良い着物、すぐれた馬で闊歩《かっぽ》している、という。

啄木と漢詩について、次章にさらに見ていこう。

第八章　啄木と漢詩（続）

啄木は『唐詩選』を座右の書として親しみ、漢詩に並々ならぬ関心を抱いていた。では、啄木は漢詩を作ったか。

明治四十一年（一九〇八）九月二十七日の日記に、次のような記述が見える。

……白詩に親《ママ》む。共に琵琶行を吟じて花明君の眼底涙あるを見、撫《ママ》然として我の既に泣くこと能はざるを悲《ママ》む。

暮天秋雲迴　　暮天秋雲迴《はる》かに
惆悵故園心　　惆悵《ちゅうちょう》たり故園の心

幼時母に強請して字を書かしめたることを思出でて、客思泣かむと欲す。涙流れず！

一身為軽舟　一身軽舟と為る
悲秋常無銭　悲秋常に銭無し
自称不孝児　自《みずか》ら称す 不孝の児と
苦思強苦笑!!!　苦思し強いて苦笑す

（五言句の下の書き下し文は、便宜的につけたもので、原文にはない。）

右の〝五言詩〟のようなものが、啄木作品中に見える唯一の〝漢詩〟と言えば言えそうだ。だが、これは韻も踏まず、平仄も合わない代物で、もとより正式な漢詩ではない。結局、先の問いに対する答えは、「啄木は漢詩を作らなかった」ということになるが、漢詩を噴《ふ》き出そうとするマグマの胎動のようなものは感じられる。

右の句の発想の背後にあると思われる詩。

天高秋日迥　天高くして秋日迥《はる》かなり　〈王維・韋太守陟に寄せ奉る〉
孤舟一繋故園心　孤舟一たび繋ぐ故園の心　〈杜甫・秋興〉
一身為軽舟　一身軽舟と為る　〈常建・西山〉
万里悲秋常作客　万里悲秋常に客と作《な》る　〈杜甫・登高〉
嚢中自有銭　嚢中《のうちゅう》 自《おのず》から銭有り　〈賀知章・袁氏の別業に題す〉

艱難苦恨繁霜鬢　　艱難《かんなん》苦《はなは》だ恨む繁霜の鬢　　〈杜甫・登高〉

王維の詩以外は、すべて『唐詩選』に収載されるものである。

思うに、この頃の啄木は、『唐詩選』を購い、杜甫を読み白楽天を読み、さらには「宋元明詩」も読み（九月三十日の日記）、漢詩に対する関心は非常に高まっていた。もし、一《ひと》時代前の漱石や鷗外のような漢詩の素養があったなら、一気に新しい漢詩が生み出されたかもしれない。

さて、〝無意味〟な仮定はこのくらいにして、前章に引き続き、啄木の歌と漢詩について、影響の様相を探ってみよう。

秋の声まづいち早く耳に入る
かかる性《さが》持つ
かなしむべかり　　〈『一握の砂』秋風のこころよさに〉

何処秋風至　　何処《いずこ》よりか秋風至る
蕭蕭送雁群　　蕭　蕭《しょうしょう》として雁群を送る
朝来入庭樹　　朝来庭樹に入り
孤客最先聞　　孤客最も先んじて聞く　　〈劉禹錫・秋風引〉『唐詩選』所収

どこから秋風が来たのだろう、サヤサヤと雁の群を吹き送って来る。

今朝がたから、庭の樹に入りこんだのを、旅の身ゆえに、いち早く聞きつけた。

故郷を離れた孤独な身（孤客）に、秋風がいち早く耳に入る、というモチーフが一致する。劉詩の「最も先んじて聞く」という表現の奇抜さに、啄木は惹かれたに違いない。

はたはたと黍《きび》の葉鳴れる
ふるさとの軒端《のきば》なつかし
秋風吹けば
〈『一握の砂』秋風のこころよさに〉

返照入閭巷　返照閭巷《りよこう》に入る
憂来誰共語　憂え来って誰と共にか語らん
古道少人行　古道人の行くこと少《まれ》なり
秋風動禾黍　秋風禾黍《かしよ》を動かす
〈耿湋《こうい》・秋日〉『唐詩選』所収

あかあかと夕日が村里にさしこみ、何がなし起こる憂いを、語る友もなし。
古い道には、行く人もなし。秋風がきびを吹き渡る。

「秋風」と「黍」と、用語の一致。秋風が黍を吹くとき、物思いに沈む、というモチーフの共通性。耿詩の前半の、秋の夕日が村里（閭巷）にさしこむ情景は、「なつかしきふるさとの軒端」の背景をなしているように思われる。

　ふるさとの空遠みかも
　高き屋にひとりのぼりて
　愁ひて下る
　　　　　　　〈『一握の砂』秋風のこころよさに〉

　高山《たかやま》のいただきに登り
　なにがなしに帽子をふりて
　下り来しかな
　　　　　　　〈『一握の砂』我を愛する歌〉

　南登碣石館　　南のかた碣石館《けっせきかん》に登り
　遥望黄金台　　遥かに黄金台《おうごんだい》を望む
　丘陵尽喬木　　丘陵　尽《ことごと》く喬木
　昭王安在哉　　昭王　安《いずく》に在りや
　覇図悵已矣　　覇図《はと》悵《あ》已《や》んぬるかな

駆馬復帰来　　馬を駆って復《ま》た帰り来《きた》る　　〈陳子昂《ちんすごう》・薊丘覧古《けいきゅう》〉『唐詩選』所収

南、碣石館に登り、はるか彼《か》の黄金台を望む。
丘陵はみな高い木に蔽われている。昭王よ、今いずこに。
覇者のはかりごとも空しく消えた。胸ふさがれて、丘を駆け下る。

陳詩は、戦国時代の燕《えん》の中興の名君昭王（在位前二九五―二七一）を懐古し、栄枯盛衰の無常を歎いたもの。黄金台は、「先ず隗《かい》より始めよ」の諺で名高い郭隗《かくかい》のために、昭王が築いた館である。文武にすぐれた人材を集め、燕の国を再興した昭王も消え去り、今は館のあとに木が生い茂るばかり。丘の上に立ち尽くし、胸を浸す感慨に、つき動かされるように駆け下る。

啄木の二つの歌も、高い所へ登り、何がなし思いがこみ上げてきて、下りてくる、というモチーフが共通する。

なお、陳子昂（六六一―七〇二）の、虚飾を削ぎ落とした素朴で力強い詠いぶりは、〝唐詩の風格〟を形成する要素となっているものだが、啄木の歌の精神の根幹をなすように思われる。

陳子昂には、もう一首、似た趣の短い詩があるので、これも紹介しておこう。『唐詩選』のあと、清《シン》初（十七世紀）に編纂された『唐詩三百首』に収載されている。

登幽州台歌　　　陳子昂

前不見古人　　前に古人を見ず
後不見来者　　後に来者を見ず
念天地之悠悠　　天地の悠悠たるを念《おも》い
独愴然而涕下　　独り愴然《そうぜん》として涕下《なみだくだ》る

わが前には、昔の人は見えない。わが後には、未来の人は見えない。天地の悠久なるを思えば、ただ悲しく涙が流れるばかり。

空間と時間のただ中に立っている感じ。悠久の天地に時が流れる。人の生は一瞬に過ぎない、という名状しがたいおののきのような感情が、簡古な表現で見事に捉えられている。日本の近代の短詩形にも通うものがあるだろう。

何がなしに
息きれるまで駆け出してみたくなりたり
草原などを
〈『一握の砂』我を愛する歌〉

あたらしき心もとめて

名も知らぬ
街など今日もさまよひて来ぬ　〈同右〉

向晩意不適　晩になんなんとして意適《かな》わず
駆車登古原　車を駆って古原に登る
夕陽無限好　夕陽無限に好し
只是近黄昏　只《た》だ是《こ》れ黄昏に近し
〈李商隠・楽遊原に登る〉『唐詩三百首』所収

夕暮迫るころ、何がなし心満たされず、車を走らせ、楽遊原へと登る。夕日が、何とも言えず美しい。だが、たそがれが近い。

何か満たされぬ思いが衝き上げて、わけもなく草原を駆けだし、街をさまよう。李詩の前半はまさしくそれだ。後半は、夕日の沈みゆく一瞬の美しさを捉えたもの。〝滅びの美〟ともいうべき趣がある。

かの家のかの窓にこそ
春の夜を
秀子とともに蛙《かはづ》聴きけれ　〈『一握の砂』煙〉

君問帰期未有期
巴山夜雨漲秋池
何当共剪西窓燭
却話巴山夜雨時

君帰期を問う　未だ期有らず
巴山《はざん》の夜雨秋池に漲《みなぎ》る
何《いず》れか当《まさ》に共に西窓の燭を剪《き》りて
却《かえ》って巴山夜雨の時を話すなるべし

〈李商隠・夜雨北に寄す〉『唐詩選』所収

君は私の帰る日を尋ねるが、まだ日は来ない。ここ巴山に夜の雨が降り、池は漲《みなぎ》っている。共に西の窓べの燭をともし、今の「巴山の夜雨」を語るのはいつだろう。

李詩は、現在を過去にする未来、の情景を夢想しているのだが、窓べに女と夜を過ごす場面の設定は共通するものがある。「秋の夜」に非ずして「春の夜」という設定によって、「池の蛙」が導き出された、のではないか。

あめつちに
わが悲しみと月光と
あまねき秋の夜となれりけり

〈『一握の砂』秋風のこころよさに〉

独上江楼思渺然

独り江楼に上れば思い渺然《びょうぜん》

月光如水水連天
同来翫月人何処
風景依稀似去年

月光水の如く 水 天に連なる
同《とも》に来りて月を翫《もてあそ》びし人は何処《いずこ》
風景依稀《いき》として去年に似たり 〈趙嘏《ちょうか》・江楼感を書す〉『唐詩選』所収

ひとり川辺の高楼《たかどの》に登れば、悲しみは涯《はて》なし。
月光は水のように澄みわたり、水は天に続く。
ここで共に月を賞《め》でたあの人は何処《いずこ》。
風景は去年とよく似ているのに。

趙詩は、今は亡き愛人との月見の思い出にひたるもの。「月光水の如く水天に連なる」という、冴えざえとあまねく照らす月光のイメージと、悲しみの情が、啄木の歌に詠いこまれている。

以下、引用の詩は、訳を付けずに挙げる。

十年まへに作りしといふ漢詩《からうた》を
酔へば唱《とな》へき
旅に老いし友 〈『一握の砂』忘れがたき人人〉

二十余年別帝京
重聞天楽不勝情
旧人唯有何戡在
更与殷勤唱渭城

二十余年帝京に別れ
重ねて天楽を聞きて情に勝《た》えず
旧人唯《た》だ何戡《かかん》の在る有り
更に与《ため》に殷勤《いんぎん》に渭城《いじょう》を唱う〈劉禹錫・歌者何戡に与う〉『唐詩選』所収

一曲涼州金石清
辺風蕭颯動江城
坐中有老沙場客
横笛休吹塞上声

一曲の涼州金石清し
辺風蕭颯《しょうさつ》として江城を動かす
坐中に沙場に老いたる客有り
横笛吹くを休《や》めよ 塞上《さいじょう》の声 〈張喬・辺将を宴す〉『唐詩選』所収

劉詩は、都に別れて二十余年、久しぶりに昔の馴染《なじみ》の歌手の唱う歌を聴いたこと、張詩は、戦場で老いた将軍を慰めるために、宴席で笛を吹くこと、をそれぞれ詠う。この二首の詩から、「十年まへ」「漢詩」「唱ふ」「旅に老いし」の語を得て、構想したものと思われる。

いたく錆《さ》びしピストル出でぬ
砂山の
砂を指もて掘りてありしに 〈『一握の砂』我を愛する歌〉

折戟沈沙鉄未銷　折戟《せつげき》沙に沈んで鉄未だ銷《き》えず
自将磨洗認前朝　自《みずか》ら磨洗を将《も》って前朝を認む

………

〈杜牧・赤壁〉『唐詩三百首』所収

「赤壁の古戦場」を詠う七言絶句の前半。砂に埋もれた折れた戟《ほこ》が錆びて出てきた、それを磨き洗うことによって、あの三国時代のものとわかる、という。「砂に埋もれた錆びたピストル」の発想は、ここから得られたものであろう。

大といふ字を百あまり
砂に書き
死ぬことをやめて帰り来れり

〈『一握の砂』我を愛する歌〉

………

数州消息断　数州消息断《た》ゆ
愁坐正書空　愁え坐して正に空《くう》に書す

〈杜甫・雪に対す〉

五言律詩の終りの二句。安禄山の乱の時、官軍の敗色濃く、数州の消息も絶え、愁いの余り空に向かって字を書いた、と。これには典故がある。『世説新語《せせつしんご》』(六朝貴族のエピソード集)黜免《ちゆつめん》篇に、殷浩《いんこう》という将軍が、敗戦の責を負って免職になった時、「咄咄《とつとつ》怪事」（チェッ、おかしな事だ）という四字をいつも空に書いていた、と。悲歎の余り、砂に字をいくつも書く、という発想との類似が見られる。

まだいくつか指摘できるものがあるが、この辺で〝幕〟としよう。

第九章　子規と日清戦争

金州城　　正岡子規

旌旗十万捲天来　旌旗《せいき》十万天を捲いて来る
一戦国亡枯骨堆　一戦国亡《ほろ》びて枯骨《ここつ》堆《うずたか》し
犬吠空垣人寂寞　犬は空垣《くうえん》に吠え　人寂寞《せきばく》
満城風雨杏花開　満城の風雨　杏花開く

十万もの旗指物が天を捲き上げて、攻め寄せる。
一戦して国は亡び、あたりに死骸《むくろ》が折り重なる。
荒れた垣根に犬が吠え、人の姿はない。

城中《まちじゅう》に風雨がすさぶなか、白い杏《あんず》の花が咲く。

である。

日清戦争に従軍した正岡子規《まさおかしき》（一八六七―一九〇二）は、新聞「日本」に、「陣中日記」を連載した。これは、明治二十八年四月二十八日の第一回に掲載された詩（連載は七月まで四回続く）である。

熱望していた従軍が、三月二十一日ようやく許可され、子規は四月十日、広島の宇品港より乗船、十五日、上陸して金州城に向かった。勇躍従軍した、と言いたいところだが、戦争はすでに終っており（三月三十日、日清休戦条約締結）、しかも、現地での待遇は最悪であったため、上陸後十日目には早くも帰国を決意する始末であった。

さて、詩は唐の辺塞詩《へんさいし》（辺塞は、国境のとりで、の意）を模したもので、なかなかの出来栄えである。なお、初出では、第三句の下三字は「人不住」（人住まず）となっているが、より客観的な描写を良しとして、「人寂寞」に推敲したものと思われる。

中国では、歴代異民族との抗争が絶えないため、北または西北方の国境の草原や砂漠を舞台とする戦争の詩――辺塞詩が、盛んに詠われた。漢詩の流れの大きな部分を占めているほどである。

しかし、日本は島国だから、〝辺塞〟方面での戦争、などはあり得ない。中国の詩を学ぶ上で、辺塞詩を模倣することはあっても、それはあくまでも〝絵空事《えそらごと》〟に過ぎず、詩人の感興を惹かないのだろう。日本の〝辺塞詩〟には見るべきものはない。

その意味で、日本人が始めて、いわゆる「辺塞」を実地に訪れて、本当の戦争を詠うことは、開闢《かいびゃく》以来の出来事なのである。子規にその自覚がどれほどあったか、定かではないが、念願の従軍が実現し、始めて異郷の荒涼たる戦場を目の当りにして、精神昂揚したであろうことは、想像に難くない。

子規には、「金州城外」と題する、類似の詩がもう一首ある。

金州城外

乱後亡民不可求　乱後の亡民求むべからず
杏花空屋燕児愁　杏花空屋　燕児愁う
遼陽四月草猶短　遼陽《りょうよう》四月草猶《な》お短し
不為行人掩髑髏　行人の為に髑髏《どくろ》を掩わず

戦乱の後、逃げた民衆はどこへ行ったのか。
杏の花咲く人無き家に、燕が悲しげに鳴く。
ここ遼陽は四月だというのに、まだ草は短い。

だから、戦死者の髑髏《どくろ》は草に蔽われず、旅人の目に晒されたままだ。

『全集第八巻・漢詩　新体詩』（昭和五十一年・講談社刊）に拠れば、この詩は明治二十九年、佐伯政直宛書簡に初出する、とあるが、内容から見て、前の詩とほぼ同じ頃に想を得たものであろう。第一句の上の二字を「離散→乱後」、第三句の上の二字を「山中→遼陽」と推敲の跡がある。

この詩は、前の詩より一段と出来が良い。ことに後半の二句は、

沅湘日夜東流去　沅湘《げんしょう》日夜東流し去り
不為愁人住少時　愁人の為に住《とど》まること少時《しばらく》もせず〈戴叔倫・湘南即事〉『三体詩』所収

髑髏尽是長城卒　髑髏　尽《ことごと》く是《こ》れ長城の卒
日暮沙場飛作灰　日暮沙場飛んで灰と作《な》る〈常建・塞下曲〉『唐詩選』所収

などの唐の絶句の名作の語や意匠をたくみに取りこんで、しかも新しい発想がある。実際の体験から巧まずして流れ出た趣があり、日本漢詩の傑作に数えらるべきもの、といってよかろう。

子規は慶応三年（一八六七）生まれ。漱石と同庚（同い年）だが、松山藩儒大原観山の孫という家庭の環境もあり、漢文の素養の点では漱石よりはるかに本格的であった。七歳にして素読を始め、九歳にして土屋久明（旧藩校助教）に就き漢学を学ぶ。十二歳にして、久明の指導の下、漢詩の第一作がものされる。記念すべき処女作は次の詩。

聞子規　　子規を聞く
一声孤月下　　一声孤月の下《もと》
啼血不堪聞　　血に啼いて聞くに堪《た》えず
半夜空欹枕　　半夜空しく枕を欹《そばだ》つ
古郷万里雲　　古郷万里の雲

題の下に、「余作詩以此為始」〈余の詩を作るは此れを以て始めと為す〉とある。お師匠さんから題を出され、至ってまっとうに作ったもの。押韻、平仄は無論規格正しい。しかし、人生の第一作が、「啼いて血を吐く」という、後年の運命を予言するような詩とは、不思議な因縁を思わざるを得ない。詩の世界では、このようなことが往々にして起こる。これを「詩讖《ししん》」（詩の予言）という。

明治二十二年一月、漱石との交遊が始まるまでの子規の作詩の数は次の通り。

明治十一年（十二歳）　一首
十二年（十三歳）　二首
十三年（十四歳）　十一首
十四年（十五歳）　五十八首
十五年（十六歳）　五十九首
十六年（十七歳）　六十七首（此の年上京）
十七年（十八歳）　八十七首（大学予備門入学）
十八年（十九歳）　二十三首
十九年（二十歳）　二十五首
二十年（二十一歳）　十六首
二十一年（二十二歳）　三十七首

合計三百八十六首。詩が一人前になるには、俗に〝絶句二百首〟というが、すでに長短取り混ぜ、それをはるかに超える実作をものしている。明治十八年より数がやや減少しているのは、この年より和歌と俳句を始めた（随筆その他に拠る）ためと思われる。

漱石と交遊を始めた時、子規の漢学の素養はかくの如く相当厚く積まれていたが故に、漱石は一目置き、同い年ながら〝兄事〟するに至ったのである。この年の夏、房総を旅行して綴った漢文の紀行文「木屑録《ぼくせつろく》」（中に漢詩も含む）は、漱石の処女作であり、子規に見せようと作られたものだ。子規もまた、これを見て漱石の才を認め、「畏友」と称した。

さて、話を日清戦争に戻そう。

明治二十六年、二十七年と二首ずつしか作らなかった漢詩が、二十八年に三十四首、二十九年には六十六首と急増したのも、従軍による精神の昂揚が作用したものであろう。四月十五日に上陸して金州城に向かう。次の作品は二十五日に作られた。

三崎山

俯自山頭望　　俯して山頭より望む
金州一万家　　金州一万家
開城兵革息　　城を開いて兵革息《や》み
布政徳威加　　政を布《し》いて徳威加わる
枯骨生春草　　枯骨　春草生じ
孤墳下暮鴉　　孤墳　暮鴉下る
英霊長擁護　　英霊　長《とこしえ》に擁護し
此地物情嘉　　此の地　物情嘉なり

山頂から下を見ると、金州の家々が密集している。
町を占領して戦争は終り、軍政をしいて徳が民に及ぶ。
戦死者の屍《むくろ》に春草が生《は》え、無名の塚に烏《からす》が舞い下りる。
英霊の加護のお蔭で、此の地は厚く恵まれる。

三崎山とは、題の下の注によると、金州城の東門の外に、通訳官の藤崎、鐘崎、山崎の三氏が葬られている丘、とのこと。詩は、頸《けい》聯（第五・六句）の「枯骨…、孤墳…」の表現が戦火の悲惨を物語る。

五律のよく出来たものをもう一首。

金州城外散策

兵甲豈堪繁　　兵甲豈《あに》繁に堪えんや
吟筇独出門　　吟筇《ぎんきょう》独り門を出《い》づ
馬蹄人跡路　　馬蹄人跡の路
柳葉杏花村　　柳葉杏花の村
傖父喃喃語　　傖父《そうほ》喃喃《なんなん》として語り
征衣漠漠翻　　征衣漠漠《ばくばく》として翻える

児女不知戦　児女戦いを知らず
採菜在田園　菜を採りて田園に在り

「兵甲」の煩わしさに堪えられず、ひとり、ぶらりと外へ出た。路には馬の蹄《ひづめ》あとや人の足あと。村には柳や杏の花。田舎おやじたちは何やら話かけ、わが旅衣《たびごろも》は風に翻る。女子供は戦争などどこ吹く風、畑でもっぱら菜摘みをしている。

「兵甲」は、武器とよろい、の意だが、ここでは「兵士並みに扱われる生活環境」というようなこと。子規は従軍記者の待遇が兵士並みで、宿舎もひどいものであったことを憤慨している。

頷《がん》聯（第三・四句）の表現は、城外の農村風景を描いて光る。「馬蹄…」の句は、泥の路に、多くの馬や人の通った跡が残るさまで、戦争の余波として、ふだんは静かな農村の時ならぬ慌しさが五字にうまく集約されている。この句と、柳の葉の緑、杏の花の紅の取り合わせが、風景を立体的にし、奥行きも加えている。単純な語の組み合わせだけに、かえって面白い味が出て、絶妙。

子規の日清戦争従軍に関わる詩は、明治二十八、九年の間に十九首を数える。中には、「旅順港」の四十句、「古刀行」の二十句などの長篇もあるが、大概は絶句、律詩の短篇である。絶句の佳作を二、三紹介しよう。

山東会館
戦余城郭夕蕭森　戦余の城郭　夕べに蕭森《しょうしん》
殺気未収驚鳥心　殺気未だ収まらず　鳥心を驚かす
夜宿禅房春似夢　夜禅房に宿れば春は夢に似たり
海棠花下月沈沈　海棠花下　月沈沈

戦後の城郭《まち》は、日暮れてものさびしく、殺気がまだ立ち上って鳥も騒ぎやまない。夜、寺に泊ると、ここは夢のような春の気分、海棠の花の下、月が沈みゆく。

題下に「在金州城内」とある。『日本』明治二十九年一月三十一日所載の「従軍紀事」によると、二十八年四月二十四日、山東会館内に移った、と見える。ただし、「禅房」に宿したことは見えないので、詩の上の修飾かもしれない。
町の殺伐とした雰囲気をよそに、海棠の花が月光に照らされている情景を見て、感動したのだろうか、それをより効果的に詠うために「禅房」での「夢のごとき春」、を仕組んだものと思われる。

従軍

万里従軍春色翠　　万里従軍すれば春色翠《みどり》なり
関山花発多郷思　　関山花発《ひら》いて郷思多し
誰吹玉笛向城中　　誰か玉笛を城中に吹く
一夜群星尽零地　　一夜群星尽く地に零《お》つ

万里従軍すれば、緑の春景色、関所の山に花が咲いて郷心《さとごころ》を誘う。誰だろう、城中で玉笛を吹いている。今夜、群《む》れ星が尽く地に落ちてきた心地《ここち》だ。

これは、明らかな唐詩風。『唐詩選』に収める次の詩が影を落としている（高適・李益は七言絶句の後半、李白のは前半の二句）。

借問梅花何処落　　借問《しやもん》す 梅花何れの処にか落つ
風吹一夜満関山　　風吹いて一夜関山に満つ　〈高適・塞上にて笛を聞く〉
不知何処吹蘆管　　知らず 何れの処にか蘆管を吹く

一夜征人尽望郷　一夜征人尽く郷を望む　〈李益・夜受降城《じゅこうじょう》に上りて笛を聞く〉

誰家玉笛暗飛声　誰が家の玉笛ぞ　暗に声を飛ばす
散入春風満洛城　散じて春風に入りて洛城に満つ　〈李白・春夜洛城にて笛を聞く〉

子規の第四句は、笛の音を聞いて涙が溢れるさまを形容したものだろう。感覚的な表現で面白い。

最後に紹介するのは、海の詩。

黄海

回顧家郷渺渺間　回顧すれば家郷は渺《びょう》渺《びょう》の間
波上白雲何処還　波上の白雲何れの処にか還る
孤鶻西飛三百里　孤鶻《ここつ》西に飛ぶ三百里
海窮天尽総無山　海窮り天尽き総《すべ》て山無し

ふり返り見れば故郷は遥か彼方《かなた》。波の上の白雲はどこへ還るのだろう。
はやぶさが一羽、西へと飛んでいく。その行手には、海と空の果まで山一つない。

これは、頼山陽だ。山陽が九州に遊んだ折（文化十五年・一八一八）の作を下敷きにしている（第一章参照）。

阿嵎嶺《あぐね》　　　　頼　山陽

危礁乱立大濤間　　危礁《きしよう》乱立す　大濤の間

決眥西南不見山　　眥《まなじり》を決すれば　西南　山を見ず

鶻影低迷帆影没　　鶻影は低迷し帆影は没す

天連水処是台湾　　天　水に連なる処　是《こ》れ台湾

「鶻影」の語は、宋の蘇東坡の晩年の名作、「澄邁駅《ちょうまいえき》の通潮閣」七絶の後半、「杳杳天低鶻没処、青山一髪是中原」（杳杳《ようよう》天低《た》れ鶻の没する処、青山一髪是《こ》れ中原）から得たもの。

子規の漢詩は、日清戦争の時期に最後の昂揚を見せたあと、急速に凋んだようだ。『全集』には、明治三十年以後の作としては八首を録するのみ。

第十章

乃木将軍と日露戦争

従軍記者正岡子規が、日清戦争において「金州城」を詠じてより、ちょうど十年め、将軍乃《の》木希典《ぎまれすけ》（一八四九―一九一二）が、日露戦争において同じ場所で「金州城」を詠じた。

金州城下作

山川草木転荒涼
十里風腥新戦場
征馬不前人不語
金州城外立斜陽

山川草木転《うた》た荒涼
十里風 腥《なまぐさ》し新戦場
征馬前《すす》まず人語らず
金州城外斜陽に立つ

山も川も草も木も、荒れはてている。

十里四方、吹く風はなまぐさい、ここ新戦場。
軍馬も進まず、人もおし黙ったまま、
金州城外の夕日の中に立ち尽くす。

明治三十七年（一九〇四）五月二十六日、第二軍は金州城外の南山を攻撃、激戦の末これを陥れ、金州を占領した。この戦闘で乃木将軍の長男勝典中尉は重傷を負い、翌日戦死する。将軍は第三軍司令官に任ぜられ、六月六日遼東半島に上陸、旅順に向かう途中、七日、南山を巡視、跡を弔った。当日の日記には、「雨、南山ノ戦場巡視、山上戦死者墓標ニ麦酒ヲ献ジテ飲ム、幕僚同行」と記したあとに、この詩を記している。

日記の初作では、第一句の「山川」が「山河」に、第四句の「斜陽」が「夕陽」になっている。「夕陽」は平仄が合わないので改めたのは当然だが、「山川」と「山河」は平仄も異らず、意味も「やまとかわ」で同じであるのになぜ改めたのか。実は、ここに、この詩を解する鍵がある。

「山河草木…」と言った時に、すぐに頭に浮かぶのは、次の句だろう。

国破山河在　　国破れて山河在り
城春草木深　　城春にして草木深し　〈杜甫・春望〉

安禄山の乱に荒れ果てた都長安の跡を詠う有名な句である。これも戦争の惨禍を描くのに適切ではある。だが、「山川草木…」には、もっと緊密な拠り所がある。

…主客相搏、山川震眩、
…征馬踟蹰、…草木悽悲、…
〔…主客相い搏《う》ち、山川震眩《しんげん》す、…征馬も踟蹰《ちちゅう》（進まない）す、…草木も悽悲《せいひ》（いたみ悲しむ）す、…〕
〈唐・李華「古戦場を弔うの文」〉

右の文は、昔の日本人なら誰でも読んだ『古文真宝』（宋・黄堅編）や『文章軌範』（宋・謝枋得編）に入っている。将軍も当然知悉していただろう。ここでは、刀折れ矢竭《つ》き、あたりに髑髏《どくろ》がころがっているような、むごたらしい戦場の様子が描かれる。生々しさでは杜甫の「春望」より一段と適切である上、これが「古戦場」のさまであれば、「新戦場」のさまは言うも愚かなり、という意が強調されるのである。一字の波及するところは小さくない。

第二句の「十里風腥新戦場」にも、注釈が必要だ。この「十里」は、漢詩の約束として華里（一華里は約五百メートル）を用いるので、五キロほどとなり、ごく狭い、局限された地域を意味する。

「古戦場を弔うの文」では、「浩浩乎《こ》として平沙限《かぎ》り無し」（文の冒頭の部分）という広い地域を舞台にするのに対し、こちらは狭い地域で激戦が行われ、そここに死屍累々たる有様だからこそ、「吹く風も腥い新戦場」だ、というのである。

第三句の「征馬前《すす》まず」は、「古戦場を弔うの文」とも関連するほか、唐の韓愈の「左遷せられて藍関に至り姪孫《てっそん》（おいまご）湘に示す」という有名な七言律詩の第六句、

雪擁藍関馬不前　　雪は藍関《らんかん》を擁して馬前まず

の影響がある。雪が関所に降り積もって馬が進まない、という情景。「金州城下」では、馬も歩みを止め、人もただおし黙っている情景を、句中対（七言句の上の四字と下の三字が同じ構造）で描く。

第四句は、金州城外で、赤々と沈みゆく夕日と向かい合いつつ立ち尽くす様を描く。むしろ感慨の語などないほうが、万感の思いを強く訴えるのである。

以上、唐の李華の「古戦場を弔うの文」を踏まえ、「新戦場」の詩が見事に出来た。絵空事ではない、実際の戦場と実体験が裏打ちとなっているだけに、その迫力は素晴しいものがある。わが国の〝辺塞詩〟の金字塔といって過言ではない。

この時期の作で、すぐれたものをもう一首見よう。

凱旋

皇師百万征強虜
野戦攻城屍作山
愧我何顔看父老
凱歌今日幾人還

皇師百万強虜を征す
野戦攻城　屍《しかばね》　山を作《な》す
愧ず　我何の顔《かんばせ》あってか父老を看ん
凱歌今日幾人か還る

我が軍百万、強敵を征伐し、野戦して城を攻め、戦死者も山をなした。私はどの面《つら》下げて親ごたちに会えよう。凱旋した今日、何人の兵士が帰ったか。

明治三十八年秋、日露講和の締結を聞き、帰国の日を思って作ったものという。この詩の後半は、『史記』の有名な「項羽本紀」の話に基づく。項羽が劉邦（漢の高祖）に追われ、烏江《うこう》の渡し場まで来た時、烏江の亭長《かしら》が舟を用意して待っていた。舟に乗って逃げることを勧める亭長に対して、項羽は笑って謝絶し、次のように言う。

…籍与江東子弟八千人、渡江而西、今無一人還、縦江東父兄憐而王我、我何面目見之、縦彼不言、籍独不愧於心乎。

〔…籍（項羽の本名）江東の子弟八千人と、江を渡りて西し（西に行き）、今一人の還るもの無し。縦《たと》い江東の父兄憐みて我を王とすとも、我何の面目あってか之《これ》に見《まみ》えん。縦い彼言わずとも、籍独り心に愧じざらんや。……」

乃木将軍は、三十七年秋、旅順を攻撃し、多くの戦死者を出した。次男保典少尉も戦死した。したがって、詩の後半は、将軍の偽わらざる気持が、自然に項羽の感慨に重なった趣がある。典故の踏まえ方が極めて適切、ということである。

ただし、ちょっとしたことだが、詩の第三句の「看父老」は、「見父老」でなければならなかった。「看」は、「まみえる」「よくみる」「(みようとして)みる」の意であり、ここは『史記』にもそうあるように、「まみえる」「人に会う」の意の「見」が正しい用法である。「見父老」とすると「仄三連《そくさんれん》」(七言句の下の三字がみな仄字)の禁を犯すことになるので、平仄両用の「看」にしたものであろう。ここは意味が優先すべきところで、要《い》らぬ配慮をしたことになる。

将軍には、なお幾首かの新〝辺塞詩〟があるが、これら日本の漢詩には少ない〝辺塞詩〟を作り得たのも、将軍にそれだけの素養があったからこそ、である。

乃木希典は、嘉永二年(一八四九)に江戸麻布日《ひ》ヶ《が》窪《くぼ》の長州藩上屋敷に生まれた。八歳、六本木の私塾で句読・習字を習い、十歳まで江戸で、武士の子として普通の漢学の初歩を修めた。十歳の時、長州(山口県)豊浦に移り、藩儒結城《ゆうき》香崖《こうがい》について漢学・詩文を学ぶ。結城香崖は、篠崎小竹、古賀侗庵《とうあん》に学んだ学者である。その薫陶によるのか、乃木は文学を以て身を立てようとした、という。将軍乃木の知られざる一面を伝えるものだ。

その後、十五歳で豊浦藩の藩学・敬業館に入学、十六歳、吉田松陰の叔父に当る玉木文之進に師事した。十七歳で長州藩学・明倫館に入学、明治元年、二十歳で退学した。つまり、乃木の勉学は、ちょうど江戸時代の終る時に、武士としての素養を積んだことになる。これは、慶応三年（維新の前年）に生まれて明治と共に育った、漱石や子規と基本的に違うところである。

明治四年、二十三歳で陸軍少佐に抜擢され、乃木の軍歴が始まる。中央乃木会編『乃木将軍詩歌集』（昭和五十九年・日本工業新聞社刊）によると、生涯二百三十八首の詩を、明治八年（一首）より断続的に残しているが、明治九年（五十一首）、十年（十六首）、十一年（三十二首）、十二年（六十首）と、この四年間の作は百五十九首と、生涯の過半数を占める。ちょうど、秋月の乱、萩の乱（九年）、西南戦争（十年）、本人結婚（十一年）と、内外ともに変動の時期であった。二十八歳から三十一歳の血気壮《さか》んな年齢で、詩情もまた旺盛なものがあったのだろう。

そのうちの面白いものを二、三紹介しよう。

西南役後過田原
田原一望秋将老

西南役後　田原《たばる》を過ぐ
田原一望　秋将《まさ》に老いんとす

新戦場荒草木摧　　新戦場荒れて草木摧く
忽見村童三両四　　忽ち見る　村童三両四
砂中拾得弾丸来　　砂中弾丸を拾得し来る

田原を一望すれば、秋もふけゆく気配、新戦場は荒れ、草木は枯れ凋む。ふと見ると、村の子どもが三、四人、砂の中から弾丸を拾って来た。

西南戦争の激戦地田原坂での寓目の詠。明治十年秋の作。激戦は三月に行われたので、まだ生々しい戦場の様子が描かれている。第二句は、後年の傑作の先駆けをなす表現として注目される。後半は、唐の杜牧の「折戟沈沙鉄未銷」「折戟沙に沈んで鉄未だ銷《き》えず」（〈赤壁〉第八章参照）の句にヒントを得たものだろう。

印野原之露営　　印野原《いんのはら》の露営
雪影月光映夜天　　雪影月光　夜天に映ず
芙蓉顔色特清妍　　芙蓉の顔色特に清妍
山霊若有留余意　　山霊若《も》し余を留むるの意有らば
欲解戦袍腰下眠　　戦袍を解いて腰下に眠らんと欲す

月の光に冠雪が夜空に映え、今夜の富士山は、ことに清らかで美しい。
山の女神が私を引き留めるなら、軍服を脱いで麓(腰)に眠ることとしよう。

明治十二年、富士の裾野での演習の折の作。印野原は現在の御殿場市になる。山の麓を意味する「腰」の字をうまく効かせて、山の女神と一夜を共にするという趣向に仕立てた。

次の詩も、同じ頃の似た趣向の作。

山中村演陣

旭旗映雪暁風寒　旭旗雪に映じ暁風寒し
雷銃轟天争戦闌　雷銃天に轟いて争戦 闌《たけなわ》なり
玉女山霊如有意　玉女山霊 意有るが如く
孱顔半掩白雲看　孱顔《せんがん》半ば白雲を掩《おお》いて看る

旭の御旗《みはた》が雪に映え、朝風が冷たい。砲声が天に轟いて演習は最高潮だ。
玉女の山の神は、気づかわしげに、美しい顔を白雲に半分隠してのぞいている。

「旭旗」「雷銃」の用語もうまい。富士山は木花之開耶姫《このはなのさくやひめ》を祀っているので、玉女山ともいう。第四句の「孱顔」は、山の高く険しいさまを形容する語だが、「孱」には、「かよわい」の意があり、「孱弱」、「孱肌」（かよわいはだ）などの熟語もあるので、ここでは「女神のかよわい顔」の意を兼ねさせた。ユーモラスな味もあり、機知の詩である。乃木は、若い頃、芸者遊びなどもさかんにしたという。その〝洒脱《しゃだつ》〟さがうかがわれる詩だ。

伊豆山中

斜日秋風落葉多　　斜日秋風落葉多し
霜深野菊猶存花　　霜深くして野菊猶《な》お花を存す
林端忽見短虹起　　林端忽ち見る短虹の起こるを
知是前渓有水車　　知る是れ前渓に水車有るを

夕日の中、秋風が吹いて落葉が散る。霜に打たれた野菊は、それでも花を著けている。林の向こうに、短い虹が見えた。あれは前の谷川に水車がしぶきを上げているのだ。

これも同じ頃の作。水車のしぶきによってできる小さい虹に着目した、新しい感覚の詩である。作者の詩人としてのセンスをうかがわせるに足る。なお、「斜日」によって「虹」が起こされ、「落葉多」によって、林が透《す》けて見える――それ故、前方の虹が見やすい――情景が呼び起こされる。周到な用意。

乃木の詩は、日記に書き記されているので、あまり推敲のあとがなく、右の作品にも措辞に〝瑕瑾《かきん》（きず）〟がいくつかある。しかし、さすがに「文学を志した」だけあって、詩の感覚は非凡なものを感じさせる。

青年期を過ぎ、軍人としての地位が上るにつれて詩の数は減り、明治十九年よりドイツ留学を挟み、六年の空白の後、明治二十五年、上司の桂太郎と合わず、辞表を出して休職となり、那須に隠棲する。すでに四十四歳、中年期にさしかかり、境遇の変化に、詩風も変化したようだ。

那須野

寒厨寧歎食無魚　寒厨寧《なん》ぞ歎かん 食に魚無きを
手種新蔬味有余　手ずから種《う》えし新蔬 味余り有り
一縷香烟凝不動　一縷《いちる》の香烟凝って動かず
疎簾隔雨読農書　疎簾雨を隔てて農書を読む

貧しい台所に、魚がないなどと歎くまい、自《みずか》ら栽培した野菜は、味もこまやか。一すじの香の煙がじっと立ち上る、粗末な簾ごしに雨が降る中、農事の本を読む。

第一句は、孟嘗君《もうしょうくん》の食客の馮驩《ふうかん》が、待遇改善を求めて、「長鋏(刀)よ帰らんか、食に魚無し」と言った故事。「寒厨」ゆえに、食に魚の無いのは当り前、と洒落た。第二句は、陶淵明の句に「園蔬に余滋(十分な味わい)有り」〈郭主簿に和す〉とあるのに基づく。第四句も、陶淵明の「山海経《せんがいきょう》を読む」詩に趣向が似る。

この頃、「石樵《せきしょう》」という号を用いだした。中年の枯淡の味が出てきたのだが、やがて、戦争の時勢となり、石樵も修羅場へと赴くこととなる。

第十一章　三島中洲の「霞浦遊藻」

二松学舎の創立者三島中洲《みしまちゅうしゅう》（名は毅《き》。一八三〇―一九一九）は、詩人としても時代に聳える大きな存在である。幕末から明治を丸ごと、そして大正半ばまで、九十年の生涯に凡そ二千七百余首の詩を残し、さながら「詩史」の趣がある。

詩の内容は、時事から教育、交遊、肉親との情愛に至るまで、多くの分野に亘っているが、ここでは、二松学舎を作る前の、裁判所長時代の詩を見よう。

中洲は、明治五年（一八七二）、師の山田方谷《やまだほうこく》（第十七章参照）の諭《さと》しによって、新政府に仕えるべく、備中（岡山県）から東京へ出た。九月より司法省に出仕し、法律の手ほどきを受け、翌六年五月には、新治《にいはり》裁判所長に任命されて土浦に赴く（新治は、現在の茨城と千葉にまたがる地域）。明治六年より八年までの二ヶ年の間、勤務の暇に霞ヶ浦、筑波山などを遊歴し、詩六十八首を作った。これを収めているのが「霞浦遊藻《かほゆうそう》」である。中洲四十四歳から四十六歳の働き盛りに当る。

中洲の詩で最も人口に膾炙している「磯浜望洋楼《いそはまぼうようろう》」も、この時期の作である。長い序がついている。

投宿祠前一酒楼、眼界千里浩洋無際、長谷経国投杯大息曰、古人望洋之歎、豈謂此乎、余曰、可以名楼、遂書望洋二大字、与楼主人、酔余得一絶。

〔祠前の一酒楼に投宿す。眼界千里浩洋際無し。長谷経国杯を投じ大息して曰く、古人望洋の歎、豈《あに》此を謂うか、と。余曰く、以て楼に名づくべし、と。遂に望洋の二大字を書き、楼の主人に与う。酔余一絶を得たり。〕

夜登百尺海湾楼　　夜登る 百尺海湾の楼
極目何辺是米州　　極目何《いず》れの辺か是《こ》れ米州
慨然忽発遠征志　　慨然忽ち発す 遠征の志
月白東洋万里秋　　月は白し 東洋万里の秋

大洗神社の前の酒楼に宿泊する。眼の前に千里の眺望が広がる。長谷経国が杯を投じて歎息し、「古人の〝望洋の歎〟とは、この事を言うのか」と叫ぶ。私は、「よし、楼の名にしよう」と。そこで「望洋」の二字を大書して楼の主人に与えた。酔った勢いで絶句一首ができた。

夜、海に臨む百尺の高楼に登る。
見はるかす、どの辺にアメリカがあるのか。
感慨がこみ上げ、アメリカへ遠征したくなった。
折から、月が白々と東の海の秋を照らす。

三島中洲像
（二松学舎大学提供）

この詩は、明治初年の日本人の意気を詠うものとして人々に迎えられ、中洲の代表作となっている。なお、「望洋之《の》歎」は『荘子』秋水篇に出る語で、「大きなものを望み見て、己《おのれ》の小ささを歎く」という意に用いる。ここでは、「望洋」の「洋」を、文字通り「太平洋」の意に当て、「太平洋の広大さの前に、小さな自分を思い知った」と、掛けて言ったもの。

この時期には、この詩のような当地の風物を題材にした優れた作が多いが、それは後廻しにし、裁判所長としての感懐を述べた面白い詩があるので、まずそれを紹介しよう。

退食偶感　其一

大罪真愚小罪頑　大罪は真に愚　小罪は頑
憫他自棄誤其身　憫《あわれ》む　他《か》の自棄して其の身を誤るを
寄言断獄諸僚属　言を寄す　断獄の諸僚属
天下元無可悪人　天下元《もとにく》悪むべきの人無し

大罪を犯す者は真の愚《おろか》もの、小罪は頑《たわけ》もの。
彼らが自暴自棄をして身を誤るのを、哀れに思う。
判決を下す裁判官諸君に申し上げよう。
天下にもともと悪人はいないのだ、と。

「退食」とは、官吏が食事のために休息することをいう。題は、勤務の暇の感想、というほどの意。

『孟子』の性善説に基づく思想、と言うべきか。この世の中に、悪人はもともといないのだから、罪を裁くときには十分に酌量してやれ、と。とかく、法を楯に杓子定規に裁きがちな下僚たちを諭すふうである。

其二

微罪累民空歳時　微罪にして民を累《つな》ぎ歳時を空しうす
棄財廃業転堪悲　財を棄て業を廃す転《うた》た悲しむに堪えたり
断刑秘訣君知否　断刑の秘訣　君知るや否や
拙速由来勝巧遅　拙速は由来巧遅に勝る

微罪で人民を逮捕し、いたずらに時を過ごせば、財産を失い仕事をやめることになり、いよいよかわいそうだ。刑を決める秘訣を諸君は知っているか。「拙速」こそもともと「巧遅」に勝るのだ。

これは現代の切実な問題にもなっている、「裁判に時間がかかる」ことを、ずばりと衝いている。それにしても、念入りにやるより拙速がよい、とは思い切った発言だ。

其三

従軽縦失法衡公　軽きに従い縦《たと》い法衡の公を失すとも
疑獄畜疑何日窮　疑獄疑いを畜《たくわ》えて何《いず》れの日か窮まらん
再捕誰言不容易　再捕　誰か言う容易ならずと
奔逃唯在五洲中　奔逃するも唯《た》だ五洲の中に在らん

判決を軽くしたことにより法の公平が失われても、はっきりしない疑いで捕えれば、疑いは積み重なっていつまでも決着しない。再逮捕は容易でない、と誰がいう。逃げ廻っても世界のどこかにいるのだ。

判決を軽くしたことによって、法の公平が失われても、いつまでも裁判をやっているよりよい、再犯したらまたつかまえるだけさ、どうせ逃げても五大洲（世界）のどこかにいる、と。いよいよ大胆な発想が詠われる。

　これらの詩の精神は、そのまま今日にも通用する。よろしく、裁判所などに掛けておくべきだろう。

其四

総常称健訟
乱後獄成叢
決尽七年滞
費他三月功
波山攀暁靄
霞浦棹秋風
今日聊閑暇
同僚力不空

総常は健訟と称す
乱後 獄 叢を成す
決し尽くす 七年の滞《とどこお》り
費《ついや》す 他《か》の三月の功
波山 暁靄《ぎょうあい》に攀《よ》じ
霞浦 秋風に棹《さお》さす
今日 聊《いささ》か閑暇あるは
同僚 力空しからず

総州（千葉県）と常州（茨城県）は争いごとを好み、維新後は、訴訟が山をなしていた。七年間の滞りを決審するのに、わずか三ヶ月で済ましたのは手柄と言えよう。朝もやを衝いて筑波山に登ったり、秋風吹く霞ヶ浦に棹さしたり。今日、いささか暇《ひま》を楽しむのも、同僚の努力のお蔭だ。

連作の最後は、五言律詩で全体を締めくくる。所長としてそつなく、下僚の労をねぎらい、且つ自身の功をも誇っている。

次に、風景・自然を詠う詩、いわゆる「山水詩」を、幾首か取り上げてみよう。

前掲の「磯浜望洋楼」と同じころ、すなわち明治六年の八月、最初の休暇中、霞ヶ浦に遊んだ詩。

明治癸酉八月、始賜避暑暇於諸官員、余時奉判事職、在新治裁判所、与同郷長谷解部謀泛湖遊、以二十五日発土浦。

〔明治癸酉《きゆう》八月、始めて避暑暇を諸官員に賜う。余 時に判事の職を奉じ、新治裁判所に在り。同郷の長谷解部と湖に泛《うか》んで遊ぶを謀る。二十五日を以て土浦を発す。〕

明治癸酉(六年)八月、始めて諸官吏に暑中休暇を賜った。私は時に判事の職を奉じて、新治裁判所に勤務していた。同郷の長谷君と共に霞ヶ浦に舟遊びをしようと計画し、八月二十五日、土浦を出発した。(解部は、官吏の意)

其一

酔月吟風任去留　　月に酔い風に吟じて去留に任《まか》す
烟波万頃一扁舟　　烟波万頃 一扁舟
他年再会添佳話　　他年の再会に佳話を添えん
孤棹同遊霞浦秋　　孤棹《ことう》同遊す 霞浦の秋

明月の下に酔い、秋風に吹かれて吟じ、舟の行くにまかせる。
もやのたち籠める広い湖に、一そうの小舟。
将来、再会した折の良き思い出にと、
共に霞ヶ浦の秋を楽しもう。

前半は、蘇東坡の「赤壁賦《せきへきのふ》」に、「一葦《い》(小舟)の如《ゆ》く所を縦《ほしい》ままにし、万頃の茫然《ぼうぜん》たるを凌ぐ」とあるのを下敷きにする。下僚と共に霞ヶ浦に漕ぎ出し、秋の湖水の遊びを楽しむ。

其二

霞浦秋風皺碧漣　　霞浦の秋風　碧漣を皺《しゅん》す
波山影漾夕陽天　　波山の影は漾《ただよ》う　夕陽の天
蘆花浅水湾湾似　　蘆花浅水　湾湾似たり
漁戸多維舴艋船　　漁戸多く維《つな》ぐ舴艋船《さくもうせん》

霞ヶ浦に吹く秋風が、碧い波を皺《しわ》よせる。
筑波山の影が湖面に漾《ただよ》い、夕日が空と水を染める。
どこの入江にも浅瀬に蘆の花が咲き、

漁師の家には多く小舟を繋いでいる。

霞ヶ浦に筑波山が映《うつ》る、夕暮の好風景。この詩は、唐の司空曙《しくうしょ》の次の詩を踏まえる。

江村即事　　　　司空曙

罷釣帰来不繋船　　釣を罷《や》めて帰り来りて船を繋がず
江村月落正堪眠　　江村月落ちて正に眠るに堪えたり
縦然一夜風吹去　　縦然《たとい》一夜風吹き去るとも
只在蘆花浅水辺　　只《た》だ蘆花浅水の辺に在らん

釣をやめ、入江に帰ってきたが、舟を繋がぬまま。
川べの村に月も沈み、舟の中で寝てしまう。
たとえ、夜の間に風が吹いても、
どうせ蘆の花咲く浅瀬のあたりにただようだけだ。

自然と一つになって生きる漁師の生態を描いて絶妙の作。中洲の詩は、唐詩の風味をよく襲うもの、と言えよう。「舴艋」は、「蚱蜢《さくもう》（バッタ）」が元になっている。つまり、バッタのような形をした小舟、の意である。

其三

霞浦東去是浮洲　霞浦東に去れば是《こ》れ浮洲
数戸漁村似蜃楼　数戸の漁村は蜃楼《しんろう》に似たり
夫撒魚罾婦回棹　夫は魚罾《ぎょそう》を撒き　婦《つま》は棹を回《めぐ》らす
一家生計寄扁舟　一家の生計は扁舟に寄す

霞ヶ浦の東の方に浮島《うきしま》があり、数戸ばかりの漁村が、蜃気楼のように浮かんでいる。夫が投網《とあみ》を打つと、妻は舟をあやつる。漁師一家の暮らしは小舟に托しているのだ。

この詩は、宋の范成大《はんせいだい》（一一二六―一一九三）の「田園雑興」にも似た、「水村」の生態の一コマが活写されている。

季節が移り、その年の十一月、筑波山へ遊んだ。五首のうち、三首を見よう。

十一月十日退庁後、携家属遊筑波山、宿停雲楼、翌十一日払暁、登男体女体二峰、拝伊邪那岐伊邪那美両神祠、晩帰土浦、得五絶。

〔十一月十日退庁後、家属を携えて筑波山に遊び、停雲楼に宿る。翌十一日払暁、男体・女体二峰に登り、伊邪那岐《いざなぎ》・伊邪那美《いざなみ》両神の祠を拝す。晩に土浦に帰る。五絶を得たり。〕

十一月十日、退庁後に、家族を伴って筑波山に遊び、停雲楼に泊った。翌十一日の朝早く、男体・女体の二峰に登り、伊邪那岐・伊邪那美の両神の祠にお参りした。夕方土浦に帰った。五首の絶句ができた。

其一

故山回首二千程　　故山首《こうべ》を回《めぐ》らせば二千程
笑我不知羈客情　　笑う 我 羈《き》客《かく》の情を知らざるを
夫婦双男一女子　　夫婦 双男 一女子
全家五口並車行　　全家五口 車を並べて行く

故郷岡山をふり返り見れば、二千里の彼方《かなた》だが、
さっぱり旅人の心情を知らない、と笑ってしまう。
われわれ夫婦と、男の子二人、女の子一人、
みんなそろって五人で車を並べて遊びに行く。

故郷を遠く離れて来ているが、旅愁に悩むこともなく、この土地の生活を楽しんでいる、という。白楽天が江州（江西省九江）へ左遷されても、その土地に溶けこんで楽しんだのに似る。

なお、「全家五口」とは、三島中洲本人、妻（妹尾氏）、長男桂（六歳・数え年）、次男広（三歳）、三女藤乃（二歳）である。

其四

来上筑波千仞巓　来りて上る筑波千仞の巓《いただき》
皇京南指渺茫間　皇京南に指さす渺茫《びょうぼう》の間
多年両国橋頭望　多年両国橋頭より望む
一片遥青是此山　一片の遥かに青きは是れ此《こ》の山

筑波山の聳え立つ頂きに上ってみると、東京が南の方にぼんやり見える。多年、両国橋のたもとから望み見た、遥かに青い一つの山が、この山なのだ。

筑波山上から東京を望み、東京から筑波山を望み見たことを回想する。王維の「終南山」詩に、「白雲望みを廻らせば合し、青靄《せいあい》看に入りて無し」の趣を思わせる。

其五

秋風吹上筑波山　秋風吹き上る筑波山
目断霞湖百里湾　目断《もくだん》す　霞湖百里の湾

彼泛扁舟此垂釣　彼《かしこ》に扁舟を泛べ　此に釣を垂る
曾遊歴歴一望間　曾遊《そうゆう》歴歴たり　一望の間

秋風が筑波山に吹き上る。
山頂より霞ヶ浦の長い湖面を見はるかす。
あそこで小舟を浮かべた、ここで釣をしたと、
以前に遊んだ場所が、一つ一つはっきり望まれる。

「目断」は、「望断」と同じく、遠くを望み見ること。「断」は添え字で、上の動詞（この場合の「目」は、目で見る、という意味）を強めるはたらきがある。「望みが断たれる」ではない。

「霞浦遊藻」に見る中洲の山水詩は、白楽天が廬山《ろざん》や湓浦江《ぼんぽこう》の山水に遊び、風詠した詩境を、彷彿させるものがある。両者が共に四十四歳からの二～三年であったのも、偶然の符合であった。

第十二章　大正天皇と三島中洲

明治二十九年（一八九六）二月、三島中洲の同門の友、東宮侍講（皇太子の師）の川田甕江《おうこう》（名は剛）が亡くなり、三月より中洲が後任となった（始めは御用掛、六月より侍講）。時に、皇太子嘉仁親王（大正天皇）は十八歳（満十六歳）。これより老臣と若き皇太子との師弟の縁が結ばれる。

昭和三十五年に出た『大正天皇御製詩集』（平成十二年再刊・明徳出版社）によると、注解者の木下彪は、次のように述べている。

――御製が出来上ると、多くの場合皇后様が菊の御紋と貴春の二字の入った藍色縦罫の天皇御専用の用紙にそれを清書され、御使を以て三島侍講へ御下げになった。三島は之に批点して返上したのである。――

木下はまた別の箇所で、三島がそれほど添削をしたわけではないとも言うが、これは大正天皇の漢詩の天分を強調する余りの筆の勢いと見るべきだろう。
ともかく、大正天皇の漢詩は、中洲がお傍《そば》へ侍った明治二十九年の作から始まっている。木下の記すような公的な応接の他に、日常の私的な接触があったろうことは、当然考えられる。次の詩は若き皇太子の茶目気と老臣の困憊《こんぱい》ぶりをうかがわせる面白い作である。

観布引瀑
登阪宜且学山樵
吾時戯推老臣腰
老臣啗柿纔医渇
更上危磴如上霄
忽見長瀑曳白布
反映紅葉爛如焼

布引《ぬのびき》の瀑《たき》を観る
登阪宜《よろ》しく且《しばら》く山樵を学ぶべし
吾《われ》時に戯《たわむ》れに老臣の腰を推す
老臣柿を啗《くら》いて纔《わず》かに渇《かわき》を医《いや》し
更に危磴に上ること霄《そら》に上るが如し
忽ち見る長瀑の白布を曳《ひ》くを
紅葉を反映して爛《らん》として焼くが如し

山登りは山樵《きこり》に学ばねばならない。私は時どき老臣の腰を押してやる。老臣は柿を食べてやっと渇《かわ》きを癒《いや》し、さらに高い坂を上ること、空に上るよう。ふと見ると、長い滝が白い布を垂らし、紅葉を映《うつ》して真赤《まっか》に焼けたように見える。

布引の滝は、神戸の生田川の上流にある。明治三十二年（一八九九）十一月、皇太子嘉仁親王は、舞子浜の有栖川宮別邸に滞在され、一日布引の滝を見に行かれた。時に皇太子は二十一歳、老臣三島中洲は七十歳であった。

この詩は、出来が良いというほどではないが、古詩の形で伸びのびと詠われ、ユーモラスな味が出ている。構えて作るのではなく、日常生活の一コマを日記ふうに書きあらわした趣がある。ということは、皇太子にとって、漢詩が〝自家薬籠中〟のものになっていることを意味する。

木下彪の解説を引用しよう。

――学山樵といひ、殊に「老臣噉柿纔医渇。更上危磴如上霄。」は夙に李白の詩を御読みになつて居て、「蜀道之難難於上青天（訓《よ》み＝蜀道《しょくどう》の難《かた》きは青天に上るより難し〈蜀道難《しょくどうなん》〉」を御活用になつたものと思はれる。――一休みして纔《わずか》に、やつと喉をうるほしたが、更にこの上にも高い高い石段を登らねばならぬかと、老人の閉口した有様が目に睹《み》る如く、纔と更の二つの助字が十二分に働いて居る。さうして登り終へたか終へぬ中に、忽然と真白い布を曳いたやうな滝が目に映つた、而《しか》も焼くるが如き真赤な紅葉と美事な対照をなして居る。一時目を瞠《みは》つてお立ちになつた英姿が、側《かたわら》なる老臣の姿と共に画けるが如く鮮明に、読者の眼前に浮ぶのである。――

中洲はこの時、皇太子の労わりに感激して、詩を作っている。

九日、皇太子将観布引瀑、命毅先導、阪路頗険、老脚蹣跚、屢欲顚、太子戯自後扶之、感泣之余窃賦。　三島中洲

〔九日、皇太子将《まさ》に布引の瀑を観んとし、毅に命じて先導せしむ。阪路頗《すこぶ》る険、老脚蹣跚《まんさん》として、屢《しば》しば顚せんと欲す。太子戯れに後より之《これ》を扶《たす》く。感泣の余、窃《ひそか》に賦す。〕

瀑声遥隔翠微聞　瀑声遥かに翠微を隔てて聞く
阪路崎嶇攀夕曛　阪路崎嶇《きく》として夕曛に攀《よ》ず
無限慈恩行欲泣　無限の慈恩　行くゆく泣かんと欲す
労将玉手上青雲　玉手を労わり将《も》ちて青雲に上らしむ

（十一月）九日、皇太子は布引の滝を観ようと、私めに先導させた。坂路はかなり険しく、老いた脚《あし》はよろよろと、しばしばひっくり返りそうになる。太子は気軽にうしろから助けてくださった。感激のあまり、涙をこらえて詩を作る。

滝の音が遥か向こうの山腹から聞こえる。険しい山路を夕日を浴びて攀《よ》じ登る。

ああ、ありがたさに涙がこぼれそうだ。労わりの御手によって、青天に上らせ給《たも》うた。

よろよろと喘《あえ》ぎ登る老臣と、うしろから気軽に腰を押す太子の間の、ほのぼのとした心の通いが窺われる。

木下の評釈にも言うとおり、皇太子の詩才はなかなかのものがあった。二、三の作を取り上げ、見てみよう。

過目黒村
雨余村落午風微
新緑陰中蝴蝶飛
二様芳香来撲鼻
焙茶気雑野薔薇

目黒村を過ぐ
雨余の村落 午風微なり
新緑陰中蝴蝶飛ぶ
二様の芳香来って鼻を撲《う》つ
茶を焙《い》る気は雑《まじ》る野薔薇《やそうび》に

雨上りの村に、午後の風が柔らかに吹き、新緑の木蔭《こかげ》から蝶々が飛んで来る。二種の芳香が鼻をくすぐってきた。茶を焙る香りと、野バラの香り。

明治二十九年五月の作。皇太子は十八歳。中洲がお傍に侍って二ヶ月の頃になる。この詩が中洲の添削を経たものかは不明だが、『三体詩』ふうの詩趣を感じさせる佳作である。木下の評にも、「御天分の程が察せられる」と褒めちぎっている。

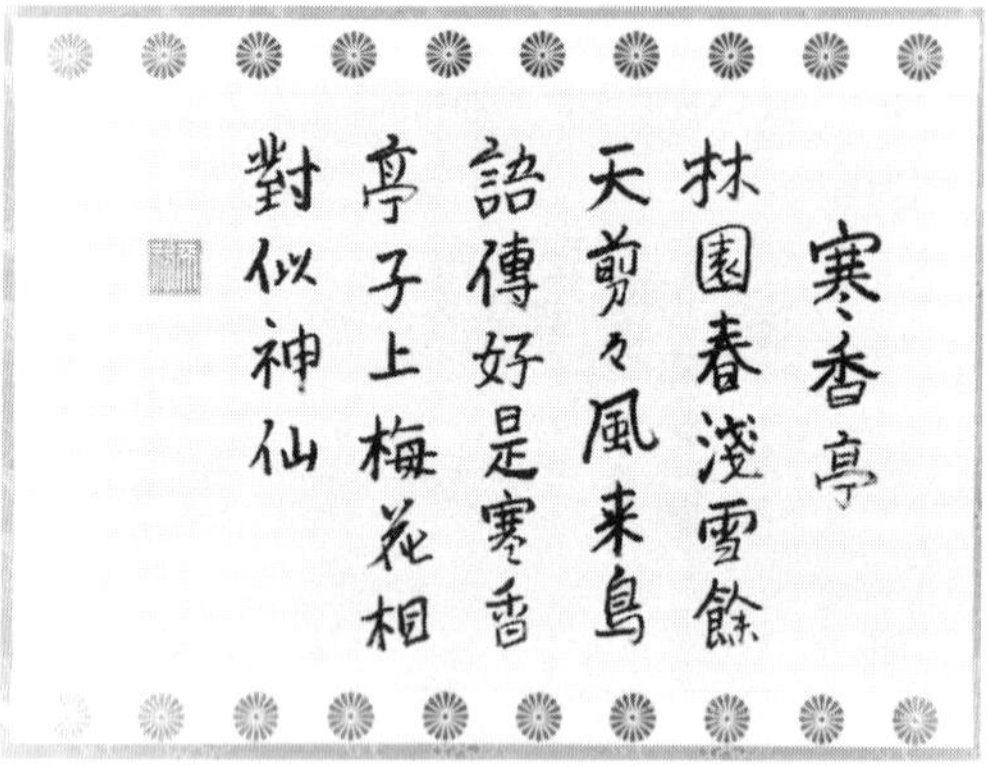
寒香亭
林園春淺雪餘
天剪々風来鳥
語傳好是寒香
亭子上梅花相
對似神仙

大正天皇御詩宸筆（宮内庁提供）

なお、目黒村には西郷従道の別邸があり、皇太子はこの別邸にて休憩された。その折の矚目《しょくもく》の景を詠んだもの。今日の目黒の様子からは、ちょっと想像しにくい光景で、今昔の感に堪えない。

海浜所見

暮天散歩白沙頭　　暮天散歩す　白沙の頭
時見村童共戯遊　　時に見る村童の共に戯遊するを
喜彼生来能慣水　　喜ぶ　彼生来能く水に慣れ
小児乗桶大児舟　　小児は桶に乗り　大児は舟

夕暮、海岸の白砂を歩む。
すると、村の子どもが元気に遊んでいる。
彼らが生まれながらに水に慣れ、
小さい子は桶に、大きい子は舟に乗っているのをほほえましく見る。

同じ年、七月頃の沼津での作。海岸を散歩してのスケッチである。こういう何気ない情景を詩に詠うのも、詩才を窺わせるに足る、と言えよう。

その年十月、皇太子は沼津より軍艦浅間に乗り、先に掲げた「布引瀑」の詩の、舞子の有栖川宮邸に向かわれた。この艦上で、当時新聞紙上に掲載されて評判になった詩が、生み出された。

遠州洋上作
夜駕艨艟過遠州　夜　艨艟《もうどう》に駕して遠州を過ぐ
満天明月思悠悠　満天の明月　思い悠悠
何時能遂平生志　何れの時か能《よ》く平生の志を遂げ
一躍雄飛五大洲　一躍雄飛せん五大洲

夜、軍艦に乗って、遠州洋を行く。満天の月光を仰いで、思いは涯《はて》なく広がる。いつの日か平生の志を遂げ、世界に雄飛したいものだ。

この詩は、世界に雄飛する志を、軍艦の上で詠じた、ということから、武威を海外に振うという意に取り、それ故に気宇壮大を喜ぶ読者も多かったようである。しかし、皇太子の気持ちは、広い海を望んで誰しもが抱く感慨を、ごく素直に吐露したものだろう。

そこで思い出されるのは、前章に紹介した中洲の「霞浦遊藻」中の詩、「夜登る百尺海湾の楼、……」である。中洲の代表作として一世に喧伝されたこの詩の詩情が、相似た状況の下で、皇太子の胸中に萌《きざ》したのではあるまいか。

中洲はこの時、沼津で皇太子を見送り（そこで七律一首を献じている）、陸路を通って舞子へ向かい、皇太子を迎え、左の七絶を賦した。

毅受命陸行、奉迎于舞子駅、賦此紀恩。　三島中洲
〔毅、命を受けて陸行し、舞子駅にて奉迎す。此《これ》を賦して恩を紀す。〕

鷁首凌波問遠津　鷁首《げきしゅ》波を凌いで遠津を問う
慈恩憫老許蒲輪　慈恩老を憫《あわれ》みて蒲輪《ほりん》を許す
陸行何処迎峩艦　陸行何れの処か　峩艦《がかん》を迎う
松翠沙明舞子浜　松は翠《みどり》に沙は明るき舞子の浜

私めは皇太子の命を受けて陸行し、舞子の駅でお迎え奉《たてまつ》った。此の詩を作り、御恩を記《しる》す。

船の舳《へさき》は波をけたてて、遠い港を訪《と》う。太子は老人を労り、特別の車を許された。陸行して、どこで軍艦をお迎えするか、と言えば、松は緑に砂は白い、舞子の浜べだ。

「鷁」は、水鳥の名。風に逆らってよく飛ぶ。それで船の舳にその形を画いて（或いは彫刻して）航行の順調を期すのである。「蒲輪」は、振動を防ぐため、車輪を蒲で捲いた車をいう。特別待遇の車、というほどの意。この詩は、「中洲詩稿」明治三十二年の条に録されている。両詩を併せ読むと、その辺の事情が推察される。

大正天皇の詩は今日、大正六年までのものが伝わっている（全部で千三百六十七首）。大正になってから、すなわち天皇時代の作を見よう。次は大正三年の作。

秋夜読書

秋夜漫漫意自如
西堂点滴雨声疎
座中偏覚多涼気
一穂燈光繙古書

秋夜漫漫　意自如《じじょ》
西堂の点滴　雨声疎なり
座中偏えに覚ゆ　涼気多きを
一穂《いっすい》の燈光　古書を繙《ひもと》く

秋の夜長を、心閑《しず》かに過ごす。西堂に雨だれの音が、間遠《まどお》に聞こえる。

座もしだいに冷えてくる心地、燈火一つ点《つ》けて、古書を読む。

菅茶山（一七四八―一八二七）の名作「冬夜読書」に似る。というより、茶山の詩に倣って作ったもの、というべき作。参考に茶山の詩を掲げておく（訳は第二十四章参照）。

冬夜読書　　菅　茶山

雪擁山堂樹影深　　雪は山堂を擁して樹影深し
檐鈴不動夜沈沈　　檐鈴動かず　夜沈沈
閑収乱帙思疑義　　閑《しず》かに乱帙《らんちつ》を収めて疑義を思う
一穂青燈万古心　　一穂《いっすい》の青燈　万古の心

読書の詩をもう一首。今度は夏の夜である。大正四年の作。

竹陰読書

風竹清陰夏尚寒　　風竹清陰　夏尚お寒し
庭前涼月露珠団　　庭前の涼月　露珠　団《まどか》なり
半宵静坐燈光下　　半宵静坐す　燈光の下
帝範繙来仔細看　　帝範繙き来って仔細《しさい》に看る

竹林に風が渡り、月光冴えざえと夏も寒い心地。

庭前の草に露が円《まる》く宿り、月光を受けてひかる。

夜中に燈火をつけ、静かに坐り、

『帝範』を開いて、じっくりと読む。

『帝範』は、唐の太宗が、太子に与えた帝王の模範の書。

この詩は、前の詩と一対になる。結句の「仔細看」は、第七章で紹介した、石川啄木の「ぢっと手を見る」の基づくものとして、杜甫の詩に見られる語。前半の二句には、杜甫の「倦《けん》夜《や》」という五律の前半、

竹涼侵臥内　竹涼臥内を侵し

野月満庭隅　野月庭隅に満つ

重露成涓滴　重露涓滴を成し

稀星乍有無　稀星乍《たちま》ち有無

の影響を思わせる。大正天皇は晩年、杜甫を学ばれた、と言えそうだ。

最後に、大正天皇の典雅な御日常を窺わせる秀作を以て、締めくくりとしよう。

葉山即事

数声漁笛入風聞
海気清涼絶俗氛
檻外遠山如染黛
林間斜日又微曛
望来曲浦参差樹
吟送長天縹緲雲
白髪儒臣依旧健
侍筵時講古人文

数声の漁笛 風に入って聞こゆ
海気清涼俗氛《ぞくふん》を絶つ
檻外の遠山 黛《まゆずみ》を染むるが如く
林間の斜日又微曛《びくん》
望み来る 曲浦参差《しんし》の樹
吟じて送る 長天 縹緲《ひょうびょう》の雲
白髪の儒臣 旧に依りて健に
筵に侍し時に講ず 古人の文

漁師の吹く笛の音がしばしば風に乗って聞こえてくる。
海の気は清らかで俗世間の汚れを払う。
欄干の向こう、遠山がうすく黒く連なり、
林の中に夕日がかすかに入りこむ。
入江に立ち並ぶ木々を望み見、
詩を口ずさみつつ、広い空に漂う雲を見送る。

白髪の老学者は今もすこやかに、
講筵に出て、その時々に古人の文を講じてくれる。

明治四十五年春浅き候の作。葉山の風光を賞《め》で、時に手すりにもたれて詩を作り、日課として老儒臣の講義を聞く。その白髪の儒臣とは、言うまでもなく三島中洲にほかならない。

第十三章　竹添井井と「桟雲峡雨日記」

明治九（一八七六）年五月四日、竹添井井《たけぞえせいせい》は北京を出発して、中国大陸を横断・周遊の旅に出た。河北省を南下し、石家荘、邯鄲《かんたん》を経て西へ進み、洛陽、西安、蜀の桟道を越え成都へ、重慶よりは船で三峡を過ぎ、長江（揚子江）を下って、八月二十一日、上海に到達した。行程九千里（約五千キロ）、百二十日に及ぶ大旅行である。

竹添井井（一八四二―一九一七）、名は光鴻《こうこう》、通称進一郎、熊本・天草の人。幕末から明治へかけて、学者、外交官として活躍した。明治八年に、特命全権公使森有礼《ありのり》の随員として北京に駐在した。その折、かねてからの念願であった中国周遊を実現したのである。

この旅行の見聞を記したのが、「桟雲峡雨日記《さんうんきょううにっき》」と「詩草」である。書名は「桟道にかかる雲、三峡に降る雨」の意。日記は立派な漢文で書いてあり、詩もまた素晴しい。中国（当時、清朝末年）の大学者兪樾《ゆえつ》がこれを激賞し、長文の序を贈っている。

中国では紀行詩文といえば、南宋の陸游の「入蜀記」（長江下流から蜀への旅）、范成大の「呉船録」（蜀から長江を下る旅）が双璧といわれるが、井井の「桟雲峡雨日記」は、優にこれに肩を並べる傑作、という評判であった。明治十二年に出版されるや、洛陽の紙価を高からしめた。

おもしろい詩を、まず取り上げよう。

晨起浴驪山温泉　（晨《あした》に起きて驪山《りざん》の温泉に浴す）
湿烟縷縷日升遅　湿烟縷《る》縷《る》として日の升《のぼ》ること遅し
風冷華清暁鳥悲　風は華清に冷やかに暁鳥悲し
最是遠来憔悴客　最も是れ遠来憔悴《しょうすい》の客
温泉如鑑照鬚眉　温泉 鑑《かがみ》の如く鬚眉《しゅび》を照らす

湯気が細い糸のように立ちのぼり、日はなかなか昇らない。
風は華清宮に冷たく吹き、朝の鳥は悲しげに鳴く。

竹添井井（竹添信之氏蔵）

もっとも悲しいのは、長旅に疲れやつれた旅人だ。
温泉の水が鏡のように鬚《ひげ》や眉を照らしている。

楊貴妃の入った温泉として名高い、ここ驪山の華清池へ来たのは、五月三十一日のことであった。北京を出てから一ヶ月ほど、一度も風呂へ入らなかったと見え、日記には次のように言う。

三十一日、黎明、往浴驪山温泉、泉在県城南門外、即唐華清宮遺址、結構華麗、男女異室而浴、……寒温適体、嘗之略不覚臭味、余自発京已月余日、客店無復設浴、面膩体垢、臭穢欲嘔、至此洗沐数次、殊覚爽快。

〔三十一日、黎明、往きて驪山の温泉に浴す。泉は県城南門外に在り。即ち唐の華清宮の遺址なり。結構華麗、男女室を異にして浴す。……寒温体に適し、之《これ》を嘗《な》むるに略《ほぼ》臭味を覚えず。余京を発してより已に月余日、客店復た浴を設くる無し。面膩体垢《めんじたいこう》、臭穢《しゅうわい》嘔《は》かんと欲す。此に至りて洗沐すること数次、殊に爽快なるを覚ゆ。〕

(五月)三十一日、夜明けに驪山の温泉に行き入浴した。温泉は県城の南門の外にある。これが、唐の華清宮の遺址である。建物の構えは豪華で、男女は別浴である。……水温は体に適し、嘗《な》めてもほとんど臭味を感じない。私は北京を出てから、すでに一ヶ月余（実際は一ヶ月弱）になるが、旅館にはまったく浴室がなかった。顔は脂《あぶら》ぎって体は垢《あか》だらけ、臭くて吐きそうになるほどだ。かくして何度も体を洗い、大いに爽快な気分になった。

右の記述からちょうど百年後、私（石川）もこの温泉を訪ね、〝楊貴妃の風呂〟と称する浴槽につかった。瓢箪型の花模様の大理石(?)でできており、湯は無色無臭適温で、まことに気持ちがよかった。その後、隣接地に本物の〝楊貴妃の風呂〟が発掘され、今までの浴槽は取り壊されてしまった。

井井の旅を続けよう。七月八日、成都の昭烈廟と武侯祠に参詣する。すなわち、蜀の劉備と諸葛孔明のお廟《みや》である。君臣の間柄の二人は同じ所に祭られている。杜甫の詩にも「一体の君臣祭祀同じ」〈詠懐古跡其四〉という。

昭烈廟

修廊曲殿矗層層　　修廊曲殿矗《ちく》として層層
尚守先祧有老僧　　尚《な》お先祧《せんちょう》を守りて老僧有り
一体君臣長合祭　　一体の君臣　長《とこしえ》に合祭せられ
三分事業継中興　　三分の事業中興を継ぐ

荒烟何処埋疑塚　　荒烟何れの処にか疑塚を埋む
翠柏于今護恵陵　　翠柏今に于《お》いて恵陵を護る
漢賊従来不両立　　漢賊従来両立せず
紫陽特筆凜如氷　　紫陽の特筆凜として氷の如し

長い廊下や入り組んだ高殿が、屋根を重ねて高く聳え、今なお先帝の廟を守る老僧がいる。一心同体の劉備と諸葛孔明がとこしえに一緒に祭られているのは、天下三分の計により、漢王朝を中興したからである。ものさびしいもやのたち籠めるどこに、偽《にせ》の墓が埋められているのか。緑濃い柏(このてがしわ)の木が、今も恵陵を護って茂っている。孔明の言うように、漢王室と賊軍とは、もともと両立はしない。朱熹《しゅき》の評は、孔明の忠節を氷のようにきびしく示している。

尾聯の二句は、宋の朱子が諸葛孔明の「出師表《すいしのひょう》」を評して、「死ぬまで力を尽くし、賊を討つ意義を明らかにし、後主を守り、臣下としての模範を示した」と称賛したことを指す。「紫陽」は、朱子の書院の名である。

恵陵は、劉備の墓のこと。井井の記述によると、劉備の廟の後ろに諸葛孔明の祠があるようだが、今日では全体が武侯祠になっていて、後ろに恵陵、すなわち劉備の墓がある。

井井はここで案内人に、すぐ近くに杜甫の浣花草堂があることを教えられ、その足で尋ねている。日記には、次のように言う。


乃出廟門、西北行五里、得浣花橋、蕭然一小矼耳、過橋数十歩、入草堂寺、殿閣巍奐、像設荘厳、自殿西逶邐而左、慈竹夾路、翠徹眉宇、愈進愈邃、清流屈曲、修廊相属、而杜工部祠在焉、像崇三尺許、衣冠而坐、其左辺刻像石面、祔祀者為陸放翁。

〔乃《すなわ》ち廟門を出で、西北に行くこと五里、浣花橋を得るも、蕭然たる一小矼《しょうこう》のみ。橋を過ぐること数十歩、草堂寺に入る。殿閣巍奐《ぎかん》、像設荘厳にして、殿西より逶邐《いり》して左せば、慈竹路を夾《さしはさ》み、翠眉宇《びう》に徹《とお》る。愈《いよ》いよ進めば愈いよ邃《ふか》く、清流屈曲して、修廊相属《つづ》く。而して杜工部祠在り。像の崇《たか》さ三尺許《ばかり》、衣冠して坐す。其の左辺に像を石面に刻して、祔祀《ふし》する者は陸放翁たり。〕

そこで廟の門を出て、西北に五里（二キロ半）行くと、浣花橋に出た。なんと、ものさびしい小さな石橋である。橋を渡って数十歩で草堂寺に入る。殿閣はりっぱで、仏像は荘厳、殿の西側からずっと行って左に曲がると、細竹が路を挟んで茂り、緑の陰が顔を染める。進めば進むほど奥深く、清流は曲折し、長い廊下が続く。杜工部祠はそこにある。杜甫の像は高さ三尺（約一メートル）ばかり、衣冠を身につけて座る。その左の壁に刻まれて祭られた像は陸放翁（游）である。

杜甫は、最後に「工部員外郎」という名誉職を授けられたので、「杜工部」と略称するのである。杜甫の像の傍らに陸放翁が祭られているのは、四百年後、陸放翁もこの地へ赴任して九年を過ごし、杜甫を尊崇すること篤かったからである。

杜甫の浣花草堂は、清朝になって整備され、今のような大きな規模になった。ただ、日記に言う「草堂寺」は、今はなく、公園の中に記念の建物が置かれている、という風情である。

草堂寺

大耳経営壁塁荒　　大耳の経営　壁塁荒れ
三郎遺跡亦茫茫　　三郎の遺跡も亦《ま》た茫茫
水光竹影城西路　　水光　竹影　城西の路
来訪詩人旧草堂　　来りて訪う　詩人の旧草堂

劉備の世に造営した城壁はくずれ、玄宗の遺跡もあとかたなくなった。

水が光り、竹の影が揺れる町の西の路を、詩人杜甫の草堂へと尋ねて来た。

「大耳」は、劉備を指す。劉備は耳が大きく肩まで垂れていて、「大耳児」と呼ばれた。「三郎」は、三男坊だった唐の玄宗のこと。英雄・帝王の遺跡は荒れているのにひきかえ、大詩人の跡はりっぱに保存されている、と言いたいのである。そこに、井井の詩人としての気概をも見る。

七月十一日、成都へ出て重慶に向かう。増水して水路は危険なので、陸路難儀をしながら、二十一日、重慶に到着。ここより船で長江を下る。

途中、忠県、万県、夔《き》州（奉節）と通過して、七月三十一日、前夜の雨が晴れ、最大の難所「人鮓甕《じんさおう》」にかかる。このあたりの文章は最も筆が踊っていて見ごたえがある。少し長いが紹介しよう。

三十一日、欸乃一声、紅暾跳於波上、巌間残溜懸為飛瀑、戛玉散糸玲瓏可愛、過叱灘、入人鮓甕、乱石排水面、大者如岡阜、小者如剣鋩、忿迅争聳、与水相搏、濤瀾奔跳、随処作盤渦、舟掀舞於其間、不当一槁葉、舟人極力盪槳、適左舷両槳触浪而折、急移右辺一槳代之、務随浪旋転、又遇大渦相蹙、舟膠定不動、衆皆失色、有宣仏号者、有投糈禱江神者、相与出死力、拮据久之、始得能出険、皆額手称慶、蓋峡中灘険以十数、而無過於此灘者、称曰人鮓甕、果不虚也。

〔三十一日、欸乃《あいだい》一声、紅暾《こうとん》波上に跳《おど》る。巌間の残溜懸《かか》りて飛瀑と為《な》り、玉を戛《う》ち糸を散ずるがごとく玲瓏《れいろう》愛すべし。叱灘《しったん》を過ぎ、人鮓甕に入る。乱石水面を排し、大なる者は岡阜《こうふ》の如く、小なる者は剣鋩《けんぼう》の如く、坌迅争聳《ふんじんそうしょう》して、水と相搏《う》つ。濤瀾奔跳して、随処に盤渦《ばんか》を作《な》す。舟は其の間に掀舞《けんぶ》し、一槁葉にも当らず。舟人力を極めて槳を盪《うご》かすも、適《たま》たま左舷の両槳波に触れて折る。急ぎ右辺の一槳を移して之《これ》に代え、務めて浪に随って旋転す。又大渦の相蹙《せま》るに遇う。舟膠定《こうてい》して動かず。衆皆色を失い、仏号を宣《の》ぶる者有り、糈《しょ》を投じて江神に禱る者有り。相与《とも》に死力を出だして、拮据《きっきょ》すること之を久しくして、始めて能《よ》く険を出づるを得たり。皆手を額《ひたい》して慶を称す。蓋《けだ》し峡中の灘険十を以て数うるも、此の灘より過ぐる者無し。称して人鮓甕と曰《い》う、果して虚ならざるなり。〕

（七月）三十一日、船頭のかけ声で櫓をこぎ出すと、紅《くれない》の朝日が波の上に跳り上がる。岸壁の間から溜り水が流れ落ちて滝となり、玉を鳴らし糸を散らしたように落ちるさまはすばらしい。叱灘を過ぎて人鮓甕に入る。でこぼこの岩が水面を押し分けてつき出る。大きい岩は丘のよう、小さい岩は剣の切っ先のようで、争って屹立《きつりつ》し、水とぶつかり合う。大波は荒れ狂い、至る処に渦を巻く。舟は渦の間に舞い上がり、一枚の枯葉にも当たらず翻弄される。

舟人たちは力を尽くして櫂をこぐが、たまたま左舷の二本の櫂が波をかぶって折れた。急いで右舷の一本を移して代りとし、必死に波に乗って回転する。また大渦が迫ってきて、舟は渦に張りついて動かない。衆人顔面蒼白となって、「なむあみだぶつ」と唱える者もいれば、米を投げて川の神に祈る者もいる。互いに死力を尽くし、長いこと忙がしく立ちまわり、ようやく危険を脱した。皆、手を額に当てて喜び合った。この峡谷には難所が十ヶ所余りもあるが、この灘に勝るものはないだろう。人鮓甕と称するのも、やっぱり本当のことだった。

「人を鮓《す》づけにする甕《かめ》」とは、恐ろしい名だ。大渦に巻きこまれ、木の葉のように翻弄されるさまが、見事に活写されている。簡潔で迫力のある表現は漢文ならではのもので、作者の力量をうかがわせるに足る。

冒頭の「欸乃一声」は、唐の柳宗元の七言古詩「漁翁」の「欸乃一声山水緑」の句から取った。船頭が、「ヨーイヤサ」とか「ドッコイショ」とかの声を出すことをいう。かけ声とともに舟出をし、波に躍る朝日、岩ばしる滝、と明るい出だしが、次の思わぬ難儀のプロローグのはたらきをしているのも、文章の工夫である。

この日の記述のあとに、「人鮓甕」を詠みこんだ詩がある。

舟中感懐

杳杳東天遠
家郷只夢還
風腥人鮓甕
日炙馬肝山
飽慣江濤険
終輸水鷺閒
自驚明鏡裡
著雪鬢毛斑

杳杳《ようよう》として東天遠く
家郷只《た》だ夢に還るのみ
風は腥《なまぐさ》し　人鮓甕
日は炙《あぶ》る　馬肝山
飽くまで江濤の険に慣るるも
終《つい》に水鷺の間なるに輸《ゆ》す
自《みずか》ら驚く　明鏡の裡《うち》
雪を著《つ》けて鬢毛　斑《まだら》なり

はるかに東の空は遠く、故郷へは夢の中で帰るしかない。人鮓甕に風はなまぐさく、馬肝山を日は照り焦《こ》がす。長江の荒波には飽きるほど慣れたが、水をゆく鷺には、けっきょくかなわない。ふと鏡を見て驚いた。雪のような白髪が生えて、鬢がまだらになっている。

井井は、その後外交官から学者になり、東大教授も勤めた。井井の娘が嘉納治五郎《かのうじごろう》に嫁し、現講道館長嘉納行光《ゆきみつ》氏は、井井には曾孫に当る。

第十四章　洪武帝と絶海中津

明《ミン》の洪武九年（一三七六）春、明の初代の皇帝となった朱元璋《しゅげんしょう》（洪武帝《こうぶてい》）は、日本の僧絶海中津《ぜっかいちゅうしん》に謁見を賜り、「蓬萊三山《ほうらい》」を詩に詠じてみよ、と命じた。

絶海が、はるばる東海の向こうからやって来たと聞いて、興味を示したのであろう。海の向こうには、蓬萊・方丈《ほうじょう》・瀛洲《えいしゅう》の三神山がある、という伝説があって、よく知られていたのである。

『史記』封禅書に、次のように言う。

……蓬萊・方丈・瀛洲、此三神山者、其伝在勃海中、去人不遠、患且至、則船風引而去、蓋嘗有至者、諸僊人及不死之薬皆在焉、其物禽獣尽白、而黄金銀為宮闕、……

〔……蓬萊・方丈・瀛洲、此の三神山は、其の伝うるに勃海中に在り、人を去ること遠からざるも、且《まさ》に至らんとすれば、則ち船風引いて去るを患《わずら》う、と。蓋し嘗て至る者有り、諸僊《せん》人《にん》及び不死の薬皆在り、其の物、禽獣尽《ことごと》く白くして、黄金銀もて宮闕を為す、と。……〕

……蓬萊・方丈・瀛洲の三神山は、言い伝えによると、勃(渤)海の中にあり、人間界から遠くないのだが、行き着こうとすると、船を押し返す風が吹いて着けないのが悩みである、と。昔、行き着いた人がいて、もろもろの仙人がおり、不老不死の薬草もある、鳥獣やすべての物は皆白く、黄金や銀で宮殿ができている、とのこと。……

この〝蓬萊伝説〟は広く信じられていて、秦の始皇帝も、方術をつかう徐福(徐市《じょふつ》ともいう)に命じ、童男童女数千人を乗せた船を仕立てさせ、神山を探らせたという(『史記』始皇本紀)。結局、徐福は戻らず、わが国の熊野に流れ着いたのだ、という伝説が、日本にも流布している。

洪武帝の命令に、絶海は即座に次のような詩を作って応じた。

　応制賦三山(制に応じて三山を賦す)　釈絶海

熊野峰前徐福祠　熊野峰前　徐福の祠《ほこら》

満山薬草雨余肥　　満山の薬草雨余に肥ゆ
只今海上波濤穏　　只今海上波濤穏かなり
万里好風須早帰　　万里の好風に須《すべから》く早く帰るべし

熊野の峰の前には、徐福の祠があり、不死の薬草が雨上りの山に生い茂っている。今や、海上は波も穏かになったから、万里吹く好き風を受けて、徐福よ、早くお帰り。

後半は、徐福が戻らなかったのは、始皇帝の圧政を避けて、逃げたのだ、という風評を踏まえている。明の建国によって天下泰平の世となり、もう大丈夫だから早くお帰り、とそつなく洪武帝へのお世辞の意をこめたもの。

これに対して、洪武帝は異例の返詩を賜った。お世辞が効いたのかもしれない。

御製賜和（御製、和を賜う）　明・洪武帝

熊野峰高血食祠　　熊野峰は高し　血食の祠
松根琥珀也応肥　　松根の琥珀も也《ま》た応《まさ》に肥ゆべし
当年徐福求仙薬　　当年徐福仙薬を求め
直到如今更不帰　　直ちに如今に到って更に帰らず

熊野の峰は高く聳え、祭の絶えない祠が今もあるそうな。
松の根もとの琥珀も、定めし肥えていることであろう。
その昔、徐福は仙薬を求めに行ったが、
そのまま今に至るまで、帰ろうとしない。

絶海のお世辞に対して、あれからずっと徐福は帰らない、と謙遜して答えている。

第一句の「血食」は、動物を犠牲に供えて祭ること。その祭が子々孫々絶えずに行われることをもいう。第二句の「琥珀」は、晋の張華の『博物志』に、「神仙伝」を引いて、「松柏の脂、地に入りて千年、化して茯苓《ぶくりょう》と為《な》り、茯苓化して琥珀と為る」という。宝石の一種として知られるが、また仙薬とも考えられていたのだろう。

絶海の当意即妙の献詩に対して、洪武帝も同じ韻（祠《シ》・肥《ヒ》・帰《キ》―上平声支韻・微韻、通韻）を用いて、これまた当意即妙に返詩をしている。徐福の伝説を媒（なかだち）にして、図らずも、詩の応酬という日中文化交流の一ページが飾られた。

洪武帝・朱元璋は、もと安徽省の〝乞食坊主〟だったのだが、風雲に乗じて天子となった。最下層の貧民出身ゆえ、〝目に一丁字無い〟ものを、人の上に立つようになってからは、相応の教養を身につけるべく努力したという。従って、絶海との遣り取りの詩ぐらいは、実際に作ってみせたとしても不思議はない。

朱元璋と詩、にまつわる面白い話を一つ、紹介しよう。

明代第一の詩人、と謳われる高青邱（名は啓《けい》）は、絶海と同庚《どうこう》（同い年）に当る。二人は相識っていたわけではなさそうだが、たまたま絶海が中国へ渡って師事した杭州の全室和尚は、高青邱の師でもあった。高青邱《こうせいきゅう》は、明の建国と同時に『元史』の編集に従事したが、抜擢されて戸部侍郎（大蔵次官）になった。

異例の抜擢に、却って怖じ気づいたのだろうか、辞退して郷里の蘇州に帰ってしまった。

その行動が洪武帝の不興を買い、高青邱の友人の蘇州の長官が謀反の嫌疑をかけられた時、いっしょに捕えられて処刑された、と、これは表向きの話で、実は、高青邱の作った次の詩が、洪武帝の逆鱗に触れたのだ、と。

宮女図　　高青邱

女奴扶酔踏蒼苔　　女奴酔を扶《たす》けて蒼苔を踏み

明月西園侍宴廻　　明月の西園より宴に侍して廻《かえ》る

洪武帝像
（台北・故宮博物院蔵）

小犬隔花空吠影　　小犬花を隔てて空しく影に吠ゆ
夜深宮禁有誰来　　夜深くして宮禁　誰有ってか来る

下女が酔った宮女を支《ささ》えて、青苔を踏んで行く。
西の御苑の月見の宴に侍っての帰り。
小犬が花の向こうから、見えない人影に吠えたてる。
夜更けの後宮に、誰が来たのだろう。

第一句に、「青苔」を踏んで行く、とあるのは、人の通らない裏口の方から人目を避けて、というニュアンスを含む。後半、花の向こうにヌッと現れた人の気配に、ペットの小犬が吠えたてた、と思わせぶりな表現である。夜更けの後宮にやって来たのは誰、と尋ねるまでもない。

これを見た洪武帝は、己の好色をからかわれた、と激怒し、高青邱を他の罪に連坐せしめて抹殺したのだという。洪武帝に詩の素養がなければ、この事件はなかったかもしれない。高青邱の処刑は、絶海の謁見の前年のことであった。

洪武帝の詩といえば、次の詩はわが武田信玄の原詩とされる。

偶作　　明・洪武帝

鏖殺江南百万兵　　鏖殺《おうさつ》す　江南百万の兵
腰間宝剣血猶腥　　腰間の宝剣　血猶お腥《なまぐさ》し
山僧不知英雄漢　　山僧は知らず　英雄漢
只恁嘵嘵問姓名　　只恁《ひたすら》嘵嘵《ぎょうぎょう》として姓名を問う

江南百万の兵をみな殺しにし、腰に佩びた宝剣は血でなまぐさい。
山寺の僧はこの英雄のわしを知らず、ただくどくどと名前を尋ねおるわい。

洪武帝の天下統一の際、蘇州を拠点とする張士誠の勢力を制圧したことを詠ったものと思われる。詩としては甚だ俗っぽく、稚気満々たる詠いぶりである。
ところで、武田信玄の詩といわれるものは、次の通り。

偶作　　武田信玄

鏖殺江南十万兵　　鏖殺す　江南十万の兵
腰間一剣血猶腥　　腰間の一剣　血猶お腥《なまぐさ》し
豎僧不識山川主　　豎僧《じゅそう》は識らず　山川の主を

向我慇懃問姓名　我に向かって慇懃《いんぎん》に姓名を問う

後半は少し手を加えて、詩らしい形に斉《ととの》えているが、全体の構成といい、用語といい、余りにも似過ぎている。偶然の暗合とする注釈者もいるが、これだけ似ていれば剽窃とせざるを得まい。だいたい、戦国武将の詩は、第六章に紹介した上杉謙信の「九月十三夜」は良い方で、優れていると言える詩は少ない。信玄には今日十七首の詩が伝わり、戦国武将の中では風流を以て鳴る存在ではあるけれども、このように、他人の詩を下敷きにして作ったとしても、さほど不思議ではない（第二十章参照）。

さて、絶海中津の話に戻ろう。

絶海中津（一三三六―一四〇五）、土佐（高知県）の人。俗姓は津能氏、蕉堅《しょうけん》道人と号した。十三歳で京都の天龍寺に入り、夢窓疎石《むそうそせき》に師事した。その後、建仁寺に移り、同門同郷の先輩義堂《ぎどう》周信《しゅうしん》（一三二五―一三八九）に兄事した。義堂と絶海は、五山最高の詩僧として並び称される。三十三歳の時、絶海は中国へ渡り、杭州の中天竺寺に全室和尚の門を叩いた。時に、明の建国の年、洪武元年（一三六八）のことであった。洪武帝への謁見は九年めに実現し、この年帰国した。

次の詩は、制作年代がはっきりしないが、恐らく滞明中のものだろうと思われる。

雨後登楼

一天過雨洗新秋　　一天の過雨新秋を洗う
携友同登江上楼　　友を携えて同《とも》に登る　江上の楼
欲寫仲宣千古恨　　寫《そそ》がんと欲す　仲宣千古の恨
断烟疎樹不堪愁　　断烟疎樹愁に堪えず

通り雨がサッと、初秋の空を洗い、すがすがしい。
友と共に川べりの高楼に登る。
昔、王粲《おうさん》が楼上で胸を痛めた、その思いを滌《そそ》ぎ払おうとしたが、
切れぎれのもやが落葉した木にたなびき、物さびしさに堪えられないのであった。

どこの楼とわからないが、或いは、杭州の近くの六和塔かもしれない。この詩のミソは、王粲の「登楼賦」を踏まえ、雨後の新秋の景の裏に、強い望郷の念を秘めて詠っているところである。

王粲、字は仲宣、三国魏の人。後漢末の争乱を避けて、長安（陝西省西安）から荊州（湖北省沙市）へやって来た。江上の楼へ登って、折からの春景色を眺めわたし、

雖信美而非吾土兮。
〔信《まこと》に美なりと雖も、吾が土に非ず。〕

「ああ、美しいなあ、だが私の故郷ではない」と、胸中の思いを吐露した。今、絶海も異国の秋に逢って、しみじみ王粲の恨みを追っているのである。詩中に「望郷」の語は直接現れないが、切れぎれのもや（断烟）と葉を落とした木（疎樹）の情景が、愁をそそって余りある。

滞明中の力作を一首。

銭唐懐古次韻
天目山崩炎運徂
東南王気委平蕪
鼓鼙声震三州地
歌舞香消十里湖
古殿重尋芳草合
諸陵何在断雲孤
百年江左風流尽
小海空環旧版図

釈絶海
天目《てんもく》山崩れて炎運徂《ゆ》き
東南の王気平蕪に委《い》す
鼓鼙《こへい》の声は震う　三州の地
歌舞の香は消ゆ　十里の湖
古殿重ねて尋ぬれば芳草合し
諸陵何《いず》くにか在る　断雲孤なり
百年の江左風流尽き
小海空しく環《めぐ》らす　旧版図

天目山は崩れて、宋の命運は絶え、
東南に立ち上った王者の気も消えて、草原となっている。
元《げん》の軍勢の攻め太鼓の音は、銭唐の三州を震わせ、
宋王朝の歌舞の賑わいは、西湖のほとりから消え失せた。
古い宮殿を重ねて尋ねると、春の草が生い茂り、
天子の陵墓はどこにあるのか、ちぎれ雲が一つ浮かぶのみ。
江南の風流は地を払って、すでに百年、
今は浙江の水だけが、空しく旧領土をめぐって流れるばかり。

「銭唐（銭塘とも書く）」は、杭州一帯の地をいう。杭州は南宋王朝の首都が置かれ、当時は「臨安」と称した。ちょうど、六朝時代に、北の中原の地を異民族に占領されて江南へ逃げ、この地に（当時の首都は建康＝今の南京）華やかな南朝文化を築いたように、南宋も太平栄華の夢をここで貪っていたのであった。

それが、蒙古の元の襲来によって跡かたなく消失してしまったため、南朝を懐古する「金陵懐古」（金陵は南京の古名）に倣って、「銭唐懐古」という詩題が生まれたのである。「天目山」（臨安の西北にある山）や「十里湖」（西湖をいう）、「小海」（浙江をいう）などの山水の名が、その地域の

味わいを出している。

思うに、このテーマは、元朝の盛期には憚りがあって詠われなかったのだろう。元も衰えた頃から明の初めにかけて大いに作られたようだ。絶海にはもう一首「銭唐懐古」の七言律詩がある。

題に「次韻」とあるのは、絶海の中国の師・全室和尚の「銭唐懐古」の韻を用いているからである。終りに、全室の作を紹介しておこう。

銭唐懐古　　釈全室

欲識銭唐王気徂　　銭唐の王気の徂《ゆ》くを識らんと欲せば
紫宸宮殿入青蕪　　紫宸の宮殿　青蕪に入る
朔方鉄騎飛天塹　　朔方の鉄騎天塹《てんざん》に飛び
師相楼船宿裏湖　　師相の楼船裏湖に宿す
白雁不知南国破　　白雁は知らず　南国の破るるを
青山還傍海門孤　　青山還《ま》た海門に傍《そ》うて孤なり
百年又見城池改　　百年又見る　城池の改まるを
多少英雄屈壮図　　多少の英雄壮図を屈す

全室の作は、語も練れておらず、対句の構成も緩く、絶海の次韻の作の方がよほど優れている。当時、絶海の詩は大いに国威を発揚したことであろう。

第十五章　新井白石と朝鮮通信使

天和二年（一六八二）秋八月、徳川五代将軍綱吉の襲職祝賀の朝鮮通信使一行が、江戸に到着した。朝鮮通信使は、その深い学識と文雅の風で、江戸の士人の尊崇の的となっていた。二十六歳の新井白石《あらいはくせき》も、その到来を待ちかまえていたのである。

白石の『折たく柴の記』には、次のように言う。

――廿六の春、ふたたび出てつかふる身となりぬ、ことしの秋、朝鮮の聘使来れり、かの阿比留によりて、平生の詩百首を録して、三学士の評を乞ひしに、其人を見てのちに序作るべしといふ事にて、九月一日に客館におもむきて、製述官成琬《せいえん》書記官李聃齢《りたんれい》、ならびに裨将洪《こう》世泰《せいたい》などいふものどもにあひて、詩作りし事などありし、其夜に成琬我詩集に序つくりて、贈りたりき、――

文中、「ふたたび出てつかふる…」とあるのは、二十一歳の時、それまで仕えていた土屋家（上総久留里藩主）の内紛に連座して、追放の身になっていたのが、この年、大老堀田正俊（下総古河藩主）に召し抱えられたことをいう。「阿比留」は、対馬の国の儒生である。阿比留の斡旋で、詩百首を通信使の三学士に呈し、評を乞うた。

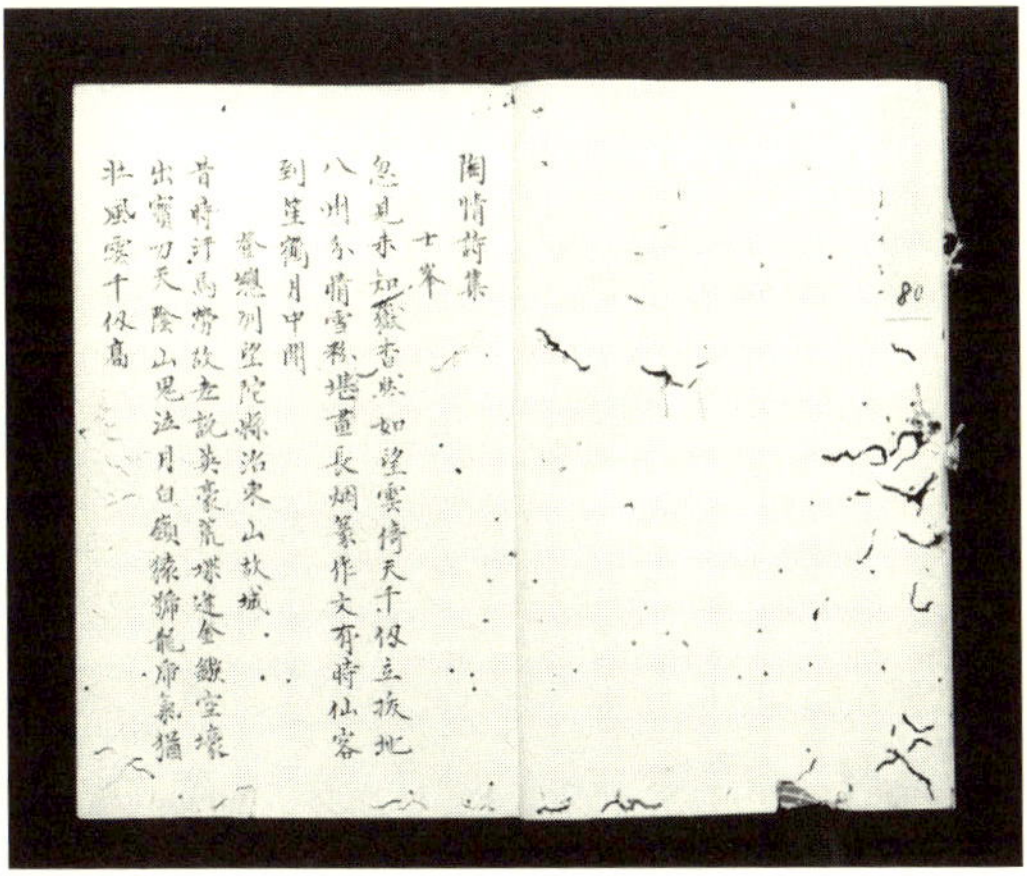

陶情詩集の巻頭部分

この時、白石の呈した百首が、『陶情詩集』として伝えられるもので、白石の処女詩集である。この詩集は、『新井白石全集』（国書刊行会刊、全六冊、明治三十八年十二月～明治四十年四月）には、収載されていない。

私（石川）は、宮崎道生氏（元國學院大学教授）のご教示により、この詩集が白石十二世孫新井太氏（名古屋市在住）の許に蔵されていることを知り、数年前、お尋ねして披見するを得、写真もとらせて頂いた。原本は、表紙を除いて本文全二十三葉、多少の虫損（虫喰い）はあるものの、読めない字はなく、几帳面な筆致で書かれている。二十六歳の時の詩集といえば、作品は二十代前半の、ごく若い時分のものになるが、その出来栄えはすでに熟成の域に達しているといってよい。

果して、白石の詩は通信使諸公を驚かせたようで、主席の製述官成琬は、わざわざ序を書いて贈った。裨将の洪世泰も跋を書き、

清新雅麗、往々有披沙揀金処、令人刮目、真作者手也。

〔清新雅麗にして、往々沙《すな》を披《ひら》いて金を揀《えら》ぶ処有り。人をして刮目せしむ。真に作者の手なり。〕

と、評している。この評は、六朝・梁の鍾嶸《しょうこう》の『詩品』に、晋の陸機を評して、「如披沙簡金、往往見宝」〔沙を披いて金を簡《えら》ぶが如く、往往にして宝を見る〕と言ったのを踏まえている。

白石は、通信使に認められて高く評価されたことにより、一躍世に詩名が轟いた。経学・有職故実から、地理・言語に及ぶまで、多方面に亘る才人と称される白石だが、まず初めは詩人として名を知られたのであった。

白石の嫡男明卿は、次のようにいう。

先大夫以経術遇知昭代、而以詩名世、世之知先大夫者、特以詩。

〔先大夫（亡父白石のこと）経術を以て昭代に遇知せらる。而れども詩を以て世に名あり。世の先大夫を知る者、特《ただ》詩を以てなり。〕〈白石先生余稿・緒言、『新井白石全集』巻五所収〉

詩人としての白石、を強調している。しかるに、明治以後の白石研究では、むしろこの方面は閑却されている嫌いがある。『陶情詩集』が全集に収載されなかったのは、その一証となろう。

今回は、朝鮮通信使に認められた『陶情詩集』より、いくつかの詩を選び、詩人白石の真面目を見ようと思う。

暮過野村
望断暮山煙靄中
高林無処不秋風
水南水北看松火
知有村童撮草虫

暮に野村を過ぐ
望断す　暮山煙靄の中
高林処として秋風ならざるは無し
水南水北　松火を看る
知る　村童の草虫を撮《と》る有るを

い、もやたなびく夕暮の山を見渡せば、森の木に秋風が吹き満ちる。
川の両岸に松火《たいまつ》がチロチロ見えるが、あれは村の童《わらべ》が草の虫を取っているのだろう。

郊外の村の、川べりの夕暮の景を描いた、スケッチ風の詩。子どもたちが、松火をかざしながら虫取りをしているという、日本的な風趣が詠われている。この詩の背後には、『三体詩』に見える、唐の盧綸《ろりん》の次の詩が意識されているかもしれない。

山店　　盧綸

登登山路何時尽　　登登たる山路何《いず》れの時か尽きん
決決渓泉到処聞　　決決たる渓泉到る処に聞く
風動葉声山犬吠　　風動いて葉声《な》り山犬吠ゆ
一家松火隔秋雲　　一家の松火　秋雲を隔つ

山路をどんどん登っても、いつ尽きるとも知れない。
ケツケツと音を立てて流れる泉が、どこまでも聞こえる。
風が吹いて葉摺《ず》れの音がし、山の犬が吠える。
ふと見ると、秋の雲を隔てて松火の明かりが認められる。

どこまでも続く山路、耳について離れない谷川の音、風に鳴る木の葉、犬の遠吠え、と畳みかけて〝旅の寂しさ〟をそそり、最後に慰めの象徴としての松火が点ぜられる。白石の詩は、あちらにもこちらにもチロチロと燃える松火が豊かな詩情を伴って揺れ動く。草間に鳴く虫の音までが聞こえてくる心地。

即事

独手支頤凭小楼　　独手頤《あご》を支えて小楼に凭《よ》る
江雲日落水悠悠　　江雲日落ちて水悠悠
倏然蘋末西風起　　倏然《しゅくぜん》蘋末《ひんまつ》に西風起こり
吹入北鴻数点秋　　吹いて北鴻数点の秋に入る

片手で頤を支え、二階の窓に倚り、暮雲たなびく川面を眺める。たちまち水草に秋風が舞い起こり、北来の雁の群を吹き送る。

第二句は、『三体詩』に載せる中唐の厳維《げんい》の句、「日晩れて江南より江北を望めば、寒鴉飛び尽きて水悠悠」〈丹陽にて韋参軍を送る〉を下敷きにした情景。第一句は、その景を片手で頬杖つきながら眺めるとして、深刻な愁情を、閑雅な無聊の態に仕立て換えた。また、後半は、水草の葉末より秋風が吹き起こり、たちまち雁の群を送って来たと、宋玉の「風賦」（『文選』収載）の趣向を取りこみつつ、洒脱な一幅の絵に仕立て上げている。〝老練な作者の手〟を感ぜしめる作である。

病起

病目昏昏長静居　　目を病んで昏昏長く静居す
塵埋渇硯筆相疎　　塵は渇硯を埋め筆相い疎《うと》んず
書生習気真堪咲　　書生の習気真に咲《わら》うに堪えたり
半夜夢中読漢書　　半夜夢中に漢書を読む

眼を病んでぼんやりと、いつもじっとしている。
乾いた硯に塵が積もり、筆とも疎遠になってしまった。
だが、書生気質《かたぎ》は抜けないと見え、
夜中に、夢に漢書を読んでいる始末だ。

『三体詩』中に、中唐の張籍の「眼を患う」という詩（七言絶句）があるが、まだ花（美人のこと）がよく見えない、と風流めかした諧謔の味わいを詠う。こちらの白石の詩は、自嘲の口吻で諧謔の味を出している。

『漢書』は『史記』に比して、文章が生真面目、という評がある。文章の稽古をするなら『漢書』を読め、とよく言われる。夢の中にも『漢書』を読むというと、そこに何とも悲しい〝書生の性《さが》〟が滲み出るのである。

先人の詩を下敷きにして、異った味を出す詩の典型を一首。

十日菊

節去蝶愁秋正衰　　節去り蝶愁えて秋正に衰う
暁庭猶有傲霜枝　　暁庭猶お霜に傲るの枝有り
千年遺愛陶彭沢　　千年の遺愛　陶彭沢
応擬元嘉以後詩　　応《まさ》に擬すべし　元嘉以後の詩に

季節が重陽（九月九日）を過ぎて蝶は愁い、秋もすっかり暮れた。
朝の庭には、なお霜にめげぬ菊の枝が咲いている。
千年の昔、菊を愛した陶淵明の、
操正しい志を詠う詩にも比すべき姿だ。

陶淵明が菊を愛したことは、その「飲酒」其五の、「菊を東籬の下に采《と》り、悠然として南山を見る」の句などによって知られている。「元嘉」は、晋の後の宋の年号。淵明は、二姓に仕えるのを恥じ、元嘉以後は年号を書かず、干支《えと》のみを書いたといわれる。ところで、この詩の基づくものは、『三体詩』収載の次の詩である。

十日菊　　　　鄭谷

節去蜂愁蝶不知　　節去り蜂愁えて蝶は知らず
暁庭還繞折残枝　　暁庭還《ま》た折残の枝を繞る
自縁今日人心別　　自《おのず》から今日人心の別なるに縁《よ》る
未必秋香一夜衰　　未だ必ずしも秋香一夜にして衰えず

季節は重陽を過ぎ、蜂は愁えているが、蝶は気づかず、
朝の庭でまた折り残しの菊の枝をめぐって飛んでいる。
人の心が自然に変わってしまったからで、
秋の菊の香は、必ずしも一夜で衰えるものではない。

前半の二句は、言葉をそのまま取って、剽窃に近い句作りだが、「折残の枝」を「霜に傲る

の枝」に変化させたところに、工夫がある。後半は、鄭谷の原詩が人の心変りの早いことの方へ議論を向けているのに対し、白石は「霜に傲るの枝」を軸に、節を曲げない陶淵明の方へと転回させている。

つまり、時節おくれの菊、という「十日の菊」を、時期は過ぎても節を曲げない菊、として、プラス評価に変えたのである。かくのごとく、百首は若者らしからぬ老練な技《わざ》に満ちている。通信使の賛辞はお世辞とばかり言えないだろう。

白石の本領は、実は、技巧的な力量を要する「七言律詩」を善くすることにある。白石の全作品六百九十二首の内、七律は二百五十七首で、最も多い（因みに、七絶は百七十五首、五律・五排律は百四十六首）。

試みに、技巧的な一首を紹介しよう。

愛松節雪詩其能用韻和之（松節の雪の詩に其の能く韻を用うるを愛し、之に和す）

薄暮江城寒意酣　薄暮江城寒意　酣《たけなわ》なり
訪梅韻士想僧藍　梅を訪ぬる韻士僧藍を想う
須臾天上降滕六　須臾《しゆゆ》にして天上より滕六《とうろく》降り
邂逅人間見葛三　邂逅　人間に葛三《かつさん》を見る

雲屋気厳頻酌蟻　　雲屋気厳にして頻りに蟻を酌み
風窓声密静聴蚕　　風窓声密にして静かに蚕を聴く
也知玉局坡仙老　　也《ま》た知る　玉局坡仙の老
白戦一場続汝南　　白戦一場汝南に続くを

夕暮どき、江戸の町に寒気がたけなわで、
梅花を尋ねようと風流の士は、寺の境内を想う。
たちまち天上より雪が降って来て、
ひょっこりと人の世で仙人に出会う。
雲のたなびく屋敷は寒気も厳しく、しきりに酒を酌み、
風の吹く窓べでは、ひそやかに蚕の葉を食うような音を、じっと聴く。
かの玉局観の東坡老も、
制約のもとに、汝南の先賢（欧陽脩のこと）に倣って雪の詩を一しきり作ったことだろう。

この詩の韻は、下平声覃《たん》韻に属する（酣《カン》・藍《ラン》・三《サン》・蚕《サン》・南《ナン》）が、これはあまり用例がなく、使いにくい〝険韻〟なのである。
全編、故事をちりばめて、知的な興趣に満ちている中に、ことに頷聯の「滕六」と「葛三」

の人名をうまく対に用いたのは、絶妙である。

白石の処女詩集である『陶情詩集』は、二十代前半以前のごく若い時分の作であるにも拘らず、極めて熟練しているのがうかがえる。以て、白石の詩才の非凡を見るに足る。

最後に、その白石が、ちょっとしたミスをしたのを見つけたので、披露しよう。

関二野居
松門霜色老
故識有家風
窮則人斯濫
庶乎公屢空
秋風収紫栗
春雨剪青韭
高掛壁間麈
農談日野翁

関二の野居
松門霜色老い
故《もと》より識る　家風有るを
窮すれば則ち人斯《ここ》に濫《みだ》る
庶《ちか》からんか　公の屢《しば》しば空しきに
秋風に紫栗を収め
春雨に青韭を剪る
高く壁間に麈《しゅ》を掛け
農談日に野翁とす

松の聳える門のあたり、霜の気が満ち、主《あるじ》の家風の床しさを見る思い。

昔、孔子は、君子も困窮することがあるが、小人は窮すれば乱れる、と言われた。
お手元不如意で、しばしば酒樽も空《から》になるらしい。
秋風の吹くころ、よく稔った栗を収穫し、
春雨の降る中に、新鮮な韮《にら》を剪る。
高踏的な談論などしないから、手に持つ麈尾(ほっす)は壁に掛けたまま、
毎日、田舎の爺さんと農事の話をする。

題の「関二」は、「関」が姓で、「二」は排行(兄弟の順序)だろう。この詩も、随所に典故を用い、老練な味わいを見せるが、第六句の「韮」は、音が「キュウ」(上声有韻)で、韻に合わない。この句は、杜甫の詩の「夜雨剪春韮」(夜雨に春韮を剪る)に基づく。それで、うっかりそのまま「韮」と書いたのだろう。ここは「葱《ねぎ》」(音ソウ、上平声東韻)なら合うのだが。上手の手から水が漏れたか。

第十六章　朱舜水と安東省菴

二〇〇一年の四月二十一日土曜日、東京の湯島聖堂で、明《ミン》の遺老朱舜水《しゅしゅんすい》が日本へ持って来た孔子像三体を、一堂に会するという催しが行われた。

朱舜水（名は之瑜《しゆ》・一六〇〇—一六八二）は、水戸光圀の先生として知られる。ちょうど明末の争乱に遭遇し、明朝復興に身を挺して、日本へも何度も援軍を乞いに来たが、結局失敗、清《シン》に仕えるのを潔《いさぎよ》しとせず、そのまま長崎に亡命した。時に、一六五九年（日本の万治二年）冬、舜水は六十歳であった。

その朱舜水を助けたのが、筑後（福岡県）柳川藩の藩儒安東省菴《あんどうせいあん》である。安東省菴（名は守約《もりなり》・一六二二—一七〇一）は、病気治療のため長崎へ行き、そこで朱舜水の名を聞いた。やがて、その学識、人柄を知るに及び、舜水が亡命するや、弟子の礼をとり、献身的に生活を支えた。柳

孔子像三体
（左から安東家、斯文会、伝習館蔵）

川藩での俸禄二百石の半分を割いて舜水先生に奉仕したのは、有名な話である。

それから五年して、舜水は光圀の招請により江戸へ出る。その時、省菴へお礼として孔子像三体を贈ったのである。うち一体は安東家に今も伝わり（十一代目の孫・安東守仁氏所蔵）、一体は省菴の仕えた柳川藩の藩黌《はんこう》伝習館に（福岡県立伝習館高校同窓会所蔵）、一体はいろいろな経緯を経て宮中に入った。

宮中に入った一体が、大正の大震災で本尊の孔子像を失った湯島聖堂（昭和十年に再建）へ下賜されたのである。現在、聖堂の管理団体・財団法人斯文《しぶん》会に所蔵されている。

二〇〇一年がちょうど省菴没後の三百年に当ることから、三像を一堂に会し、省菴と舜水を偲ぼうということになった。三体とも大きさは四〇センチほどだが、面白いことに姿形が全く違う。斯文会のは顔が小造りで歯が出ている。安東家のは円《まる》顔、伝習館のは目が黄色に光っている。

三体がそれぞれの運命をたどって三百年、こうして一堂に会してみると、また名状しがたい感動が湧き起こるのであった。なお、この催しは、柳川でも六月十六日に行われた。

さて、三像の話が長くなったが、今回は安東省菴の詩を見ることにしよう。

夢朱先生　　朱先生を夢む

泉下思吾否　　泉下吾を思うや否や

霊魂入夢頻　　霊魂夢に入ること頻りなり

堅持魯連操　　堅く魯連《ろれん》の操を持し

実得伯夷仁　　実に伯夷《はくい》の仁を得たり

没受廟堂祭　　没しては廟堂の祭を受け

生為席上珍　　生きては席上の珍と為る

精誠充宇宙　　精誠宇宙に充ち

道徳合天人　　道徳天人に合す

あの世で、先生は私のことを思ってくださっているのだろうか。

先生の魂がしきりに夢に現れる。

先生は斉《せい》の魯仲連のように操を曲げず、
周初の伯夷《はくい》のような仁徳を具えておられた。
死んでからは、立派な祭を受けられ、
生きている時は、学徳を称えられた。
その精神は宇宙に広がり、
道徳は古の聖人に合致する。

この詩につけられた「引」（序）によると、舜水没後の五年に作られたことがわかる。はじめの二句は、杜甫の「李白を夢む」に、「三夜頻りに君を夢む、情親君の意を見る」（李白さん、三晩続けてあなたの夢を見て、あなたの私を思う親しい心がわかりました）という句の影響がある。あとの六句は、もっぱら舜水の人柄を称えたもの。

省菴の詩は、『省菴先生遺集』十巻に収められている。詩題は応酬、交遊、紀行等さまざまであるが、閑居、自然の詠風は白楽天の影響を受けているようだ。

和白香山遺興韻　　白香山の遺興の韻に和す
過隙光陰似電光　　過隙の光陰電光に似たり
如何不使四時長　　如何《いかん》ぞ　四時をして長からしめざる

紅顔一瞬為梨凍
緑髪幾時変雪霜
早悟死生命前定
也知窮達理之常
常教心地能安静
身在市朝亦不忙

紅顔一瞬　梨凍と為り
緑髪幾時か雪霜に変ず
早《つと》に悟る　死生　命前《さき》に定まるを
也《ま》た知る　窮達　理の常なるを
常に心地をして能く安静ならしめば
身は市朝に在るも亦《ま》た忙しからず

忽ち過ぎ去る光陰は、電光のよう。どうして月日を長くしてくれないのか。紅顔も一瞬のうちに梨が氷ったようになり、黒髪もいつかは雪霜のように白く変る。つとに生死の定めは、前から決まっていると悟り、運、不運は人の世の常と知る。いつも心を安静に保てば、身は市朝《まち》に住んでも忙しくはない。

「香山」は、白楽天の号。晩年、洛陽郊外の寺の名を取って香山居士と号した。本歌《もとうた》の「遺興」は、元和十二年（八一七）、四十六歳の作である。

遺興　　　白居易

羲和走馭趁年光
羲和《ぎか》馭を走らせて年光を趁《お》う

不許人間日月長
遂使四時都似電
争教両鬢不成霜
栄銷枯至無非命
壮尽衰来亦是常
已共身心要約定
窮通生死不驚忙

許さず　人間日月の長きを
遂に四時をして都《すべ》て電に似しめ
いかでか両鬢をして霜と成さざらしむ
栄は銷《き》え枯は至る　命に非ざる無く
壮は尽き衰は来る　亦た是れ常なり
已《すで》に身心と共に要約定まる
窮通生死驚き忙《あわ》てず

日の神が車を走らせて、年月を追い立て、
人の世に長い年月を保つことを許さない。
そして春夏の移りを稲妻のように、
両の鬢の毛を霜のように白くさせずにはおかない。
栄は消えて枯が訪れるのも天命だし、
血気が尽きて衰亡が来るのも世の常だ。
すでに身も心も約束が決まっているのだから、
幸運と不運、生と死、どちらにしても驚き慌てることはない。

省菴は白楽天の達観を、そのまま取りこんで詠っている。やや似過ぎの嫌いがあるほどだが。

白楽天に「中隠」という詩があり、役人勤めをしながら閑適の境地を楽しむという、独特の人生哲学を述べる。省菴はそれに倣い、「中隠」詩を二首作っている。

中隠二首

得間即為隠　間を得て即ち隠と為る
何必問山林　何ぞ必ずしも山林を問わん
非大亦非小　大に非ず　亦小に非ず
誰知自得心　誰か自得の心を知らんや

間暇《ひま》を得て隠逸の人となる。何も山林に住むことはない。
「大隠」でも「小隠」でもない。自から良しとする心を誰も知るまい。

顧我非棟梁　我を顧るに棟梁に非ず
自甘為石承　自から石承と為るに甘んず
幽棲勝林下　幽棲　林下に勝《まさ》れり

不用歎何曾　何曾《かそう》を歎ずるを用いず

自分を顧みれば、人の上に立つ人物ではない。
自から礎石となるのに甘んじている。
静かな暮しは、山林に住むよりよい。
何曾（昔の富豪）のような贅沢な暮しは羨むこともない。

東晋の王康琚《おうこうきょ》に、「反招隠」という詩があり、小隠（小物《こもの》の隠者）は山林に隠れ、大隠（本物《ほんもの》の隠者）は市朝（町なか）に隠れる、と詠った。それを白楽天は一歩進めて、「大隠は町に住み、小隠は丘に住むというが、町はやかましいし、丘はものさびしい。それより閑《ひま》な官に就いて中隠の暮しをするのがよい」と詠ったのである。

省菴の二首目の「棟梁」は家屋のむなぎとはり、「石承」は石の土台をいう。人の上に立つことと、縁の下の力持ちをたとえる。「何曾」は西晋の貴族で、一日に一万銭の食事でも箸をつけなかったという。「何曾の贅沢に歎息することはない」とは、清貧に安んじた省菴らしい句である。

白楽天の特色のもう一方に、自然風詠の詩があるが、省菴もこの方面の作は多い。江戸へ出る途中で見た「富士山」の詩を見る。

富士山

士峰崋崒聳通天
当暑雪花風景鮮
疑是山霊遊宴処
絶巓四序鋪瓊筵

士峰崋崒《りつしゅつ》として聳えて天に通ず
暑に当って雪花風景鮮かなり
疑うらくは是れ山霊遊宴の処
絶巓《ぜってん》四序瓊筵《けいえん》を鋪《し》くかと

富士山はすっくと聳えて天にもとどき、夏の暑さの中にも雪の花の風景は鮮かである。まるで山の神々が宴遊して、てっぺんで一年中美しい筵を敷いているかのようだ。

省菴の、この富士山の見立ては奇抜であり、表現こそ素朴であるものの、江戸初期の「富士山詠」に一地歩を占めると思われる。なお、「富士山」の詩については、第二章に述べたので、そちらを参照していただきたい。

省菴の自然詠の向かうところに、故郷柳川の風景を詠じた「柳川八景」詩がある。「八景」の源流は、中国の湖南（洞庭湖の南の地方）の景勝を画題として八つ数えた「瀟湘《しょうしょう》八景」より発する。平沙落雁・遠浦帰帆・山市晴嵐・江天暮雪・洞庭秋月・瀟湘夜雨・煙寺晩鐘・漁村夕照がそれである。

わが国では「近江八景」を始め、これに倣ったものは多いが、漢詩の作例としては、省菴の

「柳川八景」は早い時期にあり、注目される。以下、幾首かを紹介しよう。

柳城朝暾

旭日熙熙照柳城　旭日熙熙《きき》として柳城を照らす
層台高与白雲幷　層台高くして白雲と幷《ひと》し
東君施物示祥瑞　東君物に施して祥瑞を示す
逐暖徐催草木栄　暖を逐い徐ろに草木の栄《はな》さくを催す

柳川城の朝日

朝日がきらきらと柳川城を照らす。天守閣は空の白雲と同じぐらい高い。日の神はすべての物に目出たい印を示され、暖気を追って次第に草木に花を咲かせる。

まず幕開けは、お城を照らす朝日から。「城」は漢語としては、「まち」を意味するが、ここでは日本ふうに、「しろ」の意に用いた。したがって「層台」は、天守閣ということになる。第二句は、『唐詩選』に載せる韓翃《かんこう》の「浮雲不共此山斉」〔浮雲も此の山と斉《ひと》しからず〕の句〈石邑山中に宿る〉をひねって作ったものだろう。

沖端返照

碧海茫茫接碧空　　碧海茫茫として碧空に接す
扁舟結網一漁翁　　扁舟網を結ぶ一漁翁
雨晴風定魚鰕鬧　　雨晴れ風定まって魚鰕鬧《さわが》し
猶愛斜陽映水紅　　猶お愛す　斜陽の水に映じて紅なるを

沖《おき》の端《はた》の夕ばえ

青海原が広々と青空にまじわるところ、小舟を操り網をかける漁師の翁。雨が上り風もなぎ、魚や蝦《えび》がはねる。嬉しいのは、夕日が水に映って真赤なこと。

前半の二句には、柳宗元の「漁翁」の、「欸乃《あいだい》一声山水緑」の趣がある。起句で「碧」を重ねて青い色を強調しているのが、結句の「紅」を鮮かに印象づけるはたらきをなす。

吉富暮靄

処処尋春逐落暉　　処処春を尋ねて落暉を逐う
園林雨過競芳菲　　園林に雨過ぎて芳菲を競う
遊人莫怪頻延佇　　遊人怪しむ莫かれ　頻りに延佇《えんちょ》するを
将待月移花影帰　　将《まさ》に月の花影を移すを待ちて帰らんとす

吉富の夕もや
そこここに春景色を尋ねて日の暮れるまで。
林園に一雨降って、花は咲き誇る。
いつまでも立ちつくすのを怪しまないでおくれ、
月光が花を照らし出すまで帰らないつもり。

風雅な趣の詩である。結句は、宋の王安石の「夜直」の、「月移花影上欄干」〈月は花影を移して欄干に上る〉を踏まえたもの。

宮永落雁
間翔間集集前湾
水緑苔青両岸間
為報爾凌霜雪苦
年年何事背花還

間《かん》に翔けり間に集いて前湾に集う
水は緑に苔は青し両岸の間
為に報ず　爾《なんじ》霜雪の苦を凌ぎ
年年何事ぞ　花に背いて還る

のんびり飛んでは入江に舞い下りる。
水は緑に澄み苔は青く蒸す両岸のあたり。

ちょっと伝えよう、お前たちは冬の霜や雪を凌ぎながら、
どうして毎年、春の花も見ずに帰るのか。

この詩は、『唐詩選』の銭起の「帰雁」をうまく翻案したもの、と言えよう。

帰雁　　　　　　銭起

瀟湘何事等閑回　　瀟湘より何事ぞ　等閑に回《かえ》る
水碧沙明両岸苔　　水は碧に沙《すな》は明るく両岸は苔
二十五絃弾夜月　　二十五絃　夜月に弾ずれば
不勝清怨却飛来　　清怨に勝《た》えずして却飛し来る

雁は美しい瀟湘の地を見捨てなぜ帰るのか。
水は青く砂は白く、両岸は苔むしているのに。
月夜に女神が二十五絃の琴を奏でるので、
その清らかな悲しみの音に堪えられず、飛び去るのだ。

第十七章　幕末の経世家・山田方谷

岡山県を南北に走るＪＲ伯備線に、「方谷《ほうこく》」という無人駅がある。ここは、幕末の政治家にして儒者の山田方谷《やまだほうこく》（一八〇五―一八七七）の住居のあった所という。日本の鉄道で、駅名に人名をそのままつけたのは、ここだけとのこと。

方谷の故里は、ここから三キロばかり山へ入った西方村（現岡山県高梁《たかはし》市中井町西方）である。今も故里の小学校には、方谷が数え年四歳の時に書いた大字が蔵されているが、それはまことに立派なもので、天才ぶりがしのばれる。

山田方谷は、この地で生れ育った農民（造り酒屋も営んでいた）であった。やがて、その才幹は次第に周囲に認められて、ついには藩の財政を任されるに至る。そして、十万両に及ぶ藩の借金を短時日のうちに返済したばかりか、さらに十万両の蓄えまで成し遂げたのである。富裕とはいえ、一介の農民の身分から家老職に抜擢された方谷の偉さもさることながら、抜擢した藩主板倉勝静《かつきよ》の眼力・英断にも驚かされる。近時（平成十年）、矢吹邦彦氏の『ケインズに先駆けた日本人―山田方谷外伝』（明徳出版社刊）が出て、その経緯、顚末が興味深く語られている。政治家・経世家としての方谷の偉大さの蔭にかくされた趣があるが、詩人としての方谷もまた大きな存在であった。今回は、その方谷の詩を取り上げることとしよう。

宮原信著『山田方谷の詩―その全訳』（昭和五十七年・明徳出版社刊）によると、現存する方谷の詩は、次の通り。

小倉魚禾筆　山田方谷像
（高梁方谷会提供）

五言絶句	四一
七言絶句	七〇六
五言律詩	六七
七言律詩	一七八
古詩	六四
合計	一〇五六

七言律詩がかなり多いこと、古詩も相当の数があることは、まず、方谷が漢詩に練達の士であることを窺わせる。律詩は対句を二つ作ることが要請され

るだけに、七言律詩はことに技巧を要するし、古詩はすべてを自分の裁量で構成しなければならないので、力量の足りない者は作り得ないのである。

まず、方谷の初期の作を取り上げる。文政十年（一八二七）、方谷二十三歳、最初の京都遊学中、蘭渓禅師を尋ねた折の作。蘭渓禅師は人物未詳だが、方谷がしばしば唱和しているので、若き方谷に禅、詩ともにかなりの影響を与えた和尚と思われる。

訪蘭渓禅師寓居見示詩和韻四首（蘭渓禅師の寓居を訪い、詩を示さる、韻に和す四首）

市井紅塵不上欄　　市井の紅塵　欄に上らず
小楼開牖対青山　　小楼牖《まど》を開いて青山に対す
誰知身作京城客　　誰か知らん　身は京城の客と作《な》りて
心住白雲蒼樹間　　心は白雲蒼樹の間に住《とど》まるを

俗世間の塵ぼこりは欄《てすり》の中へ入らない。書斎の窓を開ければ、青い山が見える。身は都の中に置きながら、心は白雲蒼樹の世界に遊ぶとは、誰が知ろう。

「和韻」とは、相手の詩の韻字と同じ字を韻に用いることで、この詩の場合、「欄《ラン》・山《サン》・間《カン》」がそれである。その制約をうまくこなして作るのが、詩人としての力量を示すことになる。

其二

趺坐悠然一小欄
孤峰当眼是東山
翠光圧却紅塵色
深秀和屛映几間

趺坐《ふざ》悠然たり一小欄
孤峰眼に当るは是《こ》れ東山《ひがしやま》
翠光圧却す　紅塵の色
深秀屛の如く几間《きかん》に映ず

書斎の窓べに悠然と坐禅を組み、真向こうを見れば、東山が聳える。山の翠《みどり》は俗塵を制圧し、深々と屛風《びょうぶ》のように、わが机に迫る。

其三

陌上占居日倚欄
結伽不必事深山
隻瞳空了大千界
何妨形骸住世間

陌上居を占め日に欄に倚る
結伽必ずしも深山を事とせず
隻瞳空了《せきどうくうりょう》す大千界
何ぞ妨げん　形骸の世間に住《とど》まるを

通りに面して居を構え、毎日欄にもたれる。禅の境地は何も深山にばかりあるのではない。

片目で広大無辺の世界を見通してしまう。この身が俗世間にあろうと、少しも差しつかえない。

其四

千尺高楼十二欄　千尺の高楼十二欄
憑欄下瞰万重山　欄に憑《よ》りて下瞰《かかん》す 万重の山
山尽大虚何所見　山は大虚に尽きて何の見る所ぞ
天風吹月満雲間　天風月を吹いて雲間に満つ

千尺もの高楼に、十二の欄干、欄干に倚りつつ、山々を見下《おろ》す。山は大空の彼方に連なり、天風が吹き渡って、雲間に月が現れる。

一、二は、街中《まちなか》にありながら俗世間離れした禅師の寓居を詠う。二に「趺坐」の語が出て、仏教の色が現れ、三の「結伽」へ繋がる。さらに「大千界」の語によって、超現実世界へと進み、四に到って「千尺の高楼十二欄」と、いよいよ現実を超越し、仙界の様相を呈する（仙界を意味する「十二楼」という語がある）。

四首が制約の中で、互いに連繋しつつ奔放に展開していく句作りは、まことに見事と言わざるを得ない。二十三歳という若年にして、すでに老練の技を身に着けており、また詩人のセンスも並々でないことが窺われる。

若年の七言絶句の次は、晩年の七言律詩を見ることにしよう。

明治五年（一八七二）、方谷六十八歳、備中（岡山県）小阪部村の寓居に、弟子の三島中洲（第十一章参照）が訪れた折の作。

詩は中洲の韻に和したもので、三首の連作である。詩の前に、次のような序がついている。

三島中洲来訪余小阪部寓居、有詩見贈、読到其後聯、不勝感慨、席上次韻三篇、後一篇窃述其感、唯中洲有知焉。

〔三島中洲来りて余を小阪部寓居に訪う。詩有りて贈らる。読んで其の後聯に到るや、感慨に勝えず。席上次韻すること三篇、後一篇窃《ひそ》かに其の感を述ぶ。唯《た》だ中洲のみ焉《これ》を知る有り。〕

三島中洲が小阪部の住居に私を尋ねた時、詩を贈られた。読んでその後聯までくると、感慨が湧き起こった。その席上、三篇の次韻の詩を作り、最後の一篇にひそかに感慨を述べた。ただ中洲のみがそのことを知っている。

詩は三篇ともそれぞれ味わい深いものがあるが、方谷の言う〝最後の一篇〟を見る。

何妨偽学被人屛　　何ぞ妨げん偽学の人に屛《しりぞ》けらるを
千載比肩朱考亭　　千載比肩す　朱考亭
百涅不緇寒玉白　　百涅《ひやくでつ》緇《くろ》まず寒玉の白
三冬益発老松青　　三冬益ます発す老松の青
憂饑学士多干禄　　饑《うえ》を憂うる学士多く禄を干《もと》む
逃戮書生誰抱経　　戮《りく》を逃るる書生誰か経を抱く
究竟蔵身何処好　　究竟身を蔵す　何れの処か好き
華山石室戸長扃　　華山の石室　戸長の扃《けい》

〝偽学〟として人に排斥されてもかまわない。
千年昔の朱子と肩を並べることができようというもの。
清冽な水は、どんな汚れにも黒ずまないし、
厳冬にも老松は、益ます青さを発揮する。
飢えることを恐れる学者は、俸禄を求めがちであり、
殺されるのを逃れようと、書生は経書を守ろうとしない。

身を蔵すのには、結局どこが好いのか。
華山の洞穴《ほらあな》か、村長《むらおさ》の家か。

南宋のころ、朱子の学問は〝偽学〟として退けられ、罪に陥った。方谷も、ともすれば世の風当りが強く、人に指弾されることが多いが、千年昔の朱子と肩を並べることになる、というのが首聯の言わんとするところ。「朱考亭」と、固有名詞が韻字にうまく嵌ったところがミソでもある。

この詩の主眼は、頸聯にある。「学士」は訳しようがないから「学者」としたが、たとえば「翰林学士」のように、文事に携わる高級官僚を指す。こういう連中が、身すぎ世すぎを第一に、争って禄を求めたり、書生たちも、身の安全をはかって、まっとうな学問を避ける、という情ない世の中を、痛烈に糾断している。節操を捨てた〝御用学者〟とは、方谷の頭の中には、誰彼、という固有名詞が浮かんでいたのであろう。

方谷が次韻した、その元の中洲の詩も掲げておこう。

三島中洲原詩
万畳山成四面屛　万畳の山は四面の屛《へい》を成す
桃源深処是仙亭　桃源深き処　是《こ》れ仙亭

灑門奔瀬午風白　　門に灑《そそ》ぐ奔瀬に午風白く
圧野嫩秧斜日青　　野を圧する嫩秧《どんおう》に斜日青し
秦代吏民多読律　　秦代の吏民は多く律を読み
伏家師弟独伝経　　伏家の師弟は独り経を伝う
愧吾遯世蹤猶浅　　愧ず　吾《わ》が世を遯《のが》るる蹤《あと》猶お浅きを
空在城中鎖小扃　　空しく城中に在りて小扃を鎖《とざ》す

重なる山々が、四方の垣根のように囲む。
桃源境の奥に、俗を離れた家がある。
門にそそぎかかる早瀬に昼の風が吹いて、白く輝き、
田を埋める早苗に夕日が当り、青々と見える。
秦代には役人も庶民も、みな法律を学び、
漢の伏生師弟のみが、経典を伝える。
恥ずかしいことに、私は俗世を逃れることが、まだ浅いので、
空しく、都の中で門を閉ざしている。

方谷の、「読んで感慨に勝えぬ」といった後聯とは、「秦代の吏民…、伏家の師弟…」のこと

である。世は滔々として、文明開化に赴く中に、先生と私たち弟子が正しい学問を守る、というのだ。ただ、自分はまだまだだが、と謙遜して結んでいる。

この中洲の後聯の対句は、たいへん非凡な句作りであり、それを受けた方谷の後聯もまた奇趣に富む。師弟ともども、七言律詩という平易ならざる詩体を我が物として、がっぷり四つに組んだ態《てい》である。

明治五年のこの年、七月、中洲は徴命に応じてついに上京、九月より司法省に出仕することとなる。徴命に逡巡する中洲を、方谷は「国家の為にするのであって、名利の為にするのではない、私は年老い、嗣子も成人していないので、君に後事を託す」と励まして、出仕を決断させたのであった（第十一章参照）。

両者のやり取りを含め、維新の激動期を漢詩によって後づけるのも、興味深くまた意義深いものがある。日本の漢詩史に大きなテーマとなろう。

方谷の詩は、曾孫に当る山田琢（旧制四高・金沢大学で漢学を講じた学者）が、

「…藩政改革者としての名声掲げ、…現実の政治にかかわる詩があるのは当然のことであり、…陽明学者として実際に役立つ学問を主眼とした方谷であるから、政治詩の多いのは理由のあることである。方谷の詩がただそれだけなら興味索然たるものに過ぎないかもしれない

が、方谷の胸中には詩人としての情趣があふれていた。…」〈前掲宮原信著の序文〉
というように、「情趣あふれる」佳品が多く、この方面の評価も一つの重要な研究課題となるものである。

終りに、二、三の小品を紹介しよう。

雪中対山
雪裡渓山尽斬新
就中何物最驚人
懸崖枯木長千尺
化作白龍閃玉鱗

雪中山に対す
雪裡の渓山　尽《ことごと》く斬新
就中《なかんずく》何物か最も人を驚かす
懸崖の枯木長さ千尺
化して白龍と作《な》って玉鱗を閃《きらめ》かす

雪の降った山や谷は、すべてが鮮かだ。
中でも、何が一番人を驚かせるだろう。
それは、そそり立つ崖の千尺もの枯木だ。
雪をかぶって白龍となり、鱗をキラキラ輝かせている。

雪が降った後は、目に入るもの全てが新鮮に見える。ふだんはみすぼらしい枯木が、たちまち堂々たる白龍に化けるという。奇抜な発想である。

一夕風大至、花半飄零（一夕風大いに至り、花半ば飄零す）
雨暴風狂欹枕聴　雨暴《あ》れ風狂うを枕を欹《そばだ》てて聴く
暁看花片落堆庭　暁に看る　花片の落ちて庭に堆《うずたか》きを
悔将過愛禁攀折　悔ゆらくは過愛を将《も》って攀折を禁じ
不取一枝蔵胆瓶　一枝を取って胆瓶《たんぺい》に蔵せざりしを

一晩《ひとばん》大風が吹いて、花が半ば散り落ちた
雨風が吹き荒れたのを、枕べに聴いた。
明けがた、花びらが庭にうずたかく積もっているのを見た。
悔やまれるのは、花を愛する余り、枝を折り取ることを禁じ、
一枝も取って花瓶に活《い》けなかったことだ。

「攀折」は、枝を引いて折ること。「胆瓶」は、腹のふくれた花瓶。こんなに風雨が荒れて花が落ちるなら、何で早くに折っておかなかったか、と悔やむ。風流心の溢れた佳品。

曝背　背《せ》を曝《さら》す

密雪孤篷荒井渡
悲風短褐笥根関
昔遊夢覚茅檐底
透背冬暄日影閑

密雪孤篷　荒井の渡し
悲風短褐　笥根《はこね》の関
昔遊夢は覚む　茅檐の底《もと》
背を透《とお》す冬暄《とうけん》日影　閑《のどか》なり

こまかな雪の降りしきる中、一そうの小舟で新居《あらい》の渡しを過ぎ、
悲しげな風に粗末な着物を吹かれて、箱根の関所を越える。
茅ぶきの軒下で、昔の旅の夢から覚めると、
冬の日が背中を温《あた》ため、日の光も長閑《のどか》である。

「荒井渡」は、浜名湖の新居の渡し、「笥根」は、箱根のこと。平仄の都合と、字面の効果を考えて字を変えたもの。辛かった昔の旅の夢から覚めて、今はのんびりと背を丸めて日なたぼっこをしている。〃人生〃を詠いこんだような趣がある。

第十八章　長崎の詩人・吉村迂斎

長崎の詩人・吉村迂斎《よしむらうさい》（一七四九―一八〇五）については、「第一章　海を詠う」に、頼山陽の「天草洋に泊す」詩の元《もと》になった詩の作者として、少し触れたことがある。今回は、迂斎本人を取り上げて幾つかの詩を紹介し、その詩業の一端を見ようと思う。

まず、前に掲げた山陽詩の元うたを見る。

　葭原《あしわら》雑詠十二首　其二

三十六湾湾又湾　　三十六湾　湾又湾

扶桑西尽白雲間　　扶桑《ふそう》西に尽《つ》く白雲の間

青天万里非無国　　青天万里　国無きに非ず

伝石崎融思筆　吉村迂斎像
（吉村道子氏蔵）

一髪晴分呉越山　　一髪晴れて分かつ呉越の山

多くの湾が連なる、ここ葭《あし》原の海、
扶桑の国日本の西の果て、白雲の湧くところ。
青空が万里に広がるその向こうに、国が無いわけ
ではない。
晴れた空の下、髪の毛一すじの水平線に、呉越の
山が見分けられる。

扶桑の国（日本）の最西端に位置する長崎ゆえに、その向こうに広がる海、そしてさらに向こうの呉越（中国）への視点が開けた。

起句の「三十六湾…」は、李白の「三十六曲水廻縈《かいえい》（ぐるりと回る）」〈旧遊を憶う〉、晩唐の許渾の「三十六湾秋月明」〈三十六湾〉、宋の陸游の「三十六渓春水生」〈春遊絶句〉などの句が先行するだろう。承句の「扶桑西尽…」は、王之渙の「黄河遠上白雲間」〈涼州詞〉にヒントを得ているかもしれない。

後半は、蘇東坡だ。東坡が晩年海南島へ流され、赦されて本土へ帰る時に詠んだ詩の「青山一髪是《これ》中原」〈澄邁駅の通潮閣〉が、迂斎の詩情を喚起した警句である。なお、「一髪」の表現は、

韓愈の「近岸指一髪（岸に近づいて一髪を指さす）」〈元十八協律に贈別す〉が、さらに基づくものとして指摘し得る。

迂斎のこの詩は、いかにも長崎の海にふさわしい作として、当時喧伝されたらしい。迂斎が人の需《もとめ》に応じて書いた同詩の軸が、かなり多く残されている（それ故、字句の異同も多い）。

文政元年（一八一八）、三十九歳の頼山陽は、九州旅行に出かけ、八月二十四日、熊本へ向かう途中、天草洋に舟泊りして次の名作を詠じた。

泊天草洋　　頼　山陽

雲耶山耶呉耶越　　雲か山か呉か越か
水天髣髴青一髪　　水天髣髴《ほうふつ》青一髪
万里泊舟天草洋　　万里舟を泊す天草洋
煙横篷窓日漸没　　煙は篷窓《ほうそう》に横たわりて日漸く没す
瞥見大魚躍波間　　瞥見《べつけん》す　大魚の波間に躍るを
太白当船明似月　　太白船に当りて　明《めい》　月に似たり

山陽は天草へ出る前三ヶ月長崎に逗留していた（五月二十三日〜八月二十三日の間）。当時は迂斎没後の十三年に当る。山陽は長崎でこの高名な詩人の作を当然目にしたことであろう。

山陽の詩は、迂斎が開拓した〝広い海を詠う詩の世界〟を、さらに一段と展開し、「日本漢詩の金字塔」を打ち樹《た》てたのであるが、この詩の解説・鑑賞については、第一章に縷々述べたので見ていただきたい。

ここでは、吉村迂斎の長崎の詩を見ていくこととする。

上瓊山
高捫北斗上崢嶸
坐久雲烟脚下生
一髪窮時分楚越
遥山尽処渺蓬瀛
星岩苔卯狐狸跡
松樹風喧波浪声
太子朝天存故事
夕陽弔古更吹笙

瓊山《けいざん》に上る
高く北斗を捫《もん》して崢嶸《そうこう》に上る
坐すること久しうして雲烟脚下に生ず
一髪窮まる時楚越を分かち
遥山尽くる処蓬瀛《ほうえい》渺《びょう》たり
星岩に苔は卯《しげ》る狐狸の跡
松樹に風は喧《かしま》し波浪の声
太子天に朝する故事存す
夕陽古を弔いて更に笙を吹く

北斗星を捫《つか》もうと、高く聳える山に登り、
しばらく座っていると、足元から雲が湧きだした。

髪の毛一すじの水平線の向こうに、楚・越が見分けられ、
遥かの山の尽きる処に、仙人の島がかすんで見える。
点々と突き出る岩には、狐や狸の跡が苔に蔽われ、
松を吹く風は、波のざわめきを伝える。
昔、太子が天帝を拝んだ故事は今も伝えられて、
夕日に向かい、古を弔って笙を吹く。

この詩には題の下に、「上に北斗岩有り、相伝うるに、琳聖太子舟を山下に維《つな》いで北斗を拝するの処と」という注がついている。別な詩の注を見るに、琳聖太子は百済の太子という。問題は、○点を付した句が、前掲の「葭原雑詠」によく似ていることである。『吉村迂斎詩文集』（吉村栄吉編・昭和四十七年刊）に拠ると、「上瓊山」詩は寛政九年丁巳の歳（一七九七）、「葭原雑詠」は寛政十一・二年（一七九九・一八〇〇）の頃の作と推定されるので、「一髪窮まる時楚越を分かち」の方が先に発想されたもの、とわかる。「楚越」としたのは、平仄の都合と思われる。

いかにも長崎らしい詩を見よう。

題瓊江図応人需（瓊江の図に題し人の需に応ず）

山囲都邑在西偏
百里幽然是洞天
岸列層城分両戍
港回一水引群川
紅毛碧眼諸蛮客
翡翠明珠於越船
聖代乃知柔遠化
殊方重訳問津年

山は都邑を囲みて西偏に在り
百里幽然是れ洞天
岸には層城を列《つら》ね両《りょうじゅ》戍を分かち
港には一水を回らせて群川を引く
紅毛碧眼　諸蛮客
翡翠《ひすい》明珠　於越《おえつ》の船
聖代乃《すなわ》ち知る柔遠の化
殊方重ねて訳す問津の年

山は都邑《まち》を囲み、日本の西の涯《はて》に位置する。
百里四方は幽静で、さながら仙郷のよう。
岸には幾層もの城郭が列なり、二つの戍《とりで》に分かれ、
港には入江がめぐり、多くの川が流れこむ。
紅《あか》い毛、碧《あお》い目の外国の客や、
宝石、真珠を載せた南方の船が引きもきらない。
治まれる御代《みよ》の、遠国を懐《なつ》ける謀《はか》らいにより、

外国からは、来訪の日を頻りに知らせてくる。

瓊江（瓊浦も）は、長崎の雅称。前半は、長崎の立地条件、後半はその賑わいを詠う。末の二句は意訳だが、およそこういうことだろう。

短い詩にも、面白いものがある。

瓊江蛮舶

紅夷万里外
艨艟通貢来
港口山将裂
巨炮声成雷

紅夷万里の外
艨艟《もうどう》通貢し来る
港口　山将《まさ》に裂けんとし
巨炮　声　雷を成す

紅毛の異人が万里の外から、巨船を列ねて交易しに来る。

港口の山が裂けんばかりに、大砲を打ち鳴らして雷のよう。

誇張したユーモラスな表現で、当地の賑わいが描かれている。この時代、他の地では見られない、特殊な詩題と言えよう。

特殊な詩題と言えば、極めつきのものがある。

初看空船図
和蘭奇巧思超然
重載穏浮霄漢船
吐納有風随槖籥
往還無水在雲烟
乍疑万里遥飛鷁
不羨太虚軽歩仙
我已多年懐帝座
駕来縹緲欲朝天

初めて空船の図を看る
和蘭《オランダ》の奇巧思い超然たり
重載穏やかに浮かぶ霄漢の船
吐納《とのう》風有り槖籥《たくやく》に随い
往還水無く雲烟に在り
乍《たちま》ち疑う万里飛鷁《ひげき》遥かなるかと
羨まず　太虚歩仙軽きを
我已《すで》に多年帝座を懐《おも》う
駕し来って縹緲《ひょうびょう》天に朝せんと欲す

オランダの素晴しい技術は、常識を超えている。
多くの荷物を載せ、空行く船がふわりと浮かんでいる。
ふいごによって風を入れたり出したり、
往来には水の無い、雲やかすみの上を行く。
万里の遠くより水鳥の飛び来るかと疑い、
大空を軽く歩む仙人もそこのけ。

私は永年、天帝の玉座に憧れているので、
これに乗ってはるかに天上に登りたいものだ。

「空船」は、今の言葉では「飛行船」のこと。この詩には「序」がついていて、「文集」の方に録されているので、それも紹介しよう。

空船図引

寛政紀元之秋、和蘭人賚来空船図、献諸崎尹曰、近有奇工新造大舶、浮之虚空中、其舶建一大桅、設槖籥於其下、形大於舶、毎有数人鼓之、畜風於其中、止鼓則風洩而舶下、又有一大拕、四面之風遮行則截而去之、重載貨物往還如意、而無有傾覆墜落之患矣、予頃観之、其機関巧妙千古無比、雖指南車木牛流馬、不足以喩其奇巧也、因漫咏以一律。

（寛政紀元の秋、和蘭《オランダ》人空船図を賚《もたら》し来る。諸《これ》を崎尹《きいん》に献じて曰く、近ごろ奇工有りて新たに大舶を造り、之《これ》を虚空中に浮かぶ。其の舶《ふね》一大桅《だいかい》を建て、槖籥《たくやく》を其の下に設け、形舶より大なり。毎《つね》に数人の之を鼓《こ》する有りて、風を其の中に畜《たくわ》う。鼓を止むれば則《すなわ》ち風洩れて舶下る。又一大拕《だいた》（柁）有りて、四面の風 行を遮《さえぎ》れば則ち截《き》りて之を去らしむ。貨物を重載して往還すること意の如し。而《しか》れども傾覆墜落の患《うれい》有ること無し。予頃《このご》ろ之を観るに、其の機関の巧妙なること千古無比なり。指南車・木牛・流馬と雖も、以て其の奇巧を喩うるに足らざるなり。因りて漫に咏ずるに一律を以てす。」

寛政元年（一七八九）の秋、オランダ人が「飛行船の図」を携え来り、これを長崎奉行に献上して言うには、「近ごろ素晴しい技術で大きな船を新造し、空中に浮かべました。その船には一本の大きな帆柱を立て、ふいごをその下につけます。形は船よりも大きいものです。数人がかりでふくらませ、風をその中に入れます。作業をやめると風が洩れて船は降ります。また一本の大きな柁《かじ》があり、四方の風が進行を妨げると、それで風を切ってよけます。荷物をたくさん載せても自由に往来できます。それでいて、ひっくり返ったり落っこちたりする心配はありません」と。私はこのごろその図を見て思うに、このからくりはまことに精巧で、これまで見たこともないもの、指南車（羅針盤を載せた車）や、木牛・流馬（ともに諸葛孔明が発明したという機械仕掛けの車）でも、その精巧さは比較にならない、と。それで、たわむれに律詩一首を作った。

ツェッペリンの飛行船が飛ぶ百年以上も前に、すでにその理論がオランダから伝わって来て、それをいち早く漢詩文に仕立てたとは何とも愉快なことである。

長崎という風土が生んだ、開明な詩人ゆえに、中国の詩には見られない新しい詩の風をも開発した、というべきであろう。
次に、迂斎の詩才を示す作品を、幾首か紹介しよう。

江村夜泊

落葉紛紛楓岸秋　　落葉紛紛たり楓岸の秋
夕陽繋得幾人舟　　夕陽繋《つな》ぎ得たり幾人の舟
千家燈影波間落　　千家の燈影波間に落ち
無数珊瑚砕碧流　　無数の珊瑚《さんご》碧流に砕く

岸辺の楓が葉を落とす秋の夕ぐれ、漁を終えた舟が何艘《なんそう》夕日を浴びて帰り着く。やがて、家々の点《とも》す燈火が波に映って、おびただしい珊瑚が青い流れに砕かれる。

赤い夕日の光に照らされる紛々たる楓の落葉、その「赤」が、無数の燈火の「赤」となって水に映じ、「珊瑚」が砕かれるように流れの中に散乱する。美しい詩である。これも日本人の〝感性〟の所産であろうか。

瓊浦春望

十日不看花欲飛　　十日看ざれば花飛ばんと欲す

詩翁相約問芳菲
満城園塢紅如湧
万点峰巒碧已囲
春女踏青垂柳路
華人吹笛落梅碕
擬将艶景収詞句
浦上停毫立晩暉

詩翁相約して芳菲《ほうひ》を問う
満城の園塢《えんお》紅湧くが如く
万点の峰巒《ほうらん》碧《みどり》已に囲む
春女青を踏む垂柳の路
華人笛を吹く落梅の碕《き》
艶景を将って詞句に収めんと擬し
浦上毫《ふで》を停めて晩暉に立つ

十日も見ないうちに、花は散ろうとしている。老詩人は約束して花見に出かける。城中《まちじゅう》の庭園に花の紅が湧き上るよう、山々の樹々の碧は城を囲むようになった。春に浮かれる娘たちは柳の並木道で青草を踏み、中国の人は梅の花散る岸辺で笛を吹く。この艶景を詩に詠おうとして、入江のほとりで筆をとめて、夕日の光の中に立つ。

海辺らしい春景色が明るい筆遣いで詠われる。対句も精巧で情趣に富む。第六句の「落梅碕」は、笛の曲名の「梅花落」と掛け言葉になっている。

即目

五歩桃花十歩桜　　五歩の桃花十歩の桜
村南村北媚新晴　　村南村北新晴に媚《こ》ぶ
借将杜老驚人筆　　杜老人を驚かすの筆を借り将《も》って
写取三春遊覧情　　写し取らん三春遊覧の情

五歩行けば桃、十歩行けば桜。村南も村北も、桃と桜が晴れた空にあでやかに咲く。かの杜甫の〝人を驚かせる〟筆力を借りて、この春の遊覧の情を詠い上げたいものだ。

杜甫の「江畔独歩して花を尋ぬ」や「絶句漫興」などの七言絶句の体を襲うもの。「桜」が出てくるところが日本の味だ。転句も杜甫の「語不驚人死不休」〈語人を驚かさずんば死すとも休《や》まず〉〈江上水の海勢の如きに値《あ》い聊《いささ》か短述す〉に基づく。機知の詩である。

第十九章　頼鴨厓と百印百詩

函館へは行きながらも、江差まではなかなか足を伸ばすことがなかったが、この度講演で出向いた折、初めて訪問する機を得た。

二〇〇一年七月十九日、北海道教育大学の高木重俊教授のねんごろなる案内により、弟子の三上英司君の運転する車に乗って、江差に向かう。

江差は函館より約八十キロ、日本海に面した港町で、かつては鰊《にしん》漁で賑った所である。鰊問屋の旧宅や、復元した郡役所などに、往時の繁華の跡をしのぶ。いろいろの史跡を参観した中で、何といっても〝目玉〟は、新しく建てられた「百印百詩」の顕彰碑であった（写真参照）。顕彰碑は、高さ約百八十センチ、幅約百六十センチ、日高産の自然石に「百印百詩」と大書し、左横に詩一首が刻まれている。平成十二年十月、江差町町制施行百周年を記念して建てられたものである。
「百印百詩」とは、江差の豪商斎藤鷗洲のもとへ、篆刻家の松浦武四郎と蝦夷地探訪に来た頼鴨厓《らいおうがい》とが寄り集《つど》うて為された、〃風流韻事〃なのである。

百印百詩碑（高木重俊氏提供）

幕末の弘化三年（一八四六）十月十四日、当地の雲石楼という旅館で、地元の風流人士環視のうちに、それは行われた。日の出から日の暮れるまでの間に、鷗洲が随意に出した題により、松浦が百個の印を彫り、鴨厓が百首の五言絶句を作った。一日百印百首の、まさに〃快挙〃というに足る出来事であった。

頼鴨厓（一八二五―一八五九）は通称三樹三郎、いうまでもなく山陽外史の三男である。八歳で父山陽の死に遭い、父の高弟児玉旗山、牧百峰、後藤松陰らの薫陶を受けた後、天保十四年（一八四三）、十九歳で江戸へ出て昌平黌《しょうへいこう》（幕府直轄の学校）に入学する。

ところが、弘化三年の春、上野の山へ花見に出た鴨厓は、酒に酔った勢いで、立ち並ぶ葵の紋章入りの石燈籠を押し倒し、寛永寺の僧に捕まった。知人のとりなしで罪にはならなかったが、結局、昌平黌は退学処分となった。時に二十二歳。

かえって自由になった鴨厓は、これを機に蝦夷地（北海道）探訪を企てた。四月十二日、江戸を出立、奥州路を経て、津軽海峡を渡り、九月下旬に江差に到着した。ここで、松浦武四郎と知り合い、意気投合する。

松浦武四郎は、伊勢（三重県）の人。江戸へ出て篆刻の技を身につけ、諸国を放浪するうち、人に蝦夷地の重要性を説かれ、意気に燃えてやって来た。オホーツク沿岸、樺太《からふと》まで探険して江差へ戻り、斎藤鷗洲の食客となっていたのであった。年は鴨厓より七歳の年長である。

知り合った二人は毎日のように歓談し、親密の度を加えていったらしい。地元の人たちも、この若い二人の才子を囲んで次第に盛り上り、かくして「一日百印百詩」の催しが自然に持ち上った。このあたりの経緯は、「江差町の歴史を紀行し友好を進める会」が刊行した『百印百詩を読む』に詳しい。

さて、右の書によって、鴨厓の詩の幾首かを紹介しよう。

清晨

山青残月薄　　山青くして残月薄く

燈白古邨寒
橋霜人未過
満耳水珊珊

燈白くして古邨（村）寒し
橋霜人未だ過ぎず
満耳　水珊珊《さんさん》たり

山は青々と、月は淡く沈み、燈は薄れ、古い村は寒ざむと見える。板橋の上の霜には、まだ人の足跡はない。橋の下の水音だけが、さらさらと耳に満ちる。

百首の一番目の詩。鷗洲の出題は、幕開けの朝にふさわしく、「清らかな晨《あさ》」である。いよいよこれから、〝百首への路〟が始まる。「行く手の橋の上には、まだ人が通っていない」とは、これからの〝詩の旅〟を前にしての、武者ぶるいにも似た情趣がうかがわれる。

なお、この詩の基づくものとして、晩唐の温庭筠《おんていいん》の作がある。

商山早行　温庭筠

晨起動征鐸
客行悲故郷
鶏声茅店月
人迹板橋霜

晨《あした》に起《た》ちて征鐸《せいたく》を動かし
客行　故郷を悲しむ
鶏声茅店の月
人迹（跡）板橋の霜

槲葉落山路
枳花明駅牆
因思杜陵夢
鳧雁満回塘

槲葉《こくよう》山路に落ち
枳花《きか》駅牆《えきしょう》に明かなり
因《よ》りて思う　杜陵の夢
鳧雁《ふがん》回塘に満つるを

朝早く起きて、旅の車の鈴を鳴らすと、
もう旅路での故郷を思う情に駆られる。
鶏が鳴いて、ふと見ると旅館《はたご》の屋根に沈みかかる月、
板橋に降りた霜には、早くも人の足跡がついている。
山路に槲（かしわ）の葉が落ちており、
宿場の塀《へい》に、枳（からたち）の花が明るく映える。
そこで杜陵（都、長安）の夢が思い起こされる。
今ごろは池の堤に鴨《かも》がいっぱい群れているだろう、そのありさまが。

温庭筠の詩の頷聯（第三・四句）、
鶏声　茅店の月

人迹　板橋の霜

という対句は、極めつきの名句として人口に膾炙《かいしゃ》している。鴨厓は、この句の「板橋の上につ
いた人の足跡」をもじって、まだ足跡がない旅路へ、自分が一番先に踏み出すのだ、と言いた
いようである。

この一番の詩とよく似た趣の詩が、八十三番にあるので、ちょっと見ておこう。

橋霜店月

橋霜人未蹋　　橋霜　人未だ蹋《ふ》まず
残月樹如烟　　残月　樹は烟《けむり》の如《ごと》し
一笑知何事　　一笑す　知んぬ何事ぞ
又着温翁先　　又温翁の先に着く

橋の霜には、まだ人の踏んだ跡がない。
沈みかけの月のかかる樹のあたり、ぼうっともやのようにおぼろ。
アハハ、いったいどうしたことだ。
また、温庭筠翁の先を詠じてしまった。

詩も八十三番となって、だいぶ疲れも出てきたことであろう。出された題が「橋霜店月」では、どうしても一番と重複してしまう。前半の二句を作ったところで、つい笑ってしまった、という趣向だ。「温翁の先」と言ったのは、温庭筠の詩は、すでに人の足跡がついている、これに対し、自分のは、人の足跡がつく前（先）を詠じた、と。「又」と言ったのは、一番でも同じように詠じて、また、の意である。

もとへ戻って、「清晨」に第一歩を踏み出したあとを受けて、二番目は「開窓（窓を開く）」という題が出た。

開窓

開窓何甚早　窓を開くこと何ぞ甚だ早き
今日有清課　今日清課有り
印士与吟人　印士と吟人と
百詩戦百顆　百詩 百顆を戦わす

窓を開くのが、なんでこんなに早いかというと、今日は俗に染まらぬ仕事がある。印を彫る人と詩を詠ずる人が、詩百首と印百個を戦わすのだ。

前の詩を受けて、与えられた題をたくみにこなしつつ、二人の意気ごみを当意即妙に詠っている。才の冴えがうかがわれよう。

味無味（無味を味わう）

世上真佳境　世上　真の佳境
自従無味生　自《おのず》から無味より生ず
香篆烟颺影　香篆《こうてん》の　烟颺《けむりあが》る影
山茶花落声　山茶の　花落つる声

世の中の、本当の佳境とは、
「無味」ということから生ずる。
たとえば、香の煙が篆字のようにくねくね上る影とか、
サザンカの花が、ぽとりと落ちる音。

これは、十二番の詩。出された題はなかなか難しい。困らせてやれ、と少しいじ悪な題を出したのかもしれないが、見事にはね返した。それにしても、後半の二句の〝無味の佳境〟の描き方は、味わい深いものがある。

この、一種禅問答のような趣は、次の二十五番の詩にも詠われる。

迎客（客を迎う）

我屋無佳物　我が屋《おく》に佳物無し
小楼背大湾　小楼　大湾を背にす
客来未交語　客来って未だ語を交《まじ》えず
鉤箔露江山　箔《すだれ》を鉤《かか》げて江山を露《あら》わす

我が家《や》には佳《よ》い物は無い。
小さな二階屋《にかいや》のうしろに大きな入江がある。
客が来て、まだ言葉を交わさないうちに、
すっと、簾を掲《かか》げて、前後《まえうしろ》の江と山とを見せてやる。

大湾を背にする、と言えば、大江が後《うしろ》にあること。江が後にあれば、前には山があることになる。二階の窓の簾をみな開け放ってやると、山と江との両方がむき出しに見える、のである。佳い物はない、と言いながら、素晴しい自然を独り占めにしている。これより佳いものはないだろう、と。「箔」は「簾」と同じ。平仄の都合で「箔」を用いたもの。

百首中には、陶淵明の詩に基づくものがかなりある。次は、そのものズバリの題が出された。四十番の詩。

山気日夕佳（山気日夕に佳《よ》し）

夕照落山背　　夕照　山背に落ち
孱顔欲紫初　　孱顔《せんがん》紫ならんと欲する初め
爽然思一酔　　爽然《そうぜん》として一酔を思い
隔岸喚帰漁　　岸を隔てて帰漁を喚《よ》ぶ

夕焼けが山の後に落ちてゆき、高い峰が紫色に染まろうとするころ、爽やかな気分で、一杯やろうと思い、向こう岸の漁を終えて帰る漁師に喚びかける。

題は、陶淵明の「飲酒」其五、の一句である。「……菊を采《と》る東籬の下、悠然として南山を見る、山気日夕に佳く、飛鳥相い与《とも》に還る、……」。原作は、人生いかに生くべきか、という命題に対する解答ともいうべき、思索的作品、となっているが、この詩は一幅の山水画を描き、その中に陶然として酔う心地である。第四句は、王維の「人処に投じて宿せんと欲し、水を隔てて樵父（きこり）に問う」〈終南山〉を下敷きにして、酒の肴《さかな》を所望《しょもう》する飄々とした味を出している。
優れた味わいの詩はまだまだあるが、二十二歳の頼三樹三郎の心境を伝える、集中最も傑出した作を、締めくくりとして紹介しよう。

読書（書を読む）

馬史青燈下　馬史青燈の下
興亡感慨多　興亡感慨多し
霰声乱敲戸　霰声乱れて戸を敲く
読到大風歌　読み到る大風の歌

司馬遷の『史記』を、青い火の燈の下で読めば、人の世の興亡の跡に、感慨が湧いてくる。外は霰《あられ》がしきりに戸に打ちつける中、漢の高祖の〝凱旋の歌〟まで読み進んでいた。

七十五番の詩。司馬遷の『史記』は、歴史を活写した名文として知られる。周が滅んで秦が天下を一統し、その秦も滅んで漢が興る。興亡の歴史を夢中になって読み、漢の高祖劉邦《りゅうほう》が故郷へ凱旋して歌った、「大風の歌」まで一気に読んだ、という。

大風歌　漢・高祖（劉邦）

大風起兮雲飛揚　　大風起こりて雲飛揚す
威加海内兮帰故郷　威　海内に加わりて故郷に帰る
安得猛士兮守四方　安《いずく》にか猛士を得て四方を守らしめん

大風が吹き起こって、雲が飛び散った。
わが威勢は全国に及んで、故郷に凱旋した。
これからは何とか勇猛の士を得て、国の四方を守らせようぞ。

天下を取って意気揚々たるものがある。若い三樹三郎の胸中に、この歌はどのように響いたのであろうか。霰が激しく戸を叩く音は、迫り来る革命の足音とも聞いたのであろう。乱世をまっしぐらに駆けて、十三年後に安政の大獄で処刑される運命が待っていようとは、神ならぬ身の知る由もなし。

ところで、漢詩を一日で百首作るという〝風流韻事〟には、有名な先例がある。江差の「百印百詩」を溯ること百五十余年、徳川五代将軍綱吉の元禄五年（一六九二）、当時十七歳の祇園《ぎおん》南海《なんかい》が、春分の日の正午から真夜中に至る間に、五言律詩百首を作った。人々はその才に驚き、たいへんな評判となったが、疑う人もいた。そこで、秋分の日にもう一度、五言律詩百首をものした。それは一首として重複するはなく、典雅にして流麗の出来ばえであったので、人皆〝嗟賞〟(ため息をついて褒めそやす)した、という。

鴨厓のこの度の「百首」は、技倆の点では南海に一籌《いっちゅう》を輸《ゆ》するかもしれないが、その詩に籠められた、物情騒然たる時代に遭遇しての〝慷慨の気〟と、世俗より超然とした〝高士の志〟は、追随を許さぬものがあると言えよう。

第二十章　戦国武将の詩

平成十三（二〇〇一）年九月二十二日土曜日、山形県の米沢で、地元の米沢新聞と漢字文化振興会との共催による講演会を行った。この年はちょうど、上杉鷹山《うえすぎようざん》（一七五一―一八二二）生誕二百五十年に当るところから、いろいろなイベントも企画され、米沢は盛り上っていた。

講演では、開祖に当る上杉謙信《けんしん》（一五三〇―一五七八）の「九月十三夜」の詩をはじめ、戦国末期の武将の詩を取り上げて論じた。本章ではそのへんの話をすることとしよう。

謙信の詩は、第六章に取り上げたので、謙信のライバル武田信玄《たけだしんげん》（一五二一―一五七三）の詩から、まず見てみる。

信玄は、戦国武将としては珍しく、十七首の七言絶句が残されている。

偶作　　　　　　　　武田信玄

鏖殺江南十万兵　　鏖殺《おうさつ》す　江南十万の兵
腰間一剣血猶腥　　腰間の一剣　血猶《な》お腥《なまぐさ》し
豎僧不識山川主　　豎僧《じゅそう》は識らず　山川の主
向我殷勤問姓名　　我に向かって殷勤《いんぎん》に姓名を問う

江南の十万の兵を皆殺しにして、腰に佩びた剣は、今も血なまぐさい。
この小僧は、領主とも知らず、わしに向かってねんごろに名前を問う始末だ。

この詩は、いかにも戦国の武将らしい詩ということで、信玄作中最もよく知られているが、十七首中には入っていない。
実は、この詩は、明の太祖（朱元璋）の左の詩とよく似ている。

鏖殺江南百万兵　　鏖殺《おうさつ》す　江南百万の兵
腰間宝剣血猶腥　　腰間の宝剣　血猶お腥《なまぐさ》し
山僧不知英雄漢　　山僧は知らず　英雄漢
只恁嘵嘵問姓名　　只恁《ひたすら》嘵嘵《ぎょうぎょう》として姓名を問う

後半の句は、「山寺の僧は、この英雄のわしを知らず、くどくどと名前をきくばかり」という意味。

これだけ似ていれば、偶然の暗合と考えるわけにはいかない。第一、「江南の兵を皆殺しにした」というのは、朱元璋の語としてはふさわしいが、信玄の場合、何の戦いを指すのか、わけがわからない。

〝剽窃〟というより、ふだん愛唱していた詩を、少し整えて、甲州一帯を掌握した威勢を示すのに〝借用〟したというべきだろう（第十四章参照）。

新正口号　　武田信玄

淑気未融春尚遅　淑気《しゅくき》未だ融《とお》らず春尚お遅し

霜辛雪苦豈言詩　霜辛雪苦　豈《あに》詩を言わんや

此情愧被東風咲　此の情愧《は》ずらくは東風に咲《わら》われんことを

吟断江南梅一枝　吟断す　江南の梅一枝

和《なご》やかな気はまだ行き渡らず、春はなかなか来ない。

霜や雪のきびしさに、詩を作る気分になれない。

こんな気持ちでは、春風に笑われてしまうから、かの陸凱《りくがい》のように「江南の一枝の梅」の詩でも、せめて吟じよう。

「口号」は、口ずさみ、の意。題は、「新春偶成」というほどの意味である。

「江南の梅一枝」には、基づく典故がある。中国六朝の宋のころ、陸凱が范曄《はんよう》に贈った詩、「折梅逢駅使、寄与隴頭人、江南無所有、聊贈一枝春（梅を折りて駅使に逢い、隴頭《ろうとう》の人に寄与す（とどける）、江南有る所無し（何もない）、聊《いささ》か贈る一枝の春）」という詩を踏まえて言ったものである。

信玄のこの詩は、風流心をひけらかすようなところがあり、若さを感じさせる。信玄は若いころ、詩作に耽って政務を忘れたという逸話があるが、その趣を垣間見させるものがある。

寄濃州僧　　　　濃州の僧に寄す　　信玄

気似岐陽九月寒　　気は岐陽九月の寒きに似たり

三冬六出灑朱欄　　三冬六出朱欄に灑《そそ》ぐ

多情尚遇風流客　　多情尚お風流の客に遇い

共対士峰吟雪看　　共に士峰に対して雪に吟じ看ん

ここ甲州の気は、岐阜の九月の寒さに似ており、冬三ヶ月には雪が屋敷の欄干に降りかかる。
多情な私は、貴僧のような風流人に会って、
一緒に富士山を見ながら、雪の詩を作りたいものだ。

濃州、つまり美濃《みの》(岐阜)の詩僧に届けた詩である。これなどは、なかなかのもので、人によっては、五山の詩集に入れても区別がつかない、と褒めるほどである。信玄は若いころ、快川《かいせん》和尚をはじめ、名僧に薫陶を受けたという。武将の中にあって、一味違う存在と言えよう。

謙信・信玄より、一世代後になる伊達政宗《だてまさむね》(一五六七―一六三六)も、漢詩をよくする風流大名であった。

　酔余口号　　伊達政宗
馬上少年過　　馬上少年過ぐ
世平白髪多　　世平かにして白髪多し
残軀天所赦　　残軀天の赦す所
不楽是如何　　楽まずして是《こ》れ如何《いかん》

若い時を馬上で過ごし、平和な世になって白髪の翁となった。

天の与え給うたこの老いの身、楽しまずにいられようか。

年老い、徳川の世となって、自分の生涯を振り返った詩。前半の二句には、白楽天の「馬上幾多の時、夢中無限の事」という句の影響があろう。結句は、陶淵明の「山海経を読む」の「不楽復何如（楽しまずして復《ま》た何如《いかん》）」を、ほとんどそのまま借用したものだ。なお、「天の赦す所」の「赦」は、罪をゆるす、などの時に用いる語で、ここでは「許」とすべきところ。

朝鮮之役、載一梅帰、栽之後園、詩以記　伊達政宗

（朝鮮の役に、一梅を載《の》せて帰り、之《これ》を後園に栽《う》え、詩以て記す）

絶海行軍帰国日　絶海行軍して国に帰る日
鉄衣袖裡裹芳芽　鉄衣袖裡芳芽を裹《つつ》む
風流千古余清操　風流千古清操を余す
幾歳閑看異域花　幾歳閑に看る異域の花

朝鮮の役の時、一株の梅を船に乗せて帰り、これを屋敷の奥庭に植え、詩を作った。

海の果まで出征して、国に帰る日、鉄衣《よろい》の袖に、梅の花を包んで持って来た。梅の風雅な清らかさは、千歳に流れる。あれから毎年、心静かに異国の花を賞でるのだ。

〝武将の風流心〟を詠った代表的な詩である。「鉄衣の袖に芳芽を裹む」とは、日本独自の美意識の表れと言えるのではあるまいか。

仲秋松島　　伊達政宗

今宵待月倚吟筇　　今宵月を待ちて吟筇《ぎんきょう》に倚る
滄海茫茫一気濃　　滄海茫茫一気濃《こまや》かなり
思見清光佳興荐　　思い見る 清光に佳興の荐《すす》むるを
道人緩打五更鐘　　道人緩やかに打て五更の鐘

今宵、月見の詩を作ろうと月の出を待つ。
あいにく海は茫々と靄《もや》が厚く広がっている。
月の清らかな光が出れば、興趣も増すことであろう。
どうぞ、和尚よ、夜明けの鐘は心して緩《ゆっく》り打ってくれ。

松島の瑞巌寺の僧に寄せたもの。仲秋明月の夜なのに、空が曇って月が見えない。何とか月が出ないものかと、夜どおし待つ心。明けの鐘をゆっくり打て、とは奇抜である。
この趣向に通うものとしては、六朝の民歌に次のようなものがある。

読曲歌　　　　無名氏

打殺長鳴鶏　　長鳴鶏を打殺し
弾去烏臼鳥　　烏臼《うきゆう》鳥を弾去し
願得連冥不復曙　　願わくは連冥復《ま》た曙《あ》けず
一年都一暁　　一年都《すべ》て一暁ならんこと

長鳴き鶏《どり》を叩き出し、夜鳴き烏《からす》を弾《はじ》き飛ばし、
夜が続いて朝が来ず、一《ひと》晩が一年でありますように。

これは、朝を来させないために鶏や烏を追い払え、と表現がむき出しで生々《なまなま》しい。政宗のはよほど上品な詠いぶりであるが、趣向は似ていると言えよう。高杉晋作《たかすぎしんさく》の作といわれる、わが国の都々逸《どどいつ》、

三千世界の烏を殺し　主《ぬし》と朝寝がしてみたい

というのは、明らかにこの民歌の翻案だろう。

さて、戦国武将中、もっとも漢詩の作り手は、と言えば、直江兼続《なおえかねつぐ》に指を屈する。
直江兼続（一五六〇―一六一九）は、上杉謙信の後嗣（甥）景勝の重臣である。当初、米沢を領有

していたが（六万石という）、景勝が会津より米沢へ領地替えになると、景勝のために米沢を開発し、上杉藩の基盤を固めた。政治、軍略に優れるとともに、詩文のたしなみも深かった。詩は多く散逸してしまったが、それでも二十数首が伝わる。

洛中作　　直江兼続

独在他郷憶旧遊　　独り他郷に在って旧遊を憶う
非琴非瑟自風流　　琴に非ず瑟に非ず自から風流
団団影落湖辺月　　団団影は落つ湖辺の月
天上人間一様秋　　天上人間一様の秋

川村利三郎画　直江兼続像
（米沢信用金庫提供）

独り他郷にいて、昔この地で遊んだことを思い出す。
琴や瑟《しつ》の調べの楽しさではなく、自然の風流の楽しさだ。
今、丸い月が湖のほとりに光を投げかけている。
天上も人の世も、一様に秋の気配《けはい》だ。

この詩は、元和五年（一六一九）、京都滞在中、仲秋明月の夜の作という。このあと、江戸へ下って、十二月に亡くなっている。最晩年の作である。

即興詩であろう、いろいろな先人の詩の句を取りこんでいる。

第一句は、王維の「独在異郷為異客（独り異郷に在って異客と為《な》る）」、許渾の「楚雲湘水憶同遊（楚《そ》雲湘《しょう》水同遊を憶う）」。

第二句は、白楽天の「非琴非瑟亦非筝（琴に非ず瑟に非ず亦《ま》た筝に非ず）」。

第三句は、六朝・梁の何遜《かそん》の「団団月映洲（団団月は洲に映ず）」。

第四句は、白楽天の「天上人間会相見（天上人間会《かなら》ず相い見ん）」、宋の杜《と》秉《へい》の「尋常一様窓前月（尋常一様窓前の月）」。

以上のように、毎句に先行作品を踏まえている。これより後、江戸の爛熟期の練り上げられた詩から見れば、このような先行作の取りこみ方は未熟の誹りを免れないが、この時期の詩としては素養の広さを誇示する意味があったと思う。

天正七年歳旦　直江兼続

冬風吹尽又迎春　冬風吹き尽くして又春を迎う
春色悠悠晷運長　春色悠悠晷《き》の運《めぐ》ること長し

池上垂糸新柳緑　池上糸を垂れ 新柳緑に
檻前飛気早梅香　檻前気を飛ばして早梅香し

冬の風が吹き尽くして、また春を迎える。春の日は悠々と、日の光の運りは長い。池のほとりには柳が枝を垂れて緑に萌え、軒先《のきさき》には早梅が馥郁《ふくいく》とかおる。

この詩は、天正七年（一五七九）の元日、とあるから、兼続二十歳、最も若い時の作になる。後半の二句は対句になっている。全体に白楽天の風を襲う、平易で穏やかな詩である。

菊花　直江兼続

菊逢秋日露香奇　菊は秋日に逢いて露香奇なり
白白紅紅華満枝　白白紅紅 華 枝に満つ
好把西施旧脂粉　好し西施《せいし》の旧脂粉を把《と》りて
淡粧濃抹上東籬　淡粧濃抹《のうまつ》して東籬に上《のぼ》せん

菊は秋の日の光を浴び、露や香りが素晴しい。
白い花、紅い花が枝にいっぱいだ。
かの美女西施のつけていた紅白粉《べにおしろい》を取ってきて、

薄化粧、濃《こい》化粧して東の籬《まがき》に咲かせよう。

この詩は、発想が奇抜である。蘇東坡の〝西湖の詩〟の、

若把西湖比西子　若《も》し西湖を把《と》って西子《せいし》に比せば
淡粧濃抹総相宜　淡粧濃抹総《すべ》て相い宜《よろ》し

を下敷きにしつつ、逆手を行くような趣を詠出した。つまり、菊は、大むねは清らかで操正しい花として〝気品〟を詠うのだが、この詩では、「西施の脂粉」をもって化粧したら、さぞかし美しかろう、という。そのために、前半に「露香奇なり」とか、「白白紅紅」とか、ことさらに菊を艶《なまめ》かしく表現している。

「東籬」は、言うまでもなく、陶淵明の詩の語で、清貧の暮らしの象徴のように固定化されたもの。そこに、いわゆるミス・マッチのような面白味が演出されているのである。かなり高級な妙味を感じさせる詩である。

織女惜別　直江兼続

二星何恨隔年逢　二星何ぞ恨みん年を隔てて逢うを
今夜連床散鬱胸　今夜床を連ねて鬱胸《うっきょう》を散ず

私語未終先洒涙　　私語未だ終らざるに先ず涙を洒《そそ》ぐ
合歓枕下五更鐘　　合歓《ごうかん》枕下五更の鐘

牽牛と織女は、一年に一度の逢瀬《おうせ》をどうして恨みに思うか。
今夜、仲よく同衾して胸の思いを遂げるのだ。
ひそやかな寝物語がまだ終らないうちに、もう涙が流れる。
愛の枕もとには、無情にも夜明けの鐘が響く。

これもかなり高い水準の表現をもって、艶かしい内容を詠っている。こういった作品を見ると、武将の詩壇にあって、兼続は突出した存在を示し、次の江戸の詩壇への橋渡しをした、と言えるだろう。

第二十一章　琉球の詩人たち

このほど、『琉球漢詩の旅』という興味深い本が、琉球新報社より出版された。琉球大学教授の上里賢一氏の選訳で、書家の茅原南龍氏が詩を揮毫し、カラー写真もたくさん添えてあり、親しみやすい。「もうひとつの世界遺産『琉球漢詩』」という惹句も刺激的だ。上里氏にはすでに『琉球漢詩選』（一九九〇年・ひるぎ社刊）があり、琉球漢詩の宣揚に力《つと》めておられる。

そもそも、沖縄は日本の中で特殊な位置を占める。江戸時代、薩摩に支配されていたものの、表面は独立国として中国（当時は、明《ミン》から清《シン》）と直接交流し、独自の文化を築いてきた。

上里氏の解説に拠ると、琉球で漢学が興ったのは、十三世紀半ばから十五世紀にかけて（中国では、元から明初）の頃という。但し、その頃の漢詩はない。留学生（官生《かんしょう》という）の派遣は行われたが、見るべき成果はなかった。

琉球で漢学が盛んになった切掛《きっかけ》は、一六〇九年の薩摩支配に因る。やはり、訓読法の伝来が大きかった。とすると、琉球の漢詩も、本土と同様に、訓読に依って発展していったと言えるのであろう。

ただ、本土が鎖国の時、直接中国に渡って学び、また中国からも使節や学僧がやって来るという環境と、風土の特殊性も作用して、当然、琉球漢詩独自の展開があったはずだ。

それでは、前記上里氏の二著に拠りながら、まず、一七二五年（江戸の享保十年）に編纂された、琉球最初の漢詩集『中山詩文集』（中山は、琉球の古い国名）より、編纂者の程順則《ていじゅんそく》（一六六三—一七三四）の詩を見ることとしよう。

東海朝曦　東苑八景之一　程順則

宿霧新開敞海東
扶桑万里渺飛鴻
打魚小艇初移棹
揺得波光幾点紅

宿霧新たに開けて海東敞《ひろ》く
扶桑万里　飛鴻　渺《びょう》たり
打魚の小艇初めて棹を移し
揺がし得たり　波光幾点の紅

夕べからの霧も晴れ、東の海が開けてきた。
万里の遠く、日本の方へと渡り鳥が飛んで行く。

小さな漁船が船を漕ぎ出して、漁を始めると、
朝日を受けた波間の赤い光が、揺れて散った。

海洋王国琉球の、風趣溢れるスケッチの小品だ。本土の頼山陽（一七八〇―一八三二）の海の詩（「天草洋に泊す」や「阿嵎嶺《あぐね》」など・第一章参照）に先駆けること百年になる。

程順則は、琉球名を名《な》護親方《ごウエーカタ》、字を寵文《ちょうぶん》という。いわゆる閩《びん》人三十六姓（久米村に住んでいた中国福建よりの渡来人）の子孫である。二十一歳の時、中国へ渡って四年間、学問を修め、外交使節などの任を帯び、生涯に五回、中国を往来した。五十一歳の時には、将軍継承の慶賀使として江戸へ上り、帰途は京都にも赴き、当時の公卿・文人と交流している。ちなみに、江戸では新井白石とも面談している（白石が六歳の年長）。

姑蘇省墓　其一　　程順則

労労王事飽艱辛　王事に労労して艱辛に飽き
贏得荒碑記故臣　贏《あま》し得たり　荒碑に故臣と記するを
万里海天生死隔　万里の海天　生死隔たり
一時父子夢魂親　一時父子　夢魂親しむ
山花遥映啼鵑血　山花遥かに映ず　啼鵑の血

野蔓猶牽過馬身　　野蔓猶《な》お牽く 過馬の身
依恋孤墳頻慟哭　　孤墳に依恋して頻りに慟哭すれば
路傍樵客亦沾巾　　路傍の樵客も亦《ま》た巾を沾おす

王事に奔走して、艱難辛苦を重ねた末、
「琉球故臣」と記した、荒れ果てた石碑が残るのみ。
万里も遠く海と空を隔てて、生死を異にし、
今一時《いっとき》、父子《おやこ》が夢の中で和《なご》み親しむ。
山の花は、啼く杜鵑《ほととぎす》の血に染まって、遥かに赤く映《は》え、
野の蔓草は、馬に乗るわが身になおまつわりつく。
わびしい墳墓を離れ難く、慟哭すれば、
路傍の木樵《きこり》まで、もらい泣きをしてくれる。

姑蘇は、蘇州の古名。実は、程順則の父は程泰祚といい、一六七三年、進貢使となって北京へ上り、翌年、戻る途中、福建の反乱に遭い、蘇州で足留めを余儀なくされ、そのまま病没したのであった。
この詩は、程順則三十五歳、進貢北京大通事となって北京へ上っての帰途、蘇州の父の墓に

謁して作ったものである。異郷の地に客死した父を悼み悲しむ情が、切々たる詩句の間に吐露されている。就中、頷聯の「万里の海天生死隔たり、一時父子夢魂親しむ」の対句は、絶唱と称するに足る。

「其二」の方にも、

凄涼異地封孤骨　　凄涼たり 異地に孤骨を封じ
慙愧微官拝故丘　　慙愧す 微官にて故丘を拝するを

という名句がある。これらより窺うに、程順則の詩人としての力量は、相当なものがあるように思われる。また、実際に異郷のその地を訪れての作だけに、迫力を感ぜしめる。

程順則の重い作品を見たあとは、『琉球漢詩の旅』より、幾つかの軽妙な詩を拾って見てみよう。

佳蘇魚　　毛世輝（我《が》謝《じゃ》盛《せい》保《ほ》）

揚鬐鼓鬣憶当初　　鬐《せびれ》を揚げ鬣《ひれ》を鼓《ふる》いし当初を憶う
形是如梭長尺余　　形は是れ梭《ひ》の如く長さ尺余
誤上漁家香餌去　　誤って漁家の香餌に上《かか》り去り

幾般変態作枯魚　　幾般か態を変えて枯魚と作《な》る

背鰭《せびれ》を揚げ、鬣《ひれ》を振って、颯爽と泳いでいたその頃を思う。今は、形が機《はた》の梭《ひ》のようで、一尺（約三〇センチ）余りの長さ。誤って漁師の仕掛ける餌にかかったばかりに、何度も姿を変えて、「枯魚」になってしまった。

「佳蘇魚《かそぎょ》」とは、かつおのこと。ここでは「かつお節《ぶし》」を詠ったもの。かつお節の製法は、土佐で完成されたものが、琉球に伝えられたらしい。今では、琉球料理の味つけなどに、北海道産の昆布と共に無くてはならないものになった。

我部塩居　　蔡温（具志頭親方文若《ぐしちゃんウエーカタぶんじゃく》）

草屋軽烟沖碧空　　草屋の軽烟碧空に沖《ちゅう》す
隔峰相望白雲同　　峰を隔てて相い望めば白雲に同じ
応知煮海成塩味　　応《まさ》に知るべし 海を煮て塩味を成すは
只在乾坤造化工　　只《た》だ乾坤造化の工に在りと

茅葺きの屋根から、軽い烟が青空へとたちのぼり、峰の向こうから望み見ると、白雲と同じようだ。
きっと海水を煮て食塩を作るのは、
天地の造化の工《たくみ》の為せる技に違いない。

我部《がぶ》は、沖縄本島の北の本部《もとぶ》半島の東に隣接する屋我地《やがぢ》島の地名。塩田で有名な所という。蔡温《さいおん》（一六八二―一七六二）は、三十年に亘って琉球国政に重きを為した高官であり、学者でもある。造林や河川の改修に力を注いだことで知られるが、この屋我地島の塩田も蔡温の政策によって、開かれた。この詩は、内容から見て、直接海水を煮て製成したようで、塩田政策の前の様子を詠うものらしい。

送人之官外島（人の官外島に之《ゆ》くを送る）　阮超叙

六月南風欲送君　六月南風　君を送らんと欲す
臨岐人語那堪聞　岐に臨みて人語那《なん》ぞ聞くに堪《た》えん
扁舟明日千余里　扁舟明日千余里
回首中山只白雲　中山を回首すれば只だ白雲ならん

陰暦六月の南風が、君の船を送ろうと吹いてくる。

別れに臨んでの語らいは、聞くに忍びない。
君の乗る小舟は、明日、千余里の彼方、
そこから琉球をふり返ると、白雲が立ちこめて見えないだろう。

作者の阮超叙《げんちょうじょ》（一七〇八―一七七〇）は、字を子爵、号を松庵という。この詩は、『唐詩選』に載せる皇甫冉《こうほぜん》（七一四―七六七）の、次の詩の翻案である。

送魏十六還蘇州（魏十六の蘇州に還るを送る）　皇甫冉

秋夜沈沈此送君　秋夜沈沈此に君を送る
陰虫切切不堪聞　陰虫切切聞くに堪えず
帰舟明日毘陵道　帰舟明日毘陵《びりょう》の道
回首姑蘇是白雲　首を回《めぐ》らせば姑蘇は是れ白雲ならん

韻字も同じだし、後半の句作りはよく似ている、ということは、琉球でも『唐詩選』がよく読まれた証左となろう。この時期、中国に於いては明の李攀龍の選による『唐詩選』は読まれず、専ら清の康熙年間に編纂された『唐詩三百首』（蘅塘退士編）が盛行していた。従って、琉球の漢詩壇は、直接中国と交流はしていても、日本本土の漢詩壇の影響下にあった、と言えよう。
なお、この詩は、民国初の政治家にして学者の徐世昌《じょせいしょう》（一八五五―一九三九）が、民国十八年（一九二九）に刊行した『晩晴簃詩匯《ばんせいいしかい》』に、琉球人九人十一首の一として採録されている。或いは、徐世昌らは皇甫冉の詩を知らなかったのかもしれない。

送別　　魏学源（楚南親雲上《そなんペーチン》）
五月榴花満径芳　　五月榴花満径芳し
驪歌一曲断人腸　　驪歌一曲人の腸を断つ
勧君莫忘殷勤意　　君に勧む　忘るる莫かれ殷勤《いんぎん》の意
明日懸帆即異郷　　明日帆を懸くれば即ち異郷

陰暦五月、柘榴《ざくろ》の花が小路にいっぱい咲いて香ぐわしい。
別れの曲を一ふし歌うと、腸が断ちきられるよう。
どうぞ君、君を送るこのねんごろな思いを忘れてくれるな。
明日になると、帆を掛けて行く先は、もうよその国なのだ。

魏学源《ぎがくげん》（一七九三―一八四三）も、『晩晴簃詩匯』九人中の一人である。この詩にも、『唐詩選』

の影響が見られる。

今日送君須尽酔　　今日君を送る　須《すべか》らく酔を尽くすべし
明朝相憶路漫漫　　明朝相い憶うも路漫漫　〈賈至・李侍郎の常州に赴くを送る〉
天涯一望断人腸　　天涯一望人の腸を断つ　〈孟浩然・杜十四の江南に之《ゆ》くを送る〉

さらに、中国では失われ、日本に伝わって残った『聯珠詩格《れんじゅしかく》』（元初の于済《うせい》の撰。七言絶句を三百二十余の格に分類したもの）に録される次の詩句、

五月榴花照眼明　　五月榴花眼を照らして明かなり
〈韓愈・張十一の旅舎に題す・三詠・其一・榴花〉

右の句は、魏学源の詩の起句の元《もと》であること、明白である。
もう一つ、影響関係のある作品を挙げてみよう。

臘月即事　　蔡大鼎（伊計《いけい》親雲上《ペーチン》）
泊舟浦口経三月　　舟を浦口に泊して三月を経
更覚江春入旧年　　更に覚ゆ　江春旧年に入るを

坐対寒燈愁不寐
鶏声唱徹五更天

坐《そぞろ》に寒燈に対し愁えて寐《い》ねられず
鶏声唱《うた》い徹《とお》す五更の天

浦口に舟泊りしてより三月が経った。
年の明けぬうちに春が来たかと、昔の詩の句が今さらながら思われる。
そぞろ、さびしい燈の光を前に、愁のために眠られない。
鶏の鳴き声が、はや夜明けを告げてあたりに響く。

清の咸豊十一（一八六一）年、蔡大鼎《さいだいてい》らの進貢使一行は、中国へ渡るのに長い風待ちをした。臘月は、十二月のこと。

この詩の承句の「江春入旧年」は、そのまま王湾《おうわん》（六九三―七五一？）の「北固山下に次《やど》る」という五言律詩から取ったもの。この詩は、『唐詩選』にも『唐詩三百首』にも採録されているが、転句は高適《こうせき》（七〇五？―七六五）の、「旅館寒燈独不眠」（旅館の寒燈独り眠られず）を踏まえていて、これは『唐詩選』にあって『唐詩三百首』にはない。従って、この詩も『唐詩選』の影響がある、と見てよい。

さて、最後に本土では余り知られない〝琉球処分の悲しみ〟を詠う詩を以て、締めくくりとしよう。

日日瞻望王城、不勝悲歎、偶書　毛有慶（亀川盛棟）
（日日王城を瞻望《せんぼう》し、悲歎に勝《た》えず、偶たま書す）

城古転蒼茫　城古りて転《うた》た蒼茫たり
城荒草木長　城荒れて草木長ず
龍楼龍既脱　龍楼龍既に脱し
鳳闕鳳猶翔　鳳闕鳳猶お翔《と》ぶ
本以簫笙殿　本《もと》 簫笙の殿を以て
変成剣戟倉　変じて剣戟の倉と成す
一朝一翹首　一朝一たび首を翹《あ》げ
愁断九廻腸　愁断す 九廻の腸

城は年古りて、いよいよさびしく、城は荒れはて、草木がのびている。
宮殿の柱の龍の飾りは抜け落ちたが、宮門の飾りの鳳はなお飛ぶように見える。
もとの詩歌管絃の御殿は、今や武器を収める倉に変わった。
毎朝一度、首を上げて王城を望み、愁のために、腸が九回ねじ曲る思いだ。

江戸幕府が崩壊した時、琉球王国の命運は複雑微妙な動きの中に翻弄されたが、結局、明治十二年（一八七九）、廃藩置県令によって沖縄県となり、内務省管轄下に置かれて、日本陸軍の入城となった。作者亀川盛棟《かめかわせいとう》（一八六一―一八九三）は、琉球王国体制護持を唱え、清国に支援を請願、帰ったところを逮捕投獄された。この詩は獄中の作という。

ちなみに、詩の最後の句は、『唐詩選』中の柳宗元（七七三―八一九）の流謫を歎く、「江流曲りて九廻の腸に似たり」〈柳州の城楼に登り、漳・汀・封・連四州刺史に寄す〉に基づく。

第二十二章　最後の漢詩人・阿藤伯海

昭和四十年四月四日午前四時四分、「四」の数づくしの日時に、〝最後の漢詩人〟・阿藤伯海《あとうはくみ》は、静かに世を去った。享年七十一歳であった。

没後四十年に垂《なんな》んとする今日、すでにその名を知る人も少なくなった。ただ、昭和五十年、清岡卓行《きよおかたかゆき》著『詩礼伝家』によって、その清らかな人と為りと詩業が紹介され、一時人の口の端に上りはしたが。

阿藤伯海（一八九四―一九六五）、号は大簡《たいかん》、岡山県の人。明治二十七年、同県鴨方町六条院村の素封家に生まれた。地元の矢掛中学を畢《お》えた後、病弱により少し遅れて旧制一高に入学、東大に進んで西洋哲学を修め、更に京都で狩野直喜、鈴木虎雄の下《もと》、中国古典学を攻究した。一高では川端康成と同級であったという。

大正・昭和の交《こう》、上田敏に傾倒し、『上田敏詩集』の編纂に従事、現代詩に力を注ぎ、新進として作品が詞華集に入集してもいる。その後、法政大学に教鞭をとり、昭和十六年四月より、母校一高の漢文教授となった。

その年、一高の文科丙類（フランス語を第一外語とするクラス）に入学し、阿藤先生の漢文の授業を受け、先生の人柄と学殖に魅了されて慕い寄った八人がいる。〝藤門の諸生〟を称するその八人の一人が、「アカシヤの大連」で芥川賞を受賞した清岡卓行氏である。

〝諸生〟の中には、中央大学総長高木友之助（故人）、日本銀行総裁三重野康、ジュリスト編集長山本阿母里《あもり》（故人）らの諸氏がいる。清岡氏の『詩礼伝家』には、先生と弟子たちの交情がほのぼのとした筆致で活写されている。

弟子の中で唯だ一人、先生と同じ中国古典学の道に進んだ高木氏が、先生の漢詩の遺作四百八十首を整え、『大簡詩草』として上梓した。

綫装《せんそう》（和とじ）帙《ちつ》入りの高雅な趣のその詩集には、恩師狩野直喜博士の題簽《だいせん》（集字したもの）、鈴木虎雄博士の贈詩、本人の最期の力作の自筆、友人齋藤晌《しょう》博士の跋などが附されている。詩集中に、カナは一字もない、漢字ばかりの〝奇書〟である。

昭和四十五年、この詩集が出された時、私は赤門前の事務所に山本氏を尋ね、直接分けていただいた記憶がある。

ところで、そろそろ「阿藤伯海の漢詩」を本章に取り上げた切掛《きっかけ》、に入ろう。

私は昭和六十（一九八五）年来、NHKラジオ「漢詩への誘い」を放送しているが（第二放送、金曜夜九時半〜十時）、二〇〇二年の正月番組のゲストとして三重野氏をお願いした。三重野氏には、今、漢字文化振興会の会長をしていただいている。三重野氏が「私の一首」に選んだのが、阿藤伯海先生の、八弟子に与えた詩なのである。

西湖楼上示諸生
蒼茫天欲暮
水色淡如秋
疎柳西湖岸
孤霞東叡楼
蘭釭照華髪
雛鳳入青眸
好尽一樽酒
同銷千古愁

西湖楼上諸生に示す
蒼茫《そうぼう》として天暮れんと欲す
水色淡きこと秋の如し
疎柳 西湖の岸
孤霞 東叡《とうえい》の楼
蘭釭《らんこう》 華髪を照らし
雛鳳《すうほう》 青眸《せいぼう》に入る
好し 一樽の酒を尽くして
同《とも》に銷《け》さん千古の愁

薄暗く暮れゆく空、水の色は秋のように淡く、湖のほとりの柳は葉を落とし、上野の山の楼台に夕焼が映《は》える。
部屋の燈火は私の白髪を照らし、書生たちの若い姿が、わが眼《まなこ》にうつる。
さあ、この酒を酌みかわし、人生の尽きぬ憂いをうち払おう。

西湖とは、上野の不忍《しのばず》の池を洒落て称したもの。東叡は、上野の山。蘭釭は、燈火を美しく言った。青眸は、青眼と同じ。白眼の反対に、人を迎え入れる目、のこと。ここでは、才能ある若い書生たちと和やかに座を共にしている、というほどの意味。最後の句は、李白の「爾《なんじ》と同に銷さん万古の愁」〈将進酒〉に基づく。

昭和十八年正月二日、先生四十八歳、上野池の端で藤門の諸生たちと小宴を催した折の作。詩集には、「癸未《きび》（昭和十八年）正月二日、向陵の諸生、西湖楼上に招宴す、感有りて賦し諸生に眎《しめ》（示）す」という題がつけられている。

三重野氏曰く、

――二年生になって、数人の級友と放課後、先生から『唐詩選』を講じて頂いた。そこで単に唐詩を通じて漢詩の美しさを知り得ただけでなく、その合間に話は古今東西の芸術から世相にまで及び、実に楽しい一時であった。――〈NHK放送テキスト『漢詩への誘い』寒露の巻所載〉

まことに羨むべき師弟の交遊のさまが窺われる。

阿藤先生は、苛烈を加えた戦時下の体制に嫌気がさし、昭和十九年には辞職して、郷里の六条院村に帰られたのであるから、まさしく、藤門の諸生たちのためだけに、この世に降臨し給うた〝詩仙〟、なのであった。

フランス語を主とする文科丙類（文丙）のクラスには、文乙（ドイツ語）や文甲（英語）に較べて、文芸を愛好する風気が濃かったから、阿藤先生のような、世間一般の漢文教師とは異なる、フランス文学を志向し、西洋哲学を修め、現代詩をよくする、〝瀟洒《しょうしゃ》〟たる風気の人柄に、諸生たちも強く惹かれたのであろう。おまけに、その風貌は芥川龍之介によく似ていたという。

晩年の阿藤伯海
（山陽新聞社提供）

思うに、「其《そ》の人」は、漢文教師である前に、詩人だった。従って、其の人の作る漢詩は、詩人が現代詩を作る、その延長としての詩を漢詩の形式で作る、というものであり、そこに特色がある、ことになる。もとより、漢詩を作るには、十分な中国古典の根底がなければならないので、特色を表すのは容易《たやす》いことではない。

では、詩人清岡卓行氏の選んだ阿藤師の作を一、

二、『詩礼伝家』の中から紹介しよう。

白椿

遅日花開白大椿　遅日花開く白大椿

皎如玉盞帯香津　皎として玉盞の香津を帯ぶるが如し

不知何処初生此　知らず 何れの処にか初めて此《これ》を生ずる

養寿年年淑気新　寿を養って年年淑気新たなり

春のうららに、白い大きな椿が咲いた。

その花は白々と、玉の皿に香ぐわしい露を浮かべたよう。

どこでこの花は咲き初《そ》めたのか、

寿命《いのち》を養って年々みずみずしく咲き誇る。

「椿」は、日本の「つばき」を意味するが、もとこの字は中国の『荘子』に、「上古に大椿《だいちん》なるもの有り、八千歳を以て春と為し、八千歳を秋と為す」という、長寿の木の名である。ここでは、白いつばきを詠いつつ、伝説の長寿の木の意味をも重ね合わせている。清岡氏の評に曰く、

――玉杯のようにぽっかり開いて白く光り、香り高くしっとりしている椿の花がまずクローズアップされる昔なじみの情景は、やがて、花の初発という捉ええない極微の形についての意識と、詩人自身の深まる老年についての意識と、それらのいわば両極に分解されて行く状態の心によって親しまれるわけで、その心の周囲に穏やかで暖かい春の空気であるところの「淑気」が透明度をいっそう深めるのである。――

先生が植物を歌って悲痛の情につらぬかれる例として、次の詩を挙げている。

臥龍庵哀偃梅
鉄石心腸老臥梅
雪中何事忽隳摧
艸堂従是無顔色
月夜寒園人不廻

臥龍庵に偃梅《えんばい》を哀れむ
鉄石の心腸　老臥梅
雪中何事ぞ忽ち隳摧《きさい》す
艸堂是《こ》れより顔色無し
月夜寒園人廻《めぐ》らず

鉄や石のように堅い心根の、老いたる臥《ふ》せ梅、
雪に埋もれて、何としたことか、折れ摧けた。
草堂はもはや顔色なく、
月の夜にも、この隠居の庭に人影はない。

枝が横に張って、臥せた姿になった老梅の樹が、雪の重みで折れたことを詠う。後半は、これまでは、月の良い夜に、この家の主人は梅の木を廻って、月と梅の景を楽しんだのだが、もはやそれもなくなった、と嘆く（隳は、毀。艸は、草の異体字）。

梅の樹が老臥して、元気に生きていたときの状態にかぶせた「鉄石心腸」の形容は、フランスのパルナッシアンたちのいわゆる「不感無覚」の美学にもふさわしい、と清岡氏は評する。

美しい詩は、まだたくさんあるが、夏と初冬の詩を一首ずつ取り上げてみよう。

夏日雑詠九首　其六

枝頭細細紫薇紅　　枝頭細細紫薇紅なり
今夏初看庭院中　　今夏初めて看る庭院の中
林藪蟬声急於雨　　林藪の蟬声　雨よりも急なり
花英揺動一簾風　　花英揺動す　一簾の風

枝先に小さく開く、紫薇《さるすべり》の赤い花、この夏、庭で初めて見た。
林の蟬が雨の音より激しく鳴いて、簾《みす》を揺らす風に、花びらも揺れた。

夏の日に咲き誇るさるすべりの花を、優にやさしく詠った詩。喧しく鳴く蟬の声は、かすかな風に揺れる可憐な赤い花を引き立たせる脇役のはたらきをしているようだ。「紫薇」は、詩人の好きな花だったらしく、「其の三」に、「憶う昔 都門炎暑の候／郷に還る夢は紫微(薇)の天に在り」、「其の四」にも、「六月湖邨(村) 盛夏来る／炎威赫赫《かくかく》紫微(薇)開く」などの句が見える。

晩対紅楓二首 其一　　晩に紅楓に対す
十月湖頭霜錦紅　　十月湖頭 霜錦紅なり
黄昏倒映鏡光中　　黄昏倒《さか》しまに映ず 鏡光の中
偏愁景物須臾改　　偏えに愁う 景物須臾《しゅゆ》にして改まるを
蕭颯楓林一夜風　　蕭颯《しょうさつ》たり 楓林一夜の風

十月の湖のほとり、かえでは紅に、水に色を映《うつ》して、あたりは黄昏《たそがれ》ゆく。自然のうつろいの、何と速やかなことか、かえでの林に、一夜、さびしい風が吹く。

自然の景に、己の老いを重ね合わせたものだろう。前半の、水に映る錦のような紅葉は、あくまでも美しく、後半の楓林に吹く一夜の風はあくまでももの寂しい。ただ一つ「愁」の字が中に挟まって、きらりと光る。

古跡を詠懐する詩も、集中に多い。まず、清岡氏の文章にも録する詩一首。

黄備《きび》国分尼寺旧址

満目風煙墟落春　満目の風煙　墟落の春
野花啼鳥暗傷神　野花啼鳥暗に神を傷《いた》ましむ
法燈銷尽千余載　法燈銷《き》え尽くして千余載
一帯松林不見人　一帯の松林　人見えず

見渡す限り霞たなびく村里の春。野の花、啼く鳥、すべて物悲しい。寺の法燈が消え果てて千年余、あたりの松林に、人影もない。

「千年以上も前に建立された国分尼寺の跡が荒れ果ててしまっている春ののどかな野や林の景色に、これだけの抒情が可能な詩人は、日本において阿藤先生以外にはいないだろう」、とは清岡氏の評。

訪寂光院　寂光院を訪《たず》ぬ

桃花流水夕曛紅　桃花流水　夕曛《せきくん》紅なり
古寺鐘声向此中　古寺の鐘声此の中に向かう

何処千年瘞金盌　　何れの処か千年金盌《きんわん》を瘞《うず》む
傷心最是碧蘿風　　傷心最も是れ碧蘿《へきら》の風

桃の花びらが水に流れて、夕日が赤い。
古寺の鐘の音が、あたりに響く。
どこに当時の金のお椀が埋もれているのか、
最も胸を痛ませるのは、青い蘿《つた》を揺らす風だ。

大原の寂光院を訪ね、ここにわび住まいした建礼門院を偲んだ詩。詩の下に、「建礼の行宮は翠黛《すいたい》の山中に在り。伝えて曰う、碧蘿を以て宮牆と為す、と」という注がついている。悲劇の女性を傷むのに、「金盌」と「碧蘿」に着目したところが、詩人のセンスであろう。他にも「建礼宮」と題する詩が二首あり、その一首に「御膳の寒泉猶お涌(湧)出し／桃花乱れ落ちて夕陽紅なり」の句がある。

旧京
応天門外御楊斜　　応天門外　御楊斜めなり
如画東山映碧霞　　画の如き東山碧霞に映ず

無奈春風吹不止　奈《いかん》ともする無し　春風吹いて止まざるを
落英飛入市人家　落英飛び入る市人の家
応天門の外、柳がしだれ、絵のような東山に、霞たなびく。
つれない春風は吹きやまず、花びらが商家の中へと飛んでゆく。

これも、京都を詠ったもの。起句の「応天門」と、結句の「市人家」の対比が妙。唐の銭起の「寒食東風御柳斜なり、…青煙散じて五侯の家に入る」〈寒食〉、劉禹錫《りゅううしゃく》の「飛び入る尋常百姓《ひゃくせい》の家」〈烏衣巷〉などの句を、たくみに取りこんでいる。

集中には、人との応酬、贈答の詩も多い。最も頻出するのが、豹軒鈴木虎雄博士、京都の恩師である。狩野直喜博士も多い。友人では荊園齋藤晌、吉川幸次郎、高山峻、麓保孝らの諸氏の名が見える。弟子では、高木友之助、村上博之氏らがあらわれる。

阿藤伯海の詩を挙げるならば、第一に、吉備真備《きびのまきび》を詠じた臨終の大作「右相吉備公館址」になるが、二十八句の長さの上に、典故を鏤《ちりば》めた雄篇であるため、容易に紹介できない。そこで、最後に八弟子の一人、村上博之に寄せた詩を以て結びとしよう。

寄村上生在九州（村上生の九州に在るに寄す）

青雲一擲去京関　　　青雲一擲《いってき》　京関を去る
千里秋風帰碧山　　　千里の秋風　碧山に帰る
憶爾宏才夙知隠　　　憶う　爾《なんじ》宏才にして夙《つと》に隠を知り
不因書帙読人間　　　書帙《しょちつ》に因《よ》らずして人間《じんかん》を読むを

立身の路を抛擲《ほうてき》して、都を去り、秋風の吹く中、千里の故郷へと帰る。君が、才能に恵まれながら、早くより隠退を知り、書物ではなく、実社会から人生を学ぼうとしたことを、今思う。

清岡氏の書によれば、村上氏は郷里の大分で材木の会社をのびのびとやっている、と。師は、その名利に恬淡たるを好しとしたのであろう。

第二十三章　子規・漱石と房総の旅

正岡子規と夏目漱石は、いろいろな意味で奇しき縁《えにし》に結ばれていた。

二人は、同じ慶応三年（一八六七）に生まれ、明治十七年に数え年十八で、東京大学予備門（現東京大学教養学部の前身）に入学、それぞれ一回ずつ落第した。これが何とも妙な奇縁だ。漱石の場合は、追試験を受ければ及第させてやる、というのを断って落第したというのだから、運命の糸に引き寄せられたものか。

子規の松山、漱石の東京と、出身地が異なるせいか、二人が親しくなったのは、予備門（明治十九年に第一高等中学校と改称）本科一年の、明治二十二年一月からで、すでに入学後六年めになっていた。

寄席《よせ》好き、ということから話が合いだしたが、子規が『七艸集《ななくさ》』という文集を作り、漱石がそれを見た五月ごろから、満を持してというか、堰《せき》を切ったようにというか、二人の交際は親しさを加えていく。

『七艸集』は、漢文、詩、短歌、発句、謡曲、和漢混淆文、雅文の七種の形式による作品で、子規はこれを友人たちの間に廻し、批評を請うたのである。

漱石は、これに刺戟されて、五百五十五字に及ぶ漢文の評を書き、さらに九首の七言絶句を添えた。この間のやりとりについて、近年評判になった、高島俊男氏著『漱石の夏やすみ』（二〇〇〇年二月・朔北社刊）では、「なんだこんなのならオレでも書ける、もっとうまく書ける、とうでがムズムズしてきたのだ。いわゆる『技癢を感じた』のである。…だから漱石はこの七草集批評を相当ながい漢文でかき、おまけに七絶を九首もつくってそのあとにつけている。」と、うまく表現している。

では、子規の『七艸集』と、漱石の批評の詩から、一首ずつ紹介してみよう。（訳は省略）

墨江僑居雑詩　　正岡子規

地静人稀物外情　　地静かに人稀なり　物外の情

史書読罷独間行　　史書読み罷《や》んで独り間行す

夜深風外疎鐘遠　　夜深くして風外に疎鐘遠く

月暗江頭遠樹平　月暗くして江頭に遠樹平かなり
浮水一燈覚舟往　水に浮かぶ一燈　舟の往くを覚え
過空群火見橋横　空を過ぐる群火　橋の横たわるを見る
荻蘆葉戦潮将上　荻蘆葉は戦《そよ》いで潮将《まさ》に上らんとし
涼味沁肌徹底清　涼味肌に沁みて徹底して清し

頷聯は「遠」字の不用意な重出、頸聯は着想は佳なるも和臭ある点、多少の難点はあるものの、達者に七言律詩をこなしている。

七艸集評詩　夏目漱石
浴罷微吟敲枕函　浴し罷んで微吟　枕函《ちんかん》を敲《たた》く
江楼日落月光含　江楼日落ちて月光含む
想君此際苦無事　想う　君　此の際無事に苦しみて
漫数篝燈一二三　漫に数う　篝燈《こうとう》の一二三

こちらは、軽俗な筆致なるも、険韻（函《カン》・含《ガン》・三《サン》は、使い難いとされる「覃《タン》」韻に属する）をこなし、子規作に応じている。この勝負、互角というところ。

そもそも、子規は松山藩儒大原観山を母方の祖父に持ち、幼いころより漢詩文に親しむ身。明治十一年、十二歳の漢詩が伝わる。松山の中学時代も、贈答・応酬活発に、すでに数百首の作を手がけている、手だれであった。

片や漱石の方は、子規のような家庭環境こそなけれ、一念発起して、十五・六歳のころ、漢学塾二松学舎に学び、みっちり素養を積んでいる。

この二人が、機熟して、好敵手として相い対峙することになった。時に、明治二十二年夏の候。お互いに相手の力と才能を認め合い、よい意味での競争心を燃やした、その結果、二人が近代文学の巨人となっていくのであるから、まさに奇縁と言わずして何と言おう。

漱石は、同年ながら統領の才ある子規を、兄貴分として認めつつ、その兄貴に目を剝かせてやろうと、一番、気張ってものしたのが、漢文の紀行『木屑録《ぼくせつろく》』である。

『木屑録』は、この年の八月七日より月末まで、房総を旅行したことを、漢詩十四首を織りこんで綴った漢文の紀行文である。九月九日に脱稿して、子規に見せた。

見せられた子規は、果して漱石の実力に驚嘆し、「如吾兄者、千万年一人焉耳」（吾兄の如きは、千万年に一人のみ）と評している。評は多分にお世辞を含むだろうが、漱石が横文字（英語）ばかりでなく、和漢の文にも強いことを知って驚いた、とも評するのは本音であろう。

『木屑録』の文章は、中国の古文としておかしなところはない。素人離れした好文章と言える。吉川幸次郎氏も、高く評価し、是非高校の教科書に採るべきだと言っている。
旅行記の冒頭の部分を、ちょっと覗《のぞ》いてみよう。

余以八月七日上途、此日大風、舟中人概皆眩怖、不能起、…強倚欄危坐、既欲観風水相闘之状、蹣跚而起、時怒濤掀舟、舟欹斜殆覆、余失歩傾跌、跌時盲風猋至、奪帽而去、顧則落帽飄飄、回流於跳沫中耳、舟人皆拍手而大笑。

〔余、八月七日を以て途に上る。此の日大風あり。舟中の人概《おおむ》ね皆眩怖《げんふ》し、起《た》つ能わず。…強《し》いて欄に倚りて危坐す。既に風水相い闘《たたか》うの状を観んと欲し、蹣跚《まんさん》として起つ。時に怒濤舟を掀《あ》ぐ。舟欹斜《きしゃ》し殆《ほとん》ど覆《くつがえ》る。余歩を失って傾跌《けいてつ》す。跌する時盲風猋《ひょう》として至り、帽を奪いて去る。顧《かえりみ》れば則ち落帽飄飄、跳沫中に回流するのみ。舟人皆手を拍《う》ちて大笑す。〕

私は八月七日に旅に出た。この日は大風が吹き、舟の中の人はたいがい舟酔いをして、立ち上れない。…私は無理して手すりに倚《よ》りかかりながら正坐していたが、風と水とのせめぎ合いを見たくなって、よろよろと立ち上った。するとその時、大波が舟を舞い上げ、舟は斜めに傾いてひっくり返りそうになった。私はよろけてつまずいた。つまずいた時、つむじ風が突然襲って、帽子を飛ばしてしまった。ふり返ると落ちた帽子はひらひら飛び、しぶきの中にぐるぐる廻る始末だ。舟の人たちは皆手を拍って大笑いした。

このあたりの描写は、生き生きとして精彩がある。記憶のよい読者なら、竹添井井《たけぞえせいせい》の「桟雲《さんうん》峡雨《きょうう》日記」の一節（第十三章参照）を思い出すだろう。

もとより、迫力、筆力の違いはあるが、全体の状況、筆致は類似する。明治九年に行われた、井井の中国一周旅行の紀行文『桟雲峡雨日記』は、明治十二年に出版され、当時のベストセラーになった。ちょうど東京府尋常中学校（現日比谷高校）に入学したころの漱石が、この書を読んだ可能性は高い。表現のみならず、『木屑録』全体の構想も、井井の日記から影響を受けたのではなかろうか。

詩が随処に挟まっていることも同じ。その詩の幾つかを見る。

西方決眥望茫茫　　西方　眥《まなじり》を決すれば望み茫茫《ぼうぼう》
幾丈巨濤拍乱塘　　幾丈の巨濤　乱塘を拍《う》つ
水尽孤帆天際去　　水尽き孤帆天際に去り
長風吹満太平洋　　長風吹き満つ太平洋

西の方、眼の限り望み見れば、水は広がり、幾丈もの大波が岩立つ岸に砕け散る。海の果《はて》に帆舟が一つ消え去り、遥か彼方《かなた》より風が太平洋を吹き渡る。

なかなか気宇壮大な詩である。起承二句は、頼山陽の「阿嵎嶺《あぐね》」の「危礁《きしょう》乱立す 大濤の間／皆を決すれば西南 山を見ず」の句、転結二句は、李白の「水尽きて南天雲を見ず」〈洞庭に游ぶ〉、「孤帆の遠影碧空に尽き」〈黄鶴楼にて孟浩然の広陵に之《ゆ》くを送る〉、「長風浪を破る会《かなら》ず時有り」〈行路難〉の句を取りこんでいる。その意味では、いかにも明治の書生らしい青い詩だが、固有名詞の「太平洋」の使い方が効果的なところは、ピカリとひかる。

南出家山百里程　　南のかた家山を出づる百里の程
海涯月黒暗愁生　　海涯月黒くして暗愁生ず
濤声一夜欺郷夢　　濤声一夜郷夢を欺《あざむ》き
漫作故園松籟声　　漫に作《な》す 故園松籟の声

家を出て、南へ百里の道のり、海の涯《はて》は月も無く、ひそやかな愁がきざす。この夜、波の音が故里へ帰る夢に入り、故里の松風の音のように聞こえるのだった。

措辞も発想も手馴れた〃佳作〃だが、惜しいことに「声」が重出する。転句の「濤声」は、「波濤」ぐらいでよかったのだが。総じてこの時期の漱石の詩は、平仄などの形式の面にやや荒削りなところが見られる。

古詩の形による「鋸山《のこぎりやま》」の詩を見よう。

鋸山如鋸碧崔嵬
上有伽藍倚曲隈
山僧日高猶未起
落葉不掃白雲堆
吾是北来帝京客
登臨此日懐往昔
咨嗟一千五百年
十二僧院空無迹
只有古仏坐磅塘
雨蝕苔蒸閲桑滄
似嗤浮世栄枯事
冷眼下瞰太平洋

鋸山鋸の如く碧崔嵬《さいかい》
上に伽藍《がらん》の曲隈に倚る有り
山僧日高くして猶お未だ起きず
落葉掃わず　白雲　堆《うずたか》し
吾は是《こ》れ北来の帝京の客
登臨此の日　往昔を懐う
咨嗟《ああ》　一千五百年
十二の僧院空しく迹《あと》無し
只《た》だ古仏の磅塘に坐する有り
雨　蝕《むしば》み苔蒸して桑滄を閲《けみ》す
似たり　浮世栄枯の事を嗤《わら》って
冷眼下瞰《かかん》す　太平洋

鋸山はのこぎりのように、みどり色にそそり立っている。頂上にはお寺があり、岩によりそうように立ち並ぶ。

山寺のお坊さまは、日が高くのぼってもまだ起き出さず、
落ち葉が掃《は》かれぬまま、白雲の中にうず高く積もっている。
この私は北より訪れた都の旅人で、
高所から見わたしつつ、今日はむかしをしのんでいる。
ああ、一千五百年の歳月を経て、
十二のお寺は、あわれあとかたもない。
ただ古い仏さまのお像が広い空間に鎮座して、
雨に打たれ、苔むして、長い風雪に耐えておられる。
そして世間の栄枯盛衰を笑いつつ、
さめた眼差《まなざし》で太平洋を見おろしているかのようである。

古詩は規則が緩いだけに、却って作るのが難しいとされる。この詩は、四句一段で韻を換え、規則正しく、一・二・四句末に韻をふみ、その韻も、平韻と仄韻を交互に用いている。七言古詩の正格を襲う。構成もしっかりしていて、見ごたえがある。

後に、漱石は熊本の五高へ赴任して、同僚となった漢詩人長尾雨山に、五言古詩の指導を受ける。まだ学生のこの時期は、もっぱら『唐詩選』などの風を学ぶ「習作期」に相当する。

さて、漱石の堂々たる『木屑録』に対し、子規も一矢報いずんばあらず、一年置いて、明治二十四年三月、房総に遊んで『隠蓑日記《かくれみのにっき》』を綴った。もとより、漢文による旅日記である。冒頭の文を見る。

曰若稽我病勢、曰、脳痛悶々、文思不安、魂馳四表、格于房総、明治二十四年辛卯春王三月二十五日出舎、市川獲莎笠、告天子迎于郊、蛺蝶為嚮導、詣船橋神社、潮侵華表、騎痩馬、山茶紅桃屢犯顔、就伝舎、拒而不納、投于榊屋、此日始見菜公麦伯。

〔曰若《ここ》に我が病勢を稽《かんが》うるに、曰く、脳痛悶々、文思安んぜず。魂は四表に馳せ、房総に格《いた》る。明治二十四年辛卯《かのとう》春の王の三月二十五日舎を出づ。市川にて莎笠《すげがさ》を獲《う》。告天子郊に迎え、蛺蝶為に嚮導す。船橋神社に詣《いた》る。潮華表を侵す。痩馬に騎《の》れば、山茶紅桃屢《しば》しば顔を犯す。伝舎に就くに、拒《こば》みて納《い》れず。榊屋《さかきや》に投ず。此の日始めて菜公麦伯を見る。〕

そもそも、我が病状を考えるのに、脳の痛みに悶々とし、文章の思案も落ち着かず、魂は四方へ飛んで、房総へ行き着くのであった。明治二十四年、辛卯の歳、春三月二十五日、家を出た。市川で菅笠を買う。告天子《ひばり》が郊外に鳴いて出迎え、蝶が先導をしてくれる。船橋神社に到る。潮が鳥居までさしている。痩せ馬に乗って行くと、山茶《つばき》や桃の花がしばしば顔にかかる。宿屋に泊ろうとすると、断わられてしまった。榊屋《さかきや》に投宿した。この日、始めて菜の花と麦を見た。

冒頭の「曰若稽…」は、『書経』の堯典の冒頭の「曰若稽古」(曰若に古を稽《かんが》うるに)の句をもじったもの。また、「春の王の正月」(『春秋』の筆法)や、ひばりを「告天子」と言い、「郊に迎う」と言ったり、菜の花や麦を「菜公麦伯」と言ったりするのは、いずれも大昔の古典ふうな物言いで、文章を戯作化したのである。

全篇がこの調子で、漢文で書いた〝戯文《ぎぶん》〟を意図している。漱石の文の趣と違うものを狙ったのであろう。文中に挟まれている詩は、『詩経』のもじりで、文末に俳句九十四首、和歌五首、漢詩三首(五律一、七律二)が付けられている。すなわち、「俳文の漢詩版」というべく、一種の新機軸を出したものである。

付けられた漢詩は、いずれも正統なものだが、その一首を終りに紹介しよう。

鋸山

独踞岩窟望塵寰　独り岩窟に踞《うずくま》りて塵寰《じんかん》を望めば
浩浩胸懐身覚閑　浩浩たる胸懐　身の閑なるを覚ゆ
撩乱桜花粘仏頂　撩乱《りょうらん》たる桜花　仏頂に粘《ねん》し
氤氳雲気撲人顔　氤氳《いんうん》たる雲気　人顔を撲《う》つ

山中寒燠関心外　山中の寒燠《かんいく》心に関する外
世上陰晴反掌間　世上の陰晴　掌《たなごころ》を反《かえ》す間
下瞰海門風浪悪　海門を下瞰《かかん》すれば風浪悪し
捲烟蕃船入京湾　烟を捲く蕃船京湾に入る

ただひとり山の洞窟の前にうずくまって、俗世間を見わたす。
どこまでもひろがるわが心、この身をゆったりとくつろぐのを覚える。
乱れ散る桜の花びらは石の仏さまのひたいに貼《は》りつき、
たちこめる山の霧は、私のほほを撫《な》でる。
山の中が寒いか暑いかはいっこうに気にならないが、
世の中の明暗が手のひらをかえすように急に変化することをどうしよう。
海峡を見おろせば、風にあおられる波は荒々しく剣呑《けんのん》で、
煙を捲き上げる異国の船が、東京湾へ入ってゆく。

漱石の七言古詩の正統に対するに、七言律詩の正統を以て、同じ「鋸山」を詠じた。漱石は風雅を抒《の》ぶるを旨とし、子規は時事を諷するを旨として、別の途を進んだのである。

第二十四章　勉学の詩

『日本人の漢詩』最終章として「勉学の詩」に日本漢詩の特色を見ることとしよう。

偶成

少年易老学難成　少年老い易く学成り難し
一寸光陰不可軽　一寸の光陰軽んずべからず
未覚池塘春草夢　未だ覚めず　池塘春草の夢
階前梧葉已秋声　階前の梧葉　已《すで》に秋声

少年はすぐに年を取り、学問はなかなか成就せぬ。
わずかの年月も、むだにしてはいけない。

池の堤の春の草の夢がまだ覚《さ》めぬ間に、
階段の前の桐の葉が、秋風の訪れにハラリと落ちた。

右は、宋の朱熹《しゅき》作として人口に膾炙している詩である。

実は、この詩は近時、柳瀬喜代志早稲田大学教授（故人）によって、日本の京都五山の僧侶の戯作であることが証され、概ね学界の認知を得たのである。以前より、この詩が朱熹の詩文集にないことは知られ、それ故、疑う人もいたが、はっきり論証したものはなかった。

柳瀬氏はこの詩の原形を、禅林僧侶の詠んだと推定される『滑稽詩文』（『続群書類従』巻九八一収載）中より見つけ出し、五山の僧侶の稚児遊びを調笑《からかつ》た詩、と断じた。〔一九八九年一月・いわゆる朱子の「少年老い易く学成り難し」（「偶成」詩）考・岩波書店『文学』二月号所載・遺稿集『日中古典文学論考』所収・一九九九年三月・汲古書院刊〕

「稚児遊び」云々の説についてはともかく、詩の出どころはたしかなものとして認められ、ここにこの詩は、朱熹作に非ずして日本人の作であることが、概ね定まった。

そもそも、この詩が朱熹の詩と見做《な》された背後には、朱熹に「四時読書楽」（春夏秋冬四首）という勉学の喜びを詠う詩があり、よく知られていたことがある。

四時読書楽　其一（春）　朱熹

山光照檻水繞廊　　山光檻を照らして 水 廊を繞《めぐ》り
舞雩帰詠春花香　　舞雩《ぶう》帰詠すれば春花香《かんば》し
好鳥枝頭亦朋友　　好鳥枝頭 亦《また》朋友
落花水面皆文章　　落花水面 皆文章
蹉跎莫遣韶光老　　蹉跎《さた》 韶光をして老いしむる莫《な》かれ
人生惟有読書好　　人生惟だ読書の好き有り
読書之楽楽何如　　読書の楽しみ 楽しみは何如《いかん》
緑満窓前草不除　　緑は窓前に満ちて草除かず

山の輝きが欄干《らんかん》を照らし、川が回廊をめぐって流れる。
古《いにしえ》の曾皙《そうせき》にならって、のんびり口誦《ず》さみながら歩けば、春の花が香ぐわしい。
枝先でさえずる鳥は、良き友だち、
水に落ちる花びらは、みな彩《あや》模様。
この春の光を、無為に過ごしてはならない。
人生には、読書の楽しみがあるのだ。
読書の楽しみ、それはどんなものだろう。

見よ、窓の前に自然に生い茂る草の緑を。

右の詩の「蹉跎 韶光をして老いしむる莫《な》かれ」や、「緑は窓前に満ちて草除かず」の句は、「偶成」詩の表現と似通う。

最後の句には、北宋の道学者周敦頤《しゅうとんい》（濂渓《れんけい》）の故事――濂渓の書斎の窓の前は、草が伸び放題だった。程頤《ていい》（伊川）がそのわけを尋ねると、「自分の気持ちと全く同じだから」と答えた。――がある。〝自然と一体になる〟という意であろう。

周濂渓や程氏兄弟（兄は顥《こう》・明道）等、北宋の道学者にも、勉学の詩は少なくないが、およそ道理を詩で説く態のものである。その点、朱熹は詩人であるだけに、教訓が風景に包みこまれていて、味わいが深くまた伸びやかである。

「偶成」詩が、いつの間にか朱熹の作とされ、それが人々に自然に受け容れられたのも、〝朱熹の詠いそう〟な詩趣であったからにほかならない。「偶成」詩の見どころは、やはり、前半の「若い時はたちまち過ぎ去るから、月日を無駄にせず学問に励め」というお説教が、後半の「春草の夢」のユーモラスな比喩にうまく包みこまれているところだろう。

さらに、この詩の転句の「池塘春草の夢」は、六朝宋の謝霊運の、夢の中で得たという「池塘春草生ず」の句に基づいている。これが詩に深味を加え、洒落た趣を添えてもいる。

こう見てくると、「偶成」詩の七言絶句の型の中にすっきりまとめ上げた手法は、いかにも日本人好みのようで、作者は日本人だ、とわかると、むしろ「さもありなん」と思われてくる。

だいたい「勉学の詩」は、日本人の方が上手で、良い詩が多い。〝極めつき〟は第十二章にちょっと紹介した菅茶山《かんちゃざん》の次の詩である。

冬夜読書　　　菅　茶山

雪擁山堂樹影深　　雪は山堂を擁して樹影深し
檐鈴不動夜沈沈　　檐鈴動かず　夜沈沈
閑収乱帙思疑義　　閑《しず》かに乱帙《らんちつ》を収めて疑義を思う
一穂青燈万古心　　一穂《いっすい》の青燈　万古の心

雪が山中の庵《いおり》を囲み、外の木々の影もこんもりと見える。軒端《のきば》の鈴もひっそりと音を立てず、冬の夜はしんしんとふけゆく。取り散らかした書物をしずかに片づけつつ、疑問の点を考えると、じっと燃える青い燈火を通して、先哲の心が伝わってくる。

まず、「冬の夜」という設定が、寒さのもたらす緊張感と、静寂感をかもし出す。山堂は雪にすっぽり覆われて、世俗と隔絶した世界が現出する。軒端の鈴（これは中国ふう）がコソとも動かないことにより、あたりは無風、無風ゆえに部屋の燈火もジッと青い穂の形をして燃える。その青い穂の燈火を通して先哲の教えが凝縮して伝わる。見事な収束である。誰にも邪魔されない勉学の場、ギュッと身の引き締まる緊張の中の真剣さ、心ゆくまで思索に耽ける学問の〝法悦〟がそこにある。作中人物の風貌、息遣いまでが、読者に迫ってくる。

菅茶山（一七四八—一八二七）、名は晋帥《ときのり》、備後《びんご》（広島県）神辺《かんなべ》の人。家は代々儒者で、京都へ出て学び、帰郷後、黄葉夕陽村舎《こうようせきようそんしゃ》という塾を開いて子弟を教育した。後に藩校となったその塾は、今も残る。

茶山の名詩を、もう一首紹介しよう。

酔帰　　　　菅　茶山

酔帰偏愛聴淙淙　　酔うて帰り　偏えに愛す　淙淙《そうそう》を聴くを

停杖黄昏立石矼　　杖《つえ》を停《とど》めて　黄昏　石矼《せきこう》に立つ

竹樹環村無欠処　　竹樹　村を環《めぐ》りて欠くる処無し

燈光認我読書窓　　燈光　認む　我が読書の窓

酔って帰るとき、いつも小川のせせらぎを聴くのが好きだ。杖を休め、たそがれの中、石の小橋の上に立つ。見渡せば、竹や樹木が村を囲んで、どこにも隙間がない。その中に、ポツンとひとつ、あれは我が書斎の窓にうつる燈火なのだ。

茶山五十二歳の作。先生、どこぞで酒を飲んで帰って来たが、いつもの村の入口の石橋まで来ると、シャキッとする。小川のせせらぎを一しきり聴くうち、酔もだんだん醒める。こんもりと茂みに囲まれた村里は、日暮れて暗い。まっ暗だ。まっ暗ゆえに、小さな燈火の光が、チラと見える。それが、我が書斎の窓だ、とわかる。毎晩読書に励む主人の意を体して、召使いも気をきかせ、燈火の仕度をしたのだろう。

ところで、この詩には、基づくと思われる詩がある。

蜀山書舎図　　明　高啓

山月蒼蒼照煙樹　　山月蒼蒼として煙樹を照らし
碧浪湖頭放船去　　碧浪湖頭　船を放ちて去《ゆ》く
隔林夜半見孤燈　　林を隔てて　夜半　孤燈を見る
知是幽人読書処　　知る　是れ幽人読書の処なるを

山の端《は》から顔を出した月が、煙《もや》に包まれた木々をさびさびと照らすころ、
碧浪湖《へきろう》のほとりから、小舟を漕ぎ出す。
林の向こうに、真夜中なのに、ポツンと燈火がひとつ見える。
あれは隠者が読書している庵《いおり》なのだ。

高啓《こうけい》（一三三六―一三七四）は、明初の詩人。この詩は、題に「図」とあるところから、もとは水墨画に書き入れた「題画詩」であろう。上の方には山の端から顔を出した月、下の方には湖が広がり、中に棹さす人がひとり、その行手には木々に包まれた庵があり、部屋の中に隠者が坐っている、という図柄であったと思われる。詩の趣は、自から幻想的で閑雅である。

茶山の詩は、高啓の詩にヒントを得ながら、ここにも燈火に凝縮する〝読書の心〟が詠われる。小川のせせらぎの「淙淙」も、杖を休めて立つ「石矼（小さな石の橋）」も、あたりを暗くする「竹樹」も、みな、火の点《とも》る「読書の窓」を演出する小道具の役割を果している。「孤燈」のはたらきが、高啓とは全く異なるのである。

菅茶山の「冬夜読書」と、勉学の詩の双璧を為すのが、広瀬淡窓《ひろせたんそう》の「桂林荘雑詠」其四である。

桂林荘雑詠　其四　　　広瀬淡窓

休道他郷多苦辛　　道《い》うを休《や》めよ 他郷苦辛多しと
同袍有友自相親　　同袍《どうほう》友有り 自《おのず》から相い親しむ
柴扉暁出霜如雪　　柴扉暁に出づれば 霜 雪の如し
君汲川流我拾薪　　君は川流を汲め 我は薪《たきぎ》を拾わん

言いなさんな、他国へ来て苦労が多いなどと。
ひとつ袍《どてら》を着合う友がいて、自然に親しくなるではないか。
柴の戸を朝早く開けて外へ出ると、霜が雪のようにまっ白に降りている。
さあ、君は川へ水を汲みに、僕は山に薪を拾いにいこう。

広瀬淡窓（一七八二―一八五六）は、名は建、豊後《ぶんご》（大分県）日田の人。福岡の亀井南冥《なんめい》、昭陽《しょうよう》父子に学び、郷里に塾を開いた。桂林荘はその塾の名。

桂林荘で学ぶ塾生を励ますために、春夏秋冬四首の詩を作った、これはその「冬」の詩。冬の朝、塾生たちが分担して炊事の仕度をする様子を詠ったもの。

前半は、『論語』に言う、「朋有り 遠方より来る 亦《また》楽しからずや」を地《ぢ》で言った様子。後半は、その共同生活の楽しさを、具体的に朝の炊事の場面に捉えて描いた。

注意すべきは、この詩が「冬の朝」を舞台としたこと。戸を開けて外へ出てみると、まっ白な霜が一面に降りている。厳しい寒さ。塾生たちは、手に息を吐きかけて出ていく。吐く息もまっ白。ここに、茶山の詩と同じような、〝寒さゆえの緊張〟が詠われる。これは恐らく茶山に学んだものだろう。「夜」を「朝」に仕立て換えたことが、却って意図を感じさせる。

もう一つ、注意すべきは、「柴扉」である。柴の戸、と言えば、金殿玉楼のものではない。自から「清貧」の生活が暗示される。この「清貧」こそが、勉学のあるべき環境なのである。立派な学舎《まなびや》の中で、ぬくぬくと勉強しても成果は上らない。緊張と清貧、歯をくいしばって勉学してこそ、実が上がるのである。そういう意味で、この詩は、教育の原点をさし示したものの、と言えよう。今日の、至れり尽くせりの環境の中での教育に慣れた者へは、〝頂門の一針〟となるべき詩である。

さて、菅茶山の「一穂の青燈」は、以後いろいろな摸擬作を生むに至る。大正天皇の「一穂の燈光 古書を繙《ひもと》く」（第十二章）もその一つだが、次の頼支峰《らいしほう》の詩は異色の作だ。

初夏夜坐　　　頼　支峰

庭樹影流過雨余　　庭樹　影は流る過雨の余
蛙声和月到階除　　蛙声《あせい》月に和して階除に到る
小斎夜静無些熱　　小斎　夜静かにして些熱《さねつ》無し

一穂涼燈読快書　　一穂の涼燈に快書を読む

庭の木に月影が流れ、通り雨があがってさわやかな気分。
月の光の射す中、蛙《かえる》の鳴き声が階段の方へも響いてくる。
小さな書斎は夜になって静かに、少しの暑さも感ぜられない。
燈火一つ涼しげに点《とも》る下、心はずむ書を読む。

前半は、雨があがり月が出て、さわやかな気分、蛙の声も涼し味を添える、という舞台装置をしておいて、小さな書斎の中で書を読む。この詩の新奇なところは、結句の「涼燈」と「快書」だ。

この二つは、どちらも古典に用例のない、いわゆる新造語である。ただ、「涼燈」には「涼月」(涼しげな月)、「涼台」(涼み台、涼しい高どの)などの語が、「快書」には「快字」(壮快な字)という語が類似語として先人の詩に見え、さほど違和感なく受け容れられる。

支峰(一八二三―一八八九)は、名は又二郎、山陽外史の次男、弟の三樹三郎とは二歳違いの兄弟である。この詩は、〝闊達で洒脱〟という新生面を「読書詩」に開いた、と言い得るだろう。

最後に、今の支峰と同じころの菊池三渓《きくちさんけい》(一八一九―一八九一)の、いかにも日本的な味の細かい、美しい読書の詩を以て締めくくりとしよう。

新涼読書　　菊池三渓

秋動梧桐葉落初　　秋は動く　梧桐葉落つる初め
新涼早已到郊墟　　新涼　早く已《すで》に郊墟に到る
半簾斜月清於水　　半簾の斜月　水よりも清らかに
絡緯声中夜読書　　絡緯《らくい》声中　夜　書を読む

梧桐《あおぎり》の葉に秋がしのびより、ハラリと落ちるころ、
涼しみが、はや村里に訪れる。
半ば下《お》ろした簾《みす》ごしに射しこむ月光は、水より清らかに、
虫の音《ね》すだく夜ふけ、しずかに書を読む。

◆詩人小伝

秋山玉山（あきやまぎょくざん）
一七〇二-一七六三　肥後の人。二十三歳の時、藩主に従って江戸に出、昌平黌に学ぶ。一方服部南郭に師事して、詩文を学ぶ。のち熊本藩に帰り、藩主の侍読、藩校時習館の初代教授を務める。著書に『玉山詩集』『玉山遺稿』などがある。

阿藤伯海（あとうはくみ）
一八九四-一九六五　岡山県生まれ。東京大学で西洋哲学を学ぶ。ついで京都大学で中国哲学を専攻。法政大、一高で教えたが、一九四四年、五十歳で帰郷、隠棲した。上田敏に私淑したほか、吉備真備を深く崇敬。漢詩集に『大簡詩草』がある。

新井白石（あらいはくせき）
一六五七-一七二五　江戸中期の政治家・詩人。木下順庵に師事した後、徳川家宣・家継に仕え、朝鮮使節の待遇改革や金銀貨の改良など、「正徳の治」と呼ばれる文治政治を行う。『読史余論』『折たく柴の記』『西洋紀聞』など著書多数。

安東省菴（あんどうせいあん）
一六二二-一七〇一　筑後柳川藩の人。江戸の林羅山に対して、京都で一派をなす松永尺五について朱子学を学び、帰藩後は藩儒として門弟を教育。明からの亡命者朱舜水に師事し、その生活を助けた。著書に『省菴先生遺集』など多数。

伊形霊雨（いがたれいう）

一七四五－一七八七　江戸後期の学者・詩人。肥後の人。藩校時習館に入り、秋山玉山について古学を究め、さらに京都に上り、滋野以公に師事して国典・和歌を学ぶ。のち熊本に帰り、時習館の助教を務めた。著書に『霊雨詩集』四巻がある。

石川丈山（いしかわじょうざん）

一五八三－一六七二　江戸前期の漢詩人・書家。三河の人。はじめ徳川家康に仕えたが、のち武士を捨てて藤原惺窩に詩を学び、一家をなす。京都一乗寺に詩仙堂を建てて隠棲。詩文集『覆醤集』のほか『詩仙詩』『詩法正義』などの著書がある。

石川啄木（いしかわたくぼく）

一八八六－一九一二　岩手県生まれ。明星派の詩人として出発。貧困と孤独の中で時代の閉塞感に鋭く感応し、自然主義から社会主義的傾向の詩や短歌を作るが、肺結核で夭折。短歌、詩、小説、評論など幅広いジャンルの作品がある。

市川寛斎（いちかわかんさい）

一七四九－一八二〇　江戸後期の朱子学者・詩人。上野（三重）の人。昌平黌に学び、学員長を務めた。のちに富山藩校教授を務める。江湖詩社を開き、多くの門人を育成し、江戸の漢詩壇に新風を興した。著書に『全唐詩逸』『寛斎遺稿』などがある。

伊藤春畝（いとうしゅんぽ）

一八四一－一九〇九　春畝は伊藤博文の雅号。長州の人。討幕運動後、新政府において憲法など新制度の確立に尽力。初代首相・立憲政友会総裁・初代韓国統監などを歴任。ハルピンで安重根に暗殺された。漢詩は森槐南の指導を受ける。

上杉謙信（うえすぎけんしん）
一五三〇－一五七八　戦国時代の武将。越後春日山を居城として北陸一帯を領有、富国強兵を図る。のち関東の北条氏・武田氏と抗争。武田信玄との川中島の戦いは戦史に有名。神仏への信仰、名分の重視など戦国武将として特異の存在。

上田敏（うえだびん）
一八七四－一九一六　詩人・文学者。東京生まれ。東京大学講師ののち京都大学教授。西欧の文学の翻訳・紹介に努め、特に訳詩集『海潮音』は象徴詩の勃興に貢献した。著に処女作『耶蘇』、『最近海外文学』『詩聖ダンテ』などがある。

王安石（おうあんせき）
一〇二一－一〇八六　江西の人。北宋の政治家にして文学者。時の皇帝・神宗の信任を得て急進的改革「新法」を断行するも保守派から痛烈な反撃に遭う。詩文にも優れ、唐宋八大家の一人に数えられる。著書に詩文集『臨川集』などがある。

王維（おうい）
七〇一－七六一　山西の人。早くから詩・画・音楽の才能を発揮し、唐の宮廷詩人として活躍。仏教に帰依し、釈迦の弟子の名をとって摩詰と字した。自然への同化をめざし、詩は李杜と並び、画は南画の祖と称される。『王右丞詩集』などがある。

王康琚（おうこうきょ）
四世紀後半　東晋の詩人。「反招隠」詩一首のみで知られる。

王粲（おうさん）
一七七－二一七　三国魏の詩人。山東の人。漢の名家の出で若くから文才を認められる。最初劉表を頼ったが、のち曹操の幕下に入り、侍中となる。詩文、特に辞賦をよくし、建安七子のうちの第一人者。「従軍詩」「七哀詩」など二十六首が伝わる。

王之渙（おうしかん）
六九五‐？　盛唐の詩人。山西の人。辺塞の風物を好んで詠んだ。王昌齢・高適と宴席で詩の優劣を競い、その場にいた歌姫によって歌われ、勝ちを得たのは彼の「涼州詞」であったという。「鸛鵲楼に登る」も有名で『唐詩選』に収める。

欧陽脩（おうようしゅう）
一〇〇七‐一〇七二　北宋の人。字は永叔、号は酔翁、諡は文忠。幼少より学問にすぐれ、長じて仁宗を補佐。神宗の時に、新法を断行した王安石と対立して退官。古文復興を唱える文章家で、唐宋八大家の一人。『新唐書』『新五代史』の撰者。

王湾（おうわん）
六九三‐七五一？　盛唐の詩人。洛陽の人。先天元年（七一二）の進士。地方官の後、朝廷の典籍の整理・校訂に当る。詩は『全唐詩』に十首が残る。

大原観山（おおはらかんざん）
一八一八‐一八七五　幕末・明治初の儒者。伊予（愛媛県）の人。名は有恒、字は士行。正岡子規の外祖父。はじめ江戸へ出て昌平黌に学び、のち松山藩儒となる。孫の子規の幼少時に影響を与えた。

荻生徂徠（おぎゅうそらい）
一六六六‐一七二八　江戸中期の儒学者。江戸の人。徂徠は号。はじめ朱子学を学んだが、のち古文辞学を唱える。蘐園《けんえん》塾を設け、門下に太宰春台・服部南郭などの俊才を生む。柳沢吉保に仕え重用された。『蘐園随筆』『論語徴』など著書多数。

小野湖山（おのこざん）
一八一四-一九一〇　幕末・明治の漢詩人。近江の人。本姓は横山、名は長愿。通称仙助。玉池仙史とも号した。梁川星巌の玉池吟社に入り、のち三河吉田藩儒。維新後、大阪に優遊吟社を開いた。

温庭筠（おんていいん）
八一二-八七二　晩唐の詩人。詩才に富み、八度腕組して八韻の詩を作ったので「温八叉」と呼ばれた。その艶麗な詩は李商隠と並び称せられる。また新興の詞に本格的に取組み、五代・宋の詞全盛時代の先駆をなした。著に『温飛卿詩集』。

何遜（かそん）
?-五一八?　南朝梁の詩人。郯《たん》（山東省）の人。字は仲言。南朝宋の学者何承天の曾孫。揚州に赴任した折の梅の花が忘れられず、再び赴任し、文士たちと梅花の下で大いに吟詠したエピソードがある。

賀知章（がちしょう）
六五九-七四四　盛唐の詩人。字は季真。杜甫の「飲中八仙歌」で筆頭に挙げられるほどの酒飲み。性放縦にして晩年は四明狂客と号した。李白を見いだして「謫仙人」と感嘆したといわれる。清淡風流を旨とする詩を作る。草書・隷書の名手でもある。

賈島（かとう）
七七九-八四三　唐の范陽（河北省）の人。字は浪仙。初め進士の試験に失敗して僧となり、無本と称したがのち東都にでて文を韓愈に学び、還俗して進士に挙げられた。「推敲」の故事にもあるように、苦吟をもって名高く、特に五言律詩に長じた。

狩野直喜（かのなおき）
一八六八-一九四七　号は君山。熊本の人。東京大学漢学科を卒業後、清国に留学、のち京大教授。考証学派として清儒の学風を重んじたが、戯曲・小説を研究するなど、中国学に新風を吹き込む。著書に『中国哲学史』『支那学文藪』など。

亀井南冥（かめいなんめい）
一七四三-一八一四　江戸後期、筑前出身の儒者・医者。天明の東西学問所創設にあたり、東学（朱子学）に対して西学の祭酒として徂徠学を講じたが、寛政異学の禁により職禄を奪われた。長子に昭陽がある。著に『論語語由』『南冥詩集』など。

川田甕江（かわだおうこう）
一八三〇-一八九六　岡山の人。名は剛。山田方谷・大橋訥庵等に学ぶ。備中松山藩主に招かれて江戸邸督学・監察、維新後は文部省・宮内省に出仕、東宮侍講・東大教授などを歴任。著書に『講史余談』『楠氏考』など。歌人川田順は三男。

韓翃（かんこう）
生卒年未詳。中唐の詩人。南陽（河南省）の人。字は君平。天宝十三年（七五四）の進士。大暦（七六六-七七九）年間に活躍し、「十才子」の一人に数えられる。官は中書舎人に至る。

菅茶山（かんちゃざん・さざん）
一七四八-一八二七　江戸後期の朱子学者・漢詩人。備後（広島県）福山の人。はじめ京都に学び、帰郷して黄葉夕陽村舎（のち藩校）を開く。宋詩を範とし、田園詩など平明で写実的な詩風で知られる。門下に頼山陽。著に『黄葉夕陽村舎詩』などがある。

韓愈（かんゆ）
七六八-八二四　河南の人。唐宋八大家の一。性剛直にしてしばしば左遷される。柳宗元とともに、形式化した四六駢儷体を排し、古文を提唱。詩をよくし、門下に優秀な詩人を輩出。また仏教を排し、儒学復興を唱える。著書に『韓昌黎集』など。

祇園南海（ぎおんなんかい）
一六七七―一七五一　江戸中期の漢詩人・南画家。紀伊の人。字は伯玉。江戸で木下順庵に師事した後、紀伊藩の儒官となる。詩文を善くし宋詩を排して唐詩を範とする。また書画に秀でて文人画の先駆者とされる。著に『詩学逢原』『南海詩訣』など。

魏学源（ぎがくげん）
一七九三―一八四三　琉球の学者・詩人。琉球名、楚南親雲上《そなんペーチン》。一八三八年に、謝恩北京大通事として北京に赴く。福州（福建省）から北京までの旅程を記した『福建進京水陸旅程』や法律書の著がある。

菊池五山（きくちござん）
一七七二―一八五五　江戸後期の漢詩人。讃岐の人。京都で同郷の柴野栗山に師事し、さらに江戸にでて市川寛斎に学ぶ。詩名特に高く、江戸に塾を開き、宋詩を範として、幕末の江戸詩壇をリードする。著書に『五山堂詩話』などがある。

菊池三渓（きくちさんけい）
一八一九―一八九一　江戸末から明治の学者・詩人。紀伊の人。江戸に出て林家に学んだのち、和歌山藩在江戸の明教館の教授となり、のち幕府の儒官となる。特に詩および戯文を得意とし、著書に『三渓文鈔』『近事紀略』など多数がある。

木下彪（きのしたひょう）
一九〇二―一九九九　昭和初期より宮内省御用係として勤め、大正天皇の御製漢詩集の編纂に携わった。戦後、岡山大学教授。『明治詩話』

の著がある。

許渾（きょこん）

七九一-八五四　晩唐の詩人、潤州丹陽（江蘇省鎮江市）の人。字は用晦。若くして苦学し、太和六（八三二）年進士に及第、各地で善政を行った。晩年は潤州の丁卯橋のほとりに隠居した。自作の近体詩をみずから編集した『丁卯集』がある。

屈原（くつげん）

前三四〇?-前二七七?　戦国時代の楚の王族・詩人。『楚辞』の集大成者として知られる。名は平、原は字。楚の国運回復に尽力したが、政争により江南に放逐され、汨羅《べきら》の淵に投身。「離騒」は自伝的長篇叙事詩といわれる。

厳維（げんい）

七一三-?　中唐の詩人。越州（浙江省紹興）の人。初め桐廬（浙江省）に隠居していたが、至徳二年（七五七）、進士に及第した。時に四十余歳であった。地方官を歴任し、右補闕で終った。風雅な詩風と称された。

元稹（げんじん）

七七九-八三一　中唐の詩人。洛陽の人。若くして明経科に及第、のちに宰相に上る。白居易の親友。ともにわかりやすい詩風で、元白と並称され、広く民間で愛された。『元氏長慶集』のほか、小説『鶯鶯伝』など。

阮超叙（げんちょうじょ）

一七〇八-一七七〇　琉球の詩人。字は子爵、号は松庵。

耿湋（こうい）

生没年不詳。中唐の詩人。河東（山西省）の人。宝応元（七六二）年の進士で、官は右拾遺に至った。詩を好くし、銭起・司空曙などとともに「大暦十才子」の一人に数えられ、故郷の風物や名勝古蹟を詠じた詩に特色がある。『耿拾遺詩集』がある。

高啓（こうけい）
一三三六－一三七四　元末・明初の詩人。青邱は号。博学で歴史にも通じ、軽快平明な詩を作った。洪武帝の時、『元史』の編者の一人。のち高官に抜擢されたが辞退、友人の謀反の罪に連座して刑死した。著に『高太史大全集』『鳧藻集』がある。

黄山谷（こうさんこく）→黄庭堅

高青邱（こうせいきゅう）→高啓

黄庭堅（こうていけん）
一〇四五－一一〇五　北宋の詩人・書家。字は魯直、号は山谷道人。蘇軾に師事し、杜甫を範として一家をなし、江西詩派の祖と仰がれた。書にもすぐれ、蔡襄・蘇軾・米芾《べいふつ》とともに北宋の四大家と呼ばれた。著書に『山谷集』『涪翁雑説』など。

高適（こうてき・せき）
七〇二？－七六五　盛唐の詩人。字は達夫。若い時は無頼の生活をしていたが、中年になって発憤し、詩を学んでたちまち名声をあげた。七言古詩に優れ好んで辺境の風物をうたう。岑参《しんじん》とともに「高岑」と並称された。詩集に『高常侍集』がある。

河野鉄兜（こうのてっとう）
一八二五－一八六七　江戸末期の学者・医者・詩人。播磨の人。丸亀藩儒のもとに入門し、のち梁川星巌に師事して詩学に通じる。播磨林田藩の藩校の教授となり、また家塾秀野草堂を開いて後進を指導した。著書に『鉄兜遺稿』などがある。

洪武帝（こうぶてい）
一三二八―九八　明太祖、朱元璋。安徽省の貧農に生れ、始め僧になったが、紅巾の乱に乗じて勢力を得、金陵（南京）で帝位につく。モンゴルを追い払い、中国を統一して漢民族の国家を樹立。官制を整え、重臣を粛正して独裁君主制を確立した。

皇甫冉（こうほぜん）
七二一―七六七　字は茂政。潤州丹陽（江蘇省）の人。張九齢に文才を認められ、天宝十五（七五六）年に進士となった。独孤及の序がついた詩集三巻があったといわれ、『唐詩選』にも「婕妤怨」など三首が収められている。

顧愷之（こがいし）
三四四？―四〇五？　東晋の文人画家、無錫（江蘇省）の人。字は長康。博学で才気があり、人物画を善くし、「洛神賦図」「女史箴図」など、唐代に模写されたものによってその画風がうかがえる。著に『啓蒙記』『文集』がある。

古賀侗庵（こがとうあん）
一七八八―一八四七　江戸後期、肥前の人。父精里《せいり》が昌平黌の儒官になるのに従い江戸に出て修学。のち抜擢されてともに昌平黌に出仕。また江戸の佐賀藩邸でも藩士の子弟を育成した。穀堂は長兄。著に『侗庵文抄』『侗庵詩鈔』『論語問答』など。

惟宗孝言（これむねのたかこと）
生没年不詳。平安時代後期の漢詩人。大学頭、掃部頭、伊勢守、伊賀守などを歴任。文章生のころから六十年を越える活動のある当時の有力漢詩作家であり、作品は『本朝無題詩』『中右記部類紙背漢詩集』『本朝続文粋』などに残っている。

蔡温（さいおん）
一六八二―一七六一　琉球の詩人、政治家。具《ぐ》

志頭親方《しちゃんウェーカタ》、字は文若、号は澹園《たんえん》。少年のころは暗愚といわれたが、発憤して勉学に励み、福州（福建省）で陽明学者に学んだ。のち三十年にわたって国政を司り、数々の改革に取り組んだ。

蔡大鼎（さいだいてい）

一八二三-？　琉球の詩人・政治家。伊計《いけい》親雲上《ペーチン》、号は汝霖。明治政府の〝琉球処分〟に抵抗し、清国に援軍を請いに赴いた林世功に従い、失敗してそのまま客死した。福州（福建省）滞在中の詩集『閩山游草』がある。

司空曙（しくうしょ）

七四〇-七九〇？　中唐、河北省の人。性磊落で権力に媚びず、南方を流浪したり、江西に流配されたりした。家に石の甕がないほど貧乏でも落着いていたという。耿湋らとともに「大暦十才子」の一人に数えられる。『司空文明詩集』がある。

篠崎小竹（しのざきしょうちく）

一七八一-一八五一　江戸後期、豊後の人。幼少より才を認められ篠崎三島の養子となる。江戸に出て尾藤二洲・古賀精里に学んだあと、大阪に帰り父三島の跡を継いだ。徂徠学から朱子学に転じたが、詩文や書も善くした。著に『小竹詩集』など。

柴野栗山（しばのりつざん）

一七三六-一八〇七　江戸後期の朱子学者。讃岐の人。高松藩儒に学んだ後、江戸で林家に入門。阿波藩に仕えたのち、幕府に招かれて昌平黌教授となり、寛政異学の禁を建議した。寛政の三博士の一人。著書に『栗山文集』『栗山堂詩集』など。

謝霊運（しゃれいうん）

三八五-四三三　南朝宋の詩人。六朝第一と評される。王氏と並ぶ名家に生れ、自負心が強く、政治的野望もあったが、最後は謀反のかどで処刑された。風光明媚な自然を詠じて新しい詩風を興し、山水詩の開祖とされる。著書に『謝康楽集』など。

周敦頤（しゅうとんい）

一〇一七-一〇七三　北宋、湖南の学者。役人として各地に赴いたが、病を得て廬山の下に住む。仏教や道教を取り入れつつ儒教的宇宙論を構築し、宋学の始祖となる。弟子に程顥《ていこう》・程頤《ていい》がある。著に『太極図説』『通書』『濂渓集』がある。

朱熹（しゅき）

一一三〇-一二〇〇　南宋の儒学者。朱子・朱文公は尊称。訓詁中心の学風を離れ、新しい哲学大系としての朱子学を大成、日本にも大きな影響を及ぼした。詩も好くし、古体詩・近体詩ともに注目に値する。主著に『朱文公文集』『四書集注』など。

朱子（しゅし）→朱熹

朱舜水（しゅしゅんすい）

一六〇〇-一六八二　明の儒者。名は之瑜、舜水は号。明の遺臣として再興運動を計画、日本に救援を求めたが、世が清となるに及び、一六五九年日本に亡命。徳川光圀に招かれ、水戸学派に強い影響を与えた。著に『舜水先生文集』がある。

朱弁（しゅべん）

生卒年不詳。南宋の初めの人。婺源《ふげん》（安徽省）の人。著に『曲洧旧聞』『風月堂詩話』などがある。

鍾嶸（しょうこう）

四六八？-五一八？　南朝斉・梁の評論家。潁《えい》川《せん》（河南省）の人。字は仲偉。初め斉の永明（四八三-四九三）中に国子生となり、梁に入って地方官を経て学士となった。その著『詩品』

は、文学評論の嚆矢とされる。

常建（じょうけん）

七〇八―？　長安の人。開元十五（七二七）年に進士に及第するが、昇進が遅いのに不満をいだき、琴や酒に気をまぎらせ、太白・紫閣などの名山を訪ね歩いた。晩年は湖南省鄂渚《がくしょ》に隠棲し、山水の美を歌い上げる詩を書いて名声をあげた。

徐凝（じょぎょう）

生卒年不詳。中唐の詩人。睦州《ぼくしゅう》（浙江省）の人。元和年間（八〇六―八二〇）に詩人として名が上がった。長安に出たが、芽が出ず、郷里に隠棲した。酒を飲み詩を作って優游自適の一生を終えた。

沈徳潜（しんとくせん）

一六八三―一七六九　清の学者、詩人。江蘇省長洲の人。六十七歳で、袁枚《えんばい》（随園）と同期の進士及第。九十七歳まで長生きし、乾隆帝に重用された。詩は〝格調説〟を唱え、袁枚の〝性霊説〟と対立した。『唐詩別裁集』『古詩源』などの著がある。

沈約（しんやく）

四四一―五一三　南朝斉・梁の詩人。呉興武康（浙江省湖州）の人。字は休文。宋・斉・梁の三代に仕え、尚書令に上った。斉の竟陵王の八友の一人に数えられ、「四声八病説」を立てて詩の声律を論じた。また、『晋書』『宋書』などを著した。

杉田呑山（すぎたどんざん）

一八五四―一九四五　三河・豊橋の人。実業家として活躍した後、文人としての道を歩く。大阪、京都、名古屋、東京、三島と居を移しながら、詩作に磨きをかける。茶・書のほか、絵や造園建築にも精通。三島在住時、漢詩集『三島竹枝』を出版。

鱸（鈴木）松塘（すずきしょうとう）

一八二三－一八九八　江戸後期・明治初期の人。安房出身。江戸にでて梁川星巌に入門し、詩人として名をあげる。明治になって浅草に移り、七曲吟社を作って門人を教育し、詩友と大いに交わる。著書に『房山楼集』『松塘詩鈔』などがある。

鈴木虎雄（すずきとらお）

一八七八－一九六三　中国文学研究の第一人者であるとともに漢詩人、歌人としても名がある。号は豹軒。東京大学漢文科卒、東京大学講師・高等師範学校教授・京都大学教授を歴任。著に『支那詩論史』『支那文学研究』『豹軒詩鈔』など。

絶海中津（ぜっかいちゅうしん）

一三三六－一四〇五　室町前期の禅僧。土佐の人。夢窓疎石に師事。明に留学後、足利義満の信任をえて等持寺・相国寺などの住持を歴任。特に詩文にすぐれ、義堂周信とともに五山文学の双璧といわれる。著書に『絶海録』『蕉堅稿』がある。

銭起（せんき）

七二二－七八〇　中唐の詩人。安禄山の乱の少し前の進士。若い頃、長安の南の藍田の役人となり、そこに別荘をもっていた王維のもとに出入りした。自然を詠い、繊細で美しい詩風であった。大暦の十才子の一人。詩集『銭考功集』がある。

全室（ぜんしつ）

一三一八－一三九一　臨済宗の和尚。宗泐《そうろく》ともいう。台州（浙江省）の人。俗姓は周氏。八歳で笑隠大訢《しょういんだいきん》に参じその法を嗣ぐ。元末のころ径山に隠遁したが、洪武元年杭州・中天竺寺に住す。のち金陵（南京）天界寺に住す。『全室外集』がある。

宋玉（そうぎょく）
生没年不詳。戦国末、楚の文人。楚王に仕え、屈原の弟子といわれ、『楚辞』の重要な作家として、相並んで屈宋と称される。『漢書』藝文志に宋玉賦十六篇とあるが、今日真作と認められているのは、「九弁」（『楚辞章句』所収）のみである。

荘子（そうし・そうじ）
生没年未詳。戦国時代の思想家。名は周。老子と合わせて老荘思想と称され、儒家に対して道家として後世にまで大きな影響を与えた。政治的関心の強い老子に比して、独自の個人的・形而上学的世界を開いた。『荘子』は彼の著といわれる。

曹丕（そうひ）
一八七-二二六　三国時代、魏の初代皇帝（在位二二〇-二二六）、文帝。曹操の長子で詩人・曹植の兄。後漢の献帝を廃し洛陽で帝位につき、国号を魏とした。詩のほか多数の賦があり、文人としてもすぐれていた。『魏文帝集』がある。

蘇軾（そしょく）
一〇三六-一一〇一　北宋の人。東坡は号。王安石の新法に反対し、政治的には不遇に終ったが、詩・詞・散文・書・画など、多方面に天才ぶりを発揮。父・弟とともに三蘇と呼ばれ、唐宋八大家の一人。著に『東坡七集』『東坡詞』などがある。

蘇東坡（そとうば）→蘇軾

戴叔倫（たいしゅくりん）
七三二-七八九　中唐の詩人。字は幼公。江蘇省金壇の人。蕭穎士に師事して、門下随一といわれた。撫州（江西省）の刺史となり、治績があがった。性温雅で清談をよくし、晩年は職を辞して道士になった。詩は『唐詩選』にも採り上げられている。

大正天皇（たいしょうてんのう）（御名　嘉仁）
一八七九-一九二六　一九一二年明治天皇崩御後、直ちに皇位につき、大正と改元。皇太子時代、三島中洲に漢詩の指導を受ける。即位以来健康がすぐれず、大正十年皇太子裕仁親王が摂政となる。著書に『大正天皇御製歌集』など。

高野蘭亭（たかのらんてい）
一七〇四-一七五七　江戸中期の漢詩人。江戸の人。父は俳諧の大家。荻生徂徠に学んだが十七歳で失明。以後詩に専念し、詩経から唐宋明の作品まで暗誦。その詩は服部南郭と並び称される。著書に『蘭亭遺稿』『蘭亭先生詩集』がある。

竹添井井（たけぞえせいせい）
一八四二-一九一七　外交官・漢学者。本名進一郎。安井息軒に師事し、熊本藩に仕える。維新後、伊藤博文の知遇を得、朝鮮弁理公使となる。のち東京大学教授となり経書を講じた。著書に『桟雲峡雨日記並詩草』『左氏会箋』などがある。

武田信玄（たけだしんげん）
一五二一-一五七三　戦国大名。父、信虎を追放して国政をとり、信濃に進出。越後の上杉謙信と川中島で激突。京をめざし徳川家康を三方ヶ原で破ったが、病のため陣中で没。軍略家の名高く、また「信玄家法」の制定など治政でも業績をあげた。

伊達政宗（だてまさむね）
一五六七-一六三六　戦国〜江戸初期の武将。仙台藩祖。東北地方に勢力を拡大したが、豊臣秀吉に帰服、文禄の役に出陣。関ヶ原の戦いでは徳川方に付き、のち仙台藩六二万石を領した。支倉常長をローマに派遣。和歌・茶道にも通じた。

玉木文之進（たまきぶんのしん）

一八一〇-一八七六　幕末の長州藩士。吉田松陰の父杉百合之助の弟。松下村塾を開き、甥の松陰ら多くの子弟を教育。のち藩校明倫館の都講を務める。隠居後明治二年、塾を再開したが、萩の乱に一族や門下生が参戦し、責任をとって自刃。

趙嘏（ちょうか）

八一五-？　晩唐の詩人。山陽（江蘇省淮安）の人。字は承祐。会昌二年（八四二）に進士に及第したが不遇だった。その「長安秋夕」の詩の「残星数点雁は塞に横たわり、長笛一声人は楼に倚る」の句が杜牧に激賞され、「趙倚楼」と呼ばれた。

張喬（ちょうきょう）

生没年不詳。唐の池州（安徽省）の人。懿宗の咸通（八六〇-八七三）年間の進士。詩は清雅で、許棠・喩坦之らとともに十哲と称せられた。黄巣の乱をさけて九華山に隠れた。唐詩選に「宴辺将」（七言絶句）を載せる。

張玉穀（ちょうぎょくこく）

生卒年不詳。清の学者・詩人。呉県（江蘇省蘇州）の人。字は蔭嘉。詩と書に巧みであった。その著『古詩賞析』は、古代から隋までの古詩・楽府を集めたもので、沈徳潜の『古詩源』と並んで世に用いられた。

張志和（ちょうしわ）

生卒年不詳。中唐の詩人。婺州《ぶしゅう》（浙江省金華）の人。字は子同。十六歳で明経科に及第し、粛宗に重用されたが、親の喪を機に隠棲した。玄真子と号し、烟波釣徒と称した。その作「漁父《ぎょほ》子《し》」は「詞」の先がけとして知られる。

張若虚（ちょうじゃくきょ）

生没年不詳。初唐の詩人。唐の揚州（江蘇省）の人。睿宗の景雲（七一〇-七一一）前後に在世し、賀知章・張旭・包融とともに呉中の四士と称された。全唐詩に二首を伝えているが、七言古詩の春江花月夜（唐詩選所収）が有名。

張籍（ちょうせき）

七六六?–八三〇?　中唐の詩人。字は文昌。韓愈に才能を認められ、その門下生となる。詩風は白居易・元稹に近い。また楽府体の詩にも優れたものが多く、王建と併称して「張王の楽府」と言われている。『張司業集』がある。

陳子昂（ちんすごう）

六六一–七〇二　初唐の詩人。字は伯玉。唐初に残る六朝以来の技巧的な詩風を批判して、漢・魏の質朴にして高雅の風を開き、後の李白・杜甫らに大きな影響を与えた。代表作の感遇詩三十八首は有名。著に『陳拾遺集』がある。

陳文述（ちんぶんじゅつ）

一七七一–一八三四　清の詩人。浙江省銭塘県の人。字は雲伯、頤道《いどう》居士と号した。また、その住居の碧城仙館から、陳碧城と呼ばれる。県令などを歴任したが、晩年は貧窮のうちに没した。絶句に優れ、その詩はわが幕末明治初に影響を与えた。

程頤（ていい）

一〇三三–一一〇七　北宋の儒学者。洛陽（河南省）の人。伊川先生と称せられる。周敦頤《しゅうとんい》に学び、六経に精通し、事理合一を説き、朱熹によって大成される宋学の基礎を築いた。兄の程顥《ていこう》とともに二程といわれる。著に『易伝』『伊川文集』など。

鄭谷（ていこく）

八四二?–九一〇?　晩唐の詩人。袁州宜春（江西省）の人。幼くして聡明をうたわれ、七歳で詩を能くした。光啓三年（八八七）の進士。鷓鴣《しゃこ》を詠じた詩がもてはやされ、「鄭鷓鴣」と呼ばれた。芳林十哲の一人に数えられる。

程順則（ていじゅんそく）

一六六三―一七三四　琉球の詩人。名護親方《なごウェーカタ》、字は寵文《ちょうぶん》、号は念庵。名護聖人と呼ばれた。福州（福建省）で学び、のち進貢大通事となって北京に赴き、曾て蘇州で没した父を弔っている。また、将軍慶賀使として江戸に上り、詩人たちと交遊した。

陶淵明（とうえんめい）

三六五―四二七　東晋・宋の詩人。名は潜、淵明は字。役人生活の束縛を嫌い、「帰去来辞」を賦し、以後故郷に帰って酒と菊を愛し、自適の生活を送った。その詩文は、平淡で自然、唐詩に影響を及ぼし、日本でも愛好された。『陶靖節集』がある。

杜秉（とへい）

生卒年不詳。宋の詩人。一名、爵、字は小山。「寒夜」の詩一首が知られるのみ。

杜甫（とほ）

七一二―七七〇　盛唐の詩人。四〇を過ぎて仕官したが恵まれず、家族を連れて各地を放浪、失意のうちに没す。正義感・人間愛にあふれる名詩を多数残す。後世詩聖とされ、李白と並んで李杜と称される中国最高の詩人。詩文集に『杜工部集』。

杜牧（とぼく）

八〇三―八五三　晩唐の詩人。字は牧之。杜甫を「老杜」と呼ぶのに対して「小杜」と呼ばれる。詩風は平明、軽妙洒脱で、ことに七言絶句をよくした。江戸時代以来日本でも愛唱され、「江南の春」「山行」は特に有名。詩文集に『樊川文集』がある。

直江兼続（なおえかねつぐ）

一五六〇－一六一九　安土桃山・江戸前期の武将。越後の戦国大名・上杉景勝の家宰。関ヶ原の戦いの後、移封された米沢でも藩政確立に尽力。文武にすぐれ、銅活字による『文選』の印行、禅林寺の創設など、学問・文化面での功績も大きい。

永井荷風（ながいかふう）

一八七九－一九五九　小説家。東京生まれ。父・永井禾原《かげん》は漢詩人として知られる。自然主義文学に傾倒し、米仏に滞在。帰国後『あめりか物語』など反俗的、耽美主義的作品を発表。のち江戸趣味へ傾斜し『濹東綺譚』など艶の世界を描く。

夏目漱石（なつめそうせき）

一八六七－一九一六　明治・大正の小説家・英文学者。少年時、二松学舎に学び、漢詩文をよくする。教職を退いた後、作家として「坊っちゃん」「三四郎」「それから」「こころ」などの小説や随筆・評論を発表。俳句・書画もよくした。

乃木希典（のぎまれすけ）

一八四九－一九一二　明治時代の軍人。長州の人。江戸に生れ育つ。日清戦争に旅団長として従軍。日露戦争では第三軍司令官として旅順攻撃を指揮し、実子を始め多くの将兵を失う。のち学習院長。明治天皇大喪の日に静子夫人とともに殉死。

白居易（はくきょい）

七七二－八四六　中唐の詩人。若い頃は社会風刺の詩を作ったが、中年以後は三友（詩・酒・琴）を愛して閑雅な生活を送った。その詩は平易明快で、「長恨歌」「琵琶行」など、平安朝文学にも大きな影響を与えた。詩文集『白氏文集』がある。

服部南郭（はっとりなんかく）

一六八三－一七五九　江戸中期の儒者・詩人。京都の人。十六歳の時、和歌と画で柳沢吉保に仕え、のち荻生徂徠に入門し古文辞学を学ぶ。詩文にすぐれ、『唐詩選』を重視し、擬古主義的漢詩を書いた。著書に『唐詩選国字解』『南郭文集』など。

范成大（はんせいだい）

一一二六－一一九三　南宋の詩人・政治家。字は至能、号は石湖。若くして進士に及第、副宰相にまで昇るが、病のため引退、郷里で優游自適の生活を送る。南宋の四大詩人に数えられ、また詩話や紀行文も好くした。『石湖居士詩集』がある。

范曄（はんよう）

生卒年不詳。南朝宋の歴史家。南陽順陽（河南省）の人。字は蔚宗《うっそう》。能書で文章に巧み、音律にも明るかった。王妃の喪中に挽歌を聞きながら酒をのんで左遷され、ついには謀反の罪で処刑された。『後漢書』の著者として知られる。

平野金華（ひらのきんか）

一六八八－一七三二　江戸中後期の儒学者・詩人。陸奥の人。初め江戸に出て医学を志したが、のち荻生徂徠について古文辞を学び、太宰春台・服部南郭などとともに蘐園《けんえん》の八子と言われた。著書に『金華雑録』『文荘先生遺集』などがある。

広瀬淡窓（ひろせたんそう）

一七八二－一八五六　江戸後期の儒者・漢詩人・教育家。豊後（大分県）の人。博多に出て経学を修めた後、郷里に私塾咸宜園を開く。敬天を根本とした教育を行い、高野長英・大村益次郎など、多くの門人を育てる。著書に『約言』『淡窓詩話』などがある。

藤井竹外（ふじいちくがい）
一八〇七―一八六六　江戸後期の儒者・漢詩人。摂津の人。高槻藩の藩儒となる。詩にすぐれ、頼山陽に師事し、梁川星巌・広瀬淡窓などと交わる。七言絶句をよくし「絶句竹外」と称される。著書に『竹外二十八字詩』『竹外詩鈔』などがある。

藤原惺窩（ふじわらせいか）
一五六一―一六一九　江戸初期の儒学者。播磨の人。初め相国寺の禅僧、のち還俗して朱子学を研究し、近世儒学興隆の基礎を作る。徳川家康に経史を講じる。門人に林羅山・松永尺五らがいる。著書に『惺窩先生文集』『寸鉄録』など。

藤原忠通（ふじわらのただみち）
一〇九七―一一六四　平安後期の政治家。忠実の長子。摂政・関白・太政大臣を歴任。父の寵愛する弟頼長と争い、氏長者を追われるが、保元の乱で弟を倒し復権。書や詩歌に長じ、著書に『法性寺関白記』や漢詩集『法性寺関白御集』がある。

正岡子規（まさおかしき）
一八六七―一九〇二　俳人・歌人。松山の人。東大で漱石と同級。写実主義の新しい俳句を提唱して俳誌「ホトトギス」を創刊。和歌革新を唱えて根岸短歌会を興す。さらに言文一致の文章革新を試みるなど、近代文学に大きな影響をもたらした。

松浦武四郎（まつうらたけしろう）
一八一八―一八八八　幕末の探検家。伊勢の人。しばしば蝦夷・樺太などの探検を試みる。明治維新後、開拓判官に任命され、北海道名や国郡名などの選定にあたる。アイヌ介護問題など政府と意見があわず辞任。『蝦夷日誌』など著書多数。

三島中洲（みしまちゅうしゅう）
一八三〇—一九一九　漢学者。備中の人。初め松山藩儒山田方谷につき、のち江戸にでて昌平黌に学ぶ。維新後法官となったが退官して漢学塾二松学舎を創立。東京高師・東大教授、東宮侍講・宮中顧問官を歴任。著書に『中洲詩稿』など。

室鳩巣（むろきゅうそう）
一六五八—一七三四　江戸中期の朱子学者。江戸の人。加賀藩に仕え、藩命により木下順庵に朱子学を学ぶ。のち、新井白石の推挙により幕府の儒官となり、将軍吉宗の侍講として政治上の献策を行う。著書に『駿台雑話』『赤穂義人録』など。

毛世輝（もうせいき）
生卒年不詳（四十四歳で没する）　琉球の詩人。清朝の嘉慶十四年（一八〇九）、に官生（留学生）として北京に赴き、八年間の留学生活を過した。詩・書・画を善くした。

毛有慶（もうゆうけい）
一八六一—一八九三　琉球の詩人。琉球名は亀川盛棟、号は竹蔭。琉球王朝の体制護持を唱えた頑固党の首領亀川盛武の子。明治十二年の琉球処分に反抗して、清朝に援軍を請いに行くも果せず、帰国後逮捕、投獄された。

森槐南（もりかいなん）
一八六三—一九一一　明治時代の漢詩人。名古屋の生まれ。幼少より父・森春濤の薫陶をうけ、さらに三島中洲などに師事。詩学に造詣が深く、明治の漢詩壇の第一人者とされた。東京大学講師。著書に『槐南遺稿』『古詩平仄論』などがある。

森春濤（もりしゅんとう）
一八一九—一八八九　明治初期の漢詩人。尾張一宮の人。槐南の父。鷲津益斎、のち梁川星巌に師事。初め名古屋に桑三軒吟社、のち東京にでて茉莉吟社を開き、多くの優秀な詩人を育成した。著「春濤詩鈔」「東京才人絶句」など。

梁川星巌（やながわせいがん）

一七八九－一八五八　江戸末期、美濃の人。江戸に出て寛政三博士の一人古賀精里《せいり》や山本北山に学び、神田に玉池吟社を開き、優秀な門人を輩出。のち京都で頼三樹三郎《みきさぶろう》らと交わり尊王攘夷を唱える。著書に『星巌集』『春雷余響』などがある。

山田方谷（やまだほうこく）

一八〇五－一八七七　江戸末期、備中の人。京都・江戸に学び、藩校学頭・藩主の侍講を勤めたほか、牛麓塾を開き後進を指導。のち藩侯が老中となるに及び江戸に勤務。維新後は閑谷《しずたに》学校の再興に当る。著に『方谷遺稿』『方谷詩文集』など。

山内容堂（やまのうちようどう）

一八二七－一八七二　幕末、十五代土佐藩主。名は豊信、容堂は号。吉田東洋を登用して藩政を改革。将軍継嗣問題では一橋派として活動したほか、公武合体運動に尽力。一八六七年徳川慶喜に大政奉還を建言。明治政府において議定となる。

山部赤人（やまべのあかひと）

生没年未詳。奈良前期の官人・歌人。三十六歌仙の一人。聖武天皇のころ、下級官人として御幸に従い、諸国を旅したことが知られる。短歌にすぐれ、清澄優美な叙景歌が多い。後世、柿本人麻呂とともに代表的な万葉歌人として仰がれた。

結城香崖（ゆうきこうがい）

一八一八－一八七九　幕末明治の詩人。長門（山口県）の人。名は甓《へき》、通称恂介《じゅんすけ》、字は照郷、香崖は号。本姓は友田氏。結城確所《かくしょ》の養子となった。豊浦藩儒。篠崎小竹、古賀侗庵《とうあん》に学んだ。

兪樾（ゆえつ）

一八二一―一九〇六　清末の学者。字は蔭甫、号は曲園。道光年間の進士で、蘇州・杭州で経学を講義。王念孫・王引之父子の学風を継いで句読を正し、字義を明らかにして、後世の古典研究に資するところ大。著書多く『春在堂全集』に収める。

吉川幸次郎（よしかわこうじろう）

一九〇四―一九八〇　兵庫県生まれ。京都大学卒。中国留学ののち、東方文化学院京都研究所に入り、京都大学教授。該博な知識により考証的に幅広く中国古典を研究・解釈。著書は『吉川幸次郎全集』全二十四巻がある。

吉村迂斎（よしむらうさい）

一七四九―一八〇五　江戸中・後期の詩人。長崎の人。名は久右衛門、字は士興、迂斎は号。烟霞外史とも号した。高松南陵に学んだ。その詩「葭原雑詠」は頼山陽の名作「泊天草洋」に影響を与えたことで知られる。

頼鴨厓（らいおうがい）

一八二五―一八五九　幕末、京都の人。山陽の三男。通称は三樹三郎《みきさぶろう》。昌平黌に学び、佐藤一斎・菊池五山・梁川星巌などと交わり、詩文を得意とした。のち星巌・梅田雲浜などと尊攘運動に奔走し、安政の大獄で刑死。著書に『北溟遺珠』など。

頼山陽（らいさんよう）

一七八〇―一八三二　江戸後期の儒学者・漢詩人。安芸の人。江戸で尾藤二洲、昌平黌に学ぶ。性豪放で脱藩、罪をえて自宅に監禁。のち上京し「山紫水明処」で後進を指導。すぐれた詩文や書を遺した。著書に『日本外史』『山陽詩』など多数。

頼文峰（らいしほう）

一八二三―一八八九。江戸末・明治前期の人。山陽の次男として京都に生れる。家学を継承し、後藤松陰・牧百峰に学ぶ。明治元年、天皇の東京遷都に付き従う。大学教授のち大学少博士となる。著書に『支峰詩文集』『神皇紀略』などがある。

李益（りえき）

生没年不詳。唐の隴西《ろうせい》姑臧《こぞう》（甘粛省）の人。玄宗の天宝から文宗の太和初年ごろまで在世した。大歴四年の進士。詩に長じ李賀と名を斉しくし、一篇なるごとに楽工が争い求めて楽にのせ、また画題となったという。大暦十才子の一人。

李華（りか）

?―七六六? 唐の開元年間の進士。安禄山の乱のときに賊軍に捕えられ、一時賊軍の役人になったことから、平定後、杭州の司戸参軍に左遷された。のち病気と称して山陽（河南省）に隠居し、農業に専心したという。「弔古戦場文」は代表作。

陸游（りくゆう）

一一二五―一二一〇　南宋の詩人。字は務観、号は放翁。生涯を通じて女真族の金王朝に対して抗戦を主張、波乱に満ちた役人生活の後、六十六歳で故郷に隠居。陶潜の自然愛と杜甫の人間愛を併せ持つと言われる。『剣南詩稿』がある。

李商隠（りしょういん）

八一三―八五八　晩唐の詩人。字は義山、号は玉谿生《ぎょくけいせい》。進士に及第するも、政治的には不遇な生涯を送る。詩は七言律詩に優れ、その典故のある華麗な詩風は独特のもので、杜牧・温庭筠と併称された。『李義山詩集』『樊南文集』などがある。

李白（りはく）
七〇一-七六二　盛唐の詩人。字は太白。杜甫の「詩聖」に対して「詩仙」と称せられる。二十五歳の時、蜀を出て放浪、一時宮廷詩人となるが、讒言にあい、放浪の後六十二歳で没す。性飄逸、豪放にして詩は天衣無縫。『李太白詩集』がある。

李攀龍（りはんりょう）
一五一四-一五七〇　明の山東省歴城の人。嘉靖年間の進士。王世貞とともに古文辞を唱える。また詩をよくし、王世貞・謝榛らと七才子と称された。著に『李滄溟集』『白雲楼詩集』などがある。唐詩選も彼の撰との説もあるが、偽託である。

李密（りみつ）
二二三-？　晋の武陽（四川省）の人。字は令伯。魏の文帝の黄初四年に生まれ、没年は不詳だが、ほぼ武帝の末年で、歳は七十余歳であったといわれる。武帝の時太子洗馬となり、漢中の太守に移る。その作品に「陳情表」一篇があり著名。

劉禹錫（りゅううしゃく）
七七二-八四二　中唐の詩人。字は夢得。二十二歳の若さで柳宗元とともに進士に及第するも、しばしば左遷に遭い、政治的に不遇。湖南民謡から取った「竹枝詞」は有名。晩年、白居易と親交があり、詩豪と呼ばれた。『劉賓客文集』がある。

柳宗元（りゅうそうげん）
七七三-八一九　中唐の文人。字は子厚。唐宋八大家の一。二十一歳の若さで劉禹錫とともに進士に及第、要職に就くも、ともに政争に敗れて左遷される。詩人としては自然詩に優れ、また韓愈とともに古文復興に努める。『柳河東集』がある。

劉邦（りゅうほう）

前二四七-前一九五　前漢初代皇帝、高祖（在位、前二〇二-前一九五）。農民から兵を起こし、項羽軍と連合して秦と戦い、先んじて関中に入り、都咸陽を占領。項羽を垓下の戦いで破り天下を統一、都を長安に定め、帝位についた。

盧綸（ろりん）

生没年不詳。中唐の詩人。河中蒲（山西省）の人。字は允言。ほぼ代宗の大暦（七六六-七七九）前後に在世した。大暦の初年、進士にあげられ、のち監察御史となる。詩をよくし、韓翃・銭起・司空曙らと名を斉しくして大暦の十才子といわれた。

鷲津益斎（わしづえきさい）

生卒年不詳。江戸末期の詩人。尾張一宮（愛知県）の人。名は弘、通称徳太郎。益斎は号。鷲津毅堂の父。

鷲津毅堂（わしづきどう）

一八二五-一八八二　幕末・明治前期の漢詩人。尾張の人。伊勢の猪飼敬所に師事し、のち江戸に出て昌平黌に学ぶ。尾張藩主の侍読、藩校明倫堂の教授として仕え、維新政府の司法省にも出仕した。永井荷風は外孫。著に『毅堂集』など。

[著者紹介]
石川忠久（いしかわ　ただひさ）
東京都出身　東京大学文学部中国文学科卒業　同大学院修了
現在　二松学舎大学顧問
二松学舎大学・桜美林大学名誉教授　全国漢文教育学会会長　㈶斯文会理事長　全日本漢詩連盟会長　文学博士
主な著書　『漢詩の世界』『漢詩の風景』『漢詩日記』『漢詩を作る』『石川忠久 漢詩の講義』（大修館書店）『石川忠久 中西進の漢詩歓談』（共著、大修館書店）『漢詩の楽しみ』『漢詩の魅力』（時事通信社）『詩経』（明徳出版社）『隠逸と田園』（小学館）『玉台新詠』（学習研究社）『唐詩選』（東方書店）『古詩』（明治書院）『陶淵明とその時代』『石川忠久著作選』〈第三回配本『東海の風雅』〉（研文出版）『漢詩をよむ　春の詩一〇〇選』〈春・夏・秋・冬　全四巻〉『漢詩をよむ　李白一〇〇選』〈杜甫・蘇東坡・白楽天・杜牧・陸游・王維〉『漢詩をよむ　陶淵明詩選』（NHKライブラリー・NHK出版）『ビジュアル漢詩　心の旅』〈全5巻〉（世界文化社）

日本人《にほんじん》の漢詩《かんし》──風雅《ふうが》の過去《かこ》へ──

NDC919／332p／20cm

初版第1刷──2003年2月20日
第3刷──2008年10月10日

著者──石川忠久《いしかわただひさ》
発行者──鈴木一行
発行所──株式会社大修館書店
〒101-8466 東京都千代田区神田錦町 3-24
電話 03-3295-6231（販売部） 03-3294-2221（大代表）
振替 00190-7-40504
[出版情報] http://www.taishukan.co.jp

装丁者──井之上聖子
印刷所──壮光舎印刷
製本所──牧製本

ISBN978-4-469-23228-8 Printed in Japan